新潮文庫

機巧のイヴ

帝都浪漫篇

乾　緑郎著

JN172536

新潮社版

11271

目次

登場人物

伊武——精巧に作られた女性型の機巧人形《オートマタ》。現在は轟八十吉の養女として女学校に通う。

ナオミ・フェル——天府高等女学校の五年生。伊武の学友。

マルグリット・フェル——フェル電器産業社主。ナオミの母。

轟八十吉——伊武の養父。実業家にして伝統的護身術・馬離衝の師範。

林田馨——猫地蔵坂ホテルの宿泊客で、無政府主義者の活動家。

遊佐泰三——陸軍憲兵大尉、のちの如洲電影協会理事長。

機巧のイヴ

帝都浪漫篇

プロローグ

方宜《ほうぎ》八（一九二八）年、如洲《にょしゅう》・新天《しんてん》特別市

「今まで騙《だま》していてごめんなさい。私は、本当はこの家の令嬢ではないのです」

小英《しょうえい》は瞳《ひとみ》に涙を一杯に溜《た》め、周《しゅう》青年を見上げた。

「何だって。それはどういうことだ」

困惑した表情を浮かべ、西洋風の垢抜《あかぬ》けた三つ揃《ぞろ》いのスーツを着た周青年は言う。

「私は新天からは遠く離れた田舎で生まれた、ただの住み込み女中なのです」

抱き寄せようとする周青年の腕を振り解《ほど》き、小英は大広間からベランダに出た。

「待ちたまえ」

慌《あわ》てて周青年はそれを追う。

細身の体の線をくっきりと浮かび上がらせる詰め襟の旗袍《チーパオ》に身を包んだ小英の姿は、如洲の夜を照らす月光の下に美しく映えている。

白い絹布の生地には、吉祥図案の鳳凰《ほうおう》が、小英の細い腰に纏《まと》わりつくように金糸で刺《し》繡《しゅう》されている。長い黒髪はシニヨンに纏められており、細かい花柄の細工が施されたレ

ース付きのバレッタで留められていた。

大理石で造られたベランダの手摺《てす》りに寄り掛かり、小英は肩を震わせて泣いている。

戸惑いながらも、周青年はその背後へと歩を進めた。

その気配に気づいたのか、小英は顔を上げ、周青年の方を振り向く。

「旦那《だんな》様の一家は、上滬《じょうこ》に長期の旅行に出掛けております」

小英の長い睫《まつ》毛《げ》が濡《ぬ》れている。

「私は留守を預かっているだけなのです。小さな頃から、私は綺麗《きれい》な服も着たことがなくて、お化粧の一つもしたことがありませんでした。だから、少し浮かれていたのでしょうね。こっそりとお嬢様の服の袖《そで》に手を通し、鏡台を借りてお化粧をしているところに、周様がお訪ねになってきたのです」

「それですっかり僕は、君が柳《りゅう》家のご令嬢だと思い込んだというわけか」

少しの間の後、観念したように小英は小さく頷《うなず》いた。

「ずっと本当のことを言い出せずにおりました。でも、明日には旦那様の一家が屋敷にお戻りになります。夢のような日々も今日でおしまい。こんなことが知れたら、きっと私は旦那様から暇を言い渡されるでしょう」

周青年は瞼《まぶた》を閉じ、ゆっくりと頭を左右に振る。

「お怒りにならないのですか」

「もう遅い。何故《なぜ》なら僕はもう、君のことを深く愛してしまっているからだ」

「ああ、そんな……周様……」

小英はその場に崩れそうになるが、何とかベランダの手摺りに摑《つか》まって持ち堪《こた》えた。

「でも、周様はお嬢様の許嫁《いいなずけ》ですもの。私はもう、誰にも合わせる顔がありません。いっそ……」

小英は手摺りから身を乗り出し、飛び降りようとした。

「駄目だっ」

周青年が素早く小英の手首を握って振り向かせ、自分の方へと引き寄せる。

「君の生まれや育ちなど気にするものか。そんなことで君を捨てたのでは、僕は世間の笑い者になる。柳家は僕が説得しよう。全《すべ》てを失ったって構うものか。僕と結婚してくれ、小英」

「ああ……周様」

小英は周青年の胸元に深く顔を埋《うず》める。

そして顔を上げ、二人はじっと見つめ合い、手を取り合って唐突に歌い始めた。

「如洲のお〜月があ〜二人をお〜照らっすうう〜……」

続けてベランダをステージ代わりにして踊り出す。

「カット！」

ひと頻《しき》り歌と踊りのシーンが終わると、如洲電影撮影所の第五スタジオの中に、メガホン越しの監督の声が響き渡った。

途端に、寄り添っていた「小英」役の張桜香《ちょうおうか》と、「周青年」役の俳優が離れる。

美粧の担当者が桜香に近寄って行き、ハンカチーフで涙を拭《ふ》くと、化粧を直し始めた。

周青年役の男は、早くもガリ版刷りの台本を取り出して、ぶつぶつと口の中で次のカットの科白《せりふ》を確認している。

脚立《きゃたつ》が持ち込まれ、照明の担当者がホリゾント幕に映し出された月の位置を調整する。

雑用係の少年が、他の裏方たちの邪魔にならぬようにしながら、スタジオ内に組まれた屋敷の大広間とベランダのセットの中に入り、役者が喉《のど》を傷《いた》めないように霧吹きを始めた。

スタジオの隅で撮影の様子を見学していた遊佐泰三《ゆさやすみ》は、腰掛けていた椅子《いす》から立ち上がると、桜香の演技への称賛の意味で、ゆっくりと拍手を送った。

遊佐の背後に控えていた、撮影スタジオの視察に訪れていた如洲國協和会の上役たち数人も、それに合わせて立ち上がり、拍手を送る。

桜香は照れたような笑いを浮かべ、遠くから遊佐たちに向かって軽くおじぎをした。

「遊佐くん、彼女は？」

「新人です。張桜香という名です」

いる。

「ほう……彼女が」

桜香が如洲電影の作品に出演するのはこれが初めてだったが、その名はよく知られている。

新天放送局による『如洲新歌曲』というラジオ番組での歌声が評判で、その姿が初めて銀幕で披露されるのも、目玉のひとつだった。

歌だけでなく、桜香は踊りも演技も達者だった。容姿も申し分ない。演技力は新人離れしており、役に入り込んで実際に涙を流すくらいは、彼女には容易《たやす》いことらしい。

桜香が演じている「小英」という娘は、地方官吏である柳家の女中である。周青年は、この柳家が治める村の出身だったが、幼い頃は貧乏で、この柳家に不当な税金の徴収などを受け、虐《しいた》げられて暮らしていた。

だが、持ち前の頭の良さと負けん気で、苦学して日下國《くさかのくに》に留学し、如洲國が華丹《カタイ》南部に建国されてからは、首都となった新天特別市で銀行家として成功を収めた。

そんな周青年に、柳家の娘との縁談が持ち上がる。如洲建国でかつての官吏としての力を失った柳家の方から、擦り寄るように周青年の両親を通じて打診された話だった。

あまり気乗りのしなかった周青年だが、両親のためになるならと思い、久しぶりに故郷に戻ると、挨拶《あいさつ》のために柳家の屋敷を訪ねる。

そこで柳家の令嬢のふりをした小英と出会い、恋に落ちる。

最後、周青年は柳家の令嬢を選ぶか小英かの二択を迫られ、築き上げてきた己の地位を捨てる覚悟で小英を選ぶ。目出度《めでた》し目出度し。

と、いうような内容の、通俗的なメロドラマだった。

まったく遊佐の好みではないが、そもそも遊佐は映画や演劇自体をあまり好まない。所詮《しょせん》は台本があり、嘘《うそ》を演じているだけのものに、涙を流したり心を動かされる者の気が知れなかった。

この如洲電影協会は、現地での記録やニュース映像、プロパガンダ映画の製作を目的に設立された国策会社である。このような娯楽作品を作るのも、華丹人への啓蒙《けいもう》と教育のためだった。旧体制に虐げられてきた若者や貧乏人が、如洲や日下國で新しい価値観の下に出世を果たし、ハッピーエンドを迎える。そんな物語が多かった。

メロドラマやコメディが多くなるのは、人は感動や涙や笑いに包んで口当たり良く物語を提供されると、背景にあるイデオロギーごと飲み込みやすくなるからだ。

「撮影が終わったら、彼女も湖畔会館に呼びたまえ」

視察に訪れている上役の一人、蝦蟇《がま》のように太った男が、頭に載せた山高帽を取り、汗の浮き出た額をあぶら取り紙で拭きながら言う。

「酒席に呼べということですか？」

新天郊外の山間地に新設された、この如洲電影協会の撮影所の裏手には湖があり、賓客の接待用に、湖畔会館と呼ばれる瀟洒《しょうしゃ》な石造りの洋館が建てられていた。ある目的でスタジオなどに先立って十年ほど前に建築されたものだが、建物内には試写も可能な大広間があり、食事をしたり酒宴をしながら映画を楽しむこともできるようになっている。

「女優は酌婦とは違いますよ」

相手は上役だったが、うんざりした気分で遊佐はそう答えた。

「口答えするのかね」

遊佐の言い方が気に入らなかったのか、不愉快そうな口調でその男は言った。どうせ次は女優を抱かせろと言い出すに決まっているのだ。桜香を華丹人だと思って見下しているのだろう。小物ほど、小さな権力を与えると、それを嬉々《きき》として振りかざし始めるものだ。

「いかなる理由でも酒席に桜香を呼ぶことはできませんな」

きっぱりと言う遊佐の口調に含まれる軽蔑《けいべつ》の念を感じたのか、その太った役員の男は、顔を真っ赤にした。

「貴様、私を誰だと思って口を利《き》いて……」

「そちらこそ、私が誰だかご存じですよね？」

この手の脅しはあまり使いたくなかったが、相手の言葉を遮って遊佐は口にする。

その凍りつくように冷たい口調に、太った男だけでなく、一緒にいる役員たちも顔色を失った。

「さあ、今から撮影所内をご案内しましょう。理事長に就任したからには、ここは私の城も同然です。ああ、それから、スタジオ内は危険なので、お気をつけを。照明機材が頭に落ちてきたり、大道具が倒れてきて下敷きなんてことが起こったら大変ですからね」

先ほどまで遊佐に向かって声を荒らげていた太った男は、頻りに汗を拭きながら、そわそわと辺りを見回している。

これは少し脅しが効きすぎたかと思い、遊佐は体裁を繕《つくろ》っておくことにした。

太った男に、小声でこっそりと耳打ちする。

「実を言うと、とっておきのブルー・フィルムがあるんですよ。酒席に女がいると、じっくり楽しめません。そういうことです」

「う、うむ、わかった。なるほどな。それなら仕方ない」

怯《おび》えた様子で太った男が答える。

遊佐の態度に納得はしていないだろうが、これで一応、この男の面子《メンツ》も立つだろう。

華丹からの租借地である幡子《まんじ》半島の南端部地域に、旧王朝の廃帝を迎えて復辟《ふくへき》させ、建国されたのが、この如洲國だった。日下國による傀儡《かいらい》国家である。

再び撮影が始まったセットに背を向け、ぞろぞろと役員らを連れて遊佐は表に出ようとする。

ふと振り向くと、雑用係の少年に団扇《うちわ》で扇《あお》いでもらっている桜香と目が合った。

前編

通天《つうてん》十二（一九一八）年、日下國・天府《てんぷ》市

1

人力車が旧釘宮《くぎみや》邸を出ると、ナオミは臙脂《えんじ》色《いろ》の別珍《べっちん》が張られた座席の背凭《せもた》れに深く体を預けた。

天府高等女学校までは、小半刻《こはんとき》ほどの道のりである。

快晴だったので座席を覆《おお》う幌《ほろ》は畳んであったが、春先とはいっても朝のうちはまだ肌寒い。ナオミは膝《ひざ》に掛け物をして、その上に通学用の革鞄《かわかばん》を載せていた。

大川《おおかわ》を越える額田橋《ぬかたばし》に差し掛かった辺りで、ふと川の方に視線を向ける。土手沿いに咲いた桜の木の下に、早くも場所取りの茣蓙《ござ》や敷物を広げている人たちが見えた。

今日は新学年の登校初日だから、始業式などの行事があるばかりで授業は行われず、正午を知らせる午砲《どん》が鳴る頃には終わる。

その後は例年、母が主催する中洲《なかす》観音《かんのん》での花見会に出席するのが決まりになっていた。ナオミは憂鬱《ゆううつ》な気分で溜息をつく。母のことは嫌いではないが、年を追うごとに反《そ》りが合わなくなってきているのを感じていた。

自由奔放で男勝りな母を反面教師にして育ったせいか、ナオミは詩や文学を愛する人大人しい少女に育った。

そのことも、母はあまり面白く思っていないようだった。文学などに傾倒して、娘が不良にでもなりはしないかと心配しているのだろう。こういうところだけは、世の親とあまり変わらない。

「さあっ、もうひと頑張りだ」

人力車が猫地蔵坂《ねこじぞうざか》の下に差し掛かると、気合いとともに車夫である高岩重五郎《たかいわしげごろう》が声を上げた。

ナオミは坂を見上げる。

緩やかな傾斜の途中に、徒歩で登校する女学生たちの姿がちらほらと見て取れた。

百年以上も前に天守が焼け落ち、今は新御所と呼ばれている天府城に近いこの猫地蔵坂の辺りは、昔は御公儀の要職や大身旗本の屋敷などが建ち並んでいた場所だ。

御維新後は天帝家も、六十年に一度行っていた遷宮《せんぐう》をやめ、ずっと新御所に留まっている。

天府市でも最も賑《にぎ》わいのある蓮根稲荷《れんこんいなり》の門前町や、石造りのモダンな建物が並ぶ典幻《てんげん》通《どお》りなどからも近いが、高台となっている猫地蔵坂の周辺は、まだ竹藪《たけやぶ》なども多く残っていた。天府高等女学校の敷地は、この坂を登り切ったところにある。

「いつもすみませんね、重五郎さん」

「なあに、これが仕事ですからね。揺れるかもしれないから、ちゃんと摑まっていてくださいよ、お嬢様」

五分刈りにした頭に手拭《てぬぐ》いで鉢巻きをし、腹掛けに股引《ももひき》姿の重五郎が、快活な声で返事をする。年の頃は二十代半ば。元は掏力《すまいとり》で、序二段まで昇進したが怪我《けが》で廃業し、今は旧釘宮邸のお抱え車夫と、ナオミが外出する際の護衛を兼ねて雇われている。

坂道の真ん中を、砂煙を上げて人力車が登って行く。座席に乗っているナオミの姿に、道行く女学生たちが羨望《せんぼう》の眼差《まなざ》しを送ってくる。最初の頃は恥ずかしかったが、最上級の五年生、十七歳ともなる今となっては、もう慣れてしまった。

上部の格子《こうし》に蔓《つる》のような意匠を凝らした校門の鉄扉《てっぴ》の前で、重五郎は人力車を停めた。続けて座席の下部から踏み台を取り出して置くと、背の低いナオミのために手を差し伸べる。

校門の前に降り立ったナオミは、少し屈《かが》んで紫色の女袴《おんなばかま》を叩《たた》いて皺《しわ》を直し、埃《ほこり》を払った。学生であることを示す校章入りのベルトをしっかりと帯の上で締め直し、にこやかに重五郎に笑いかける。

「行ってまいります」

「お気をつけて」

重五郎が改まった様子で深く腰を曲げ、ナオミに頭を下げた。

その時である。

ナオミたちがやってきたのとは反対側の坂の上から、悲鳴が聞こえてきた。

そちらを見ると、逃げ惑う女学生たちの間を、猛スピードで滑り落ちるように走ってくる、一台の自転車が見えた。

「ああっ、ナオミさん！　おはようございます！　それから、よけてください！」

伊武《イヴ》だ。

どうやら下り坂でブレーキが利かなくなったらしい。

「これは一大事っ」

素早く重五郎がナオミを守るように立ちはだかり、腰を屈めて、突進してくる伊武の乗った自転車を、正面から受け止める体勢となった。

ナオミが手の平で顔を覆った瞬間、自転車が重五郎に激突する。

一瞬のち、恐る恐るナオミが指の間から様子を窺《うかが》うと、重五郎は本の挿絵で見た外国の闘牛士《マタドール》の如《ごと》く、がっちりと両手でハンドルを摑み、伊武の乗っている自転車を止めることに成功していた。

「お怪我はありませんか、伊武様」

サドルに跨《また》がったまま、放心したような表情を浮かべていた伊武が、我に返って自転車から降りる。

「重五郎さんこそお怪我は」

「ははっ、体が頑丈なだけが取り柄でね。自転車も壊れていないようだ。よかった」

屈託なく笑いながら、重五郎はナオミの方を振り向く。

「さあ、お嬢様も伊武様も、早く行かないと遅刻しちまいますよ」

伊武は、ぺこぺこと何度も重五郎に頭を下げている。

「また午頃《ひる》にお迎えに上がりますんで」

「ええ……」

ナオミは人力車を引いて走り去る重五郎の姿を少しだけ見送ると、自転車を押して歩く伊武と並んで校門をくぐった。

「伊武さん、自転車をお買いになったの？」

「はい。八十吉《やそきち》さんが、私は遅刻が多すぎるからと……」

伊武は養父である轟《とどろき》八十吉氏のことを、気安く下の名前で呼ぶ。

轟氏は立志伝中の人で、若き日には海の向こうにある新世界大陸《ムンドゥス・ノーヴス》にも渡り、その時の経験を生かして帰国後は工務店を起《た》ち上げ、成功を収めた実業家だ。一方で、伝統的な護身術である馬離衝《バリツ》の師範でもあり、その普及に努め、現在は「国際バリツ協会」の総裁となっている。重五郎も元々は轟氏の弟子の一人だ。

轟氏とはナオミも何度か会ったことがあるが、たいへん厳しい方だと聞いており、挨拶するのも躊躇《ためら》われるほどに近寄りがたい雰囲気を常に身に纏っている。

だが、伊武にはずいぶんと甘いらしく、伊武も轟氏のことを年下の男の子を相手にするように軽く扱うので、ひやひやさせられることが多かった。

「お休みの間に一所懸命、練習したんですけど……」

坂道で運転するのは初めてで、急に速度が出たものだから慌ててしまい、手元のブレーキで調節するのを忘れてしまったらしい。

その時、鉄筋煉瓦《れんが》造りの校舎に向かって歩いて行くナオミの耳に、囁《ささや》き声が聞こえてきた。

「ねえ、ご覧になって。まるで外国のお人形さんのよう」

「しっ、上級生の方よ。失礼になるわ」

おそらく入学したばかりの一年生だろう。まだ幼さを残す初々《ういうい》しい女の子たちが、二人三人と固まって、こちらを見ている。

これも毎年、春になると巡ってくる恒例のようなものだ。

「あの方がきっと、フェル電器産業の社主のお嬢様よ」

母親譲りの金髪碧眼《へきがん》であるナオミは、ただ歩いているだけでも、どうしても目立ってしまう。

「知ってるわ。ナオミ・フェルさんね」

「ご一緒にいるのは、どなたかしら？」

「轟伊武さんだと思うわ」

「まあ、何て勇ましいお名前」

「お義父《とう》様は馬離衝師範でいらっしゃるそうよ。だからじゃないかしら」

新一年生や、その父兄らを招いて入学式が行われたのは昨日のことだから、早くも上級生にどんな人物がいるのか、噂《うわさ》が飛び交っているのだろう。

良家の子女が多い女学校の生徒たちだが、それでもお抱えの車夫に人力車を引かせて毎日通ってくる生徒など、ナオミくらいのものだ。徒歩で通学することができないほど自宅が遠い生徒は、すぐ近くにある寄宿舎から通っている。

「伊武さん、お河童《かっぱ》になさったのね」

ふと気がついて、ナオミは言った。髪型のことだ。

女学校が休みに入る前には、今のナオミと同じく、三つ編みにした髪を頭にぐるりと巻くガバレットという髪型に纏めていたが、今は黒く艶《つや》のある髪をばっさりと切っている。

「似合いませんか？」

「いえ……とても素敵だわ」

そこで何やら、ナオミの脳裏に既視感のようなものが生じた。

「ねえ、私と伊武さんって、ずっと昔にお会いしたことがなくて？」

ナオミが伊武と知り合ったのは、ほんの一年前である。

母親であるマルグリット・フェルから、知り合いである轟八十吉氏の養女が天府高等女学校に編入学することになったと、何の前触れもなく言われたのが最初だ。

でも、伊武と初めて会った時から、この感覚は拭えなかった。

記憶が混沌《こんとん》としているのだが、あれは幼い頃……おそらく五歳か六歳か、そのくらいだろうか。絶対に入ってはいけないと言われていた、母が研究や実験に使っている部屋に忍び込んだことがある。

それはちょっとした悪戯《いたずら》心でもあったし、屋敷の別棟の地下にあるその部屋で、母がどんなことをしているのか、興味があったのだ。

重い扉を開き、わけのわからない機械や道具が、ところ狭しと並べられている部屋に入った。

思えばあの時、自分は己も知らぬうちに禁忌を破ってしまったのかもしれない。

部屋には、奇妙なものが横たわっていた。大きな台に、薄い胸板をした女性の胴体が載っており、両手両脚が切り離され、それぞれが別の台に載っている。

ナオミは息を飲んだ。それを死体なのではないかと思ったからだが、どうも様子が違う。切断面から垂れ下がっているのは、太さの異なる何百本もの鋼線や管の束で、血肉のようなものは見られない。

「あなたは、どなた？」

その時、ふと女の人の声がした。

背筋が粟立《あわだ》ち、小さかったナオミは台を見上げる。胴体の向こう側の少し高い位置に、まるで鎮座するように女の生首が置かれている。

瑪瑙《めのう》を思わせる緑色の瞳が、じっとナオミを見つめていた。

「ああ、あなたがフェルさんの――」

何度か瞬《まばた》きした後、薄く淡い色合いをした唇を開き、生首は言葉を発した。

「どうしたのですか、ナオミさん」

伊武の声で、はっとナオミは我に返る。

「ごめんなさい。ちょっとぼんやりしてしまって……」

また、『居眠り病《ナルコレプシー》』の症状が出るところだった。

これまでにも、倒れるように昏睡《こんすい》してしまったり、夢遊病のように知らないうちに思っていたのと違う場所に立っているなど、居眠り病が原因と思われる現象を何度か起こしている。

入眠の前には、今のような妙な幻覚だか夢のようなものを見ることが多かった。たいていは、ごく幼かった頃に見た光景で、それがまるで他人の記憶のような余所余所《よそよそ》しさで頭の中に閃《ひらめ》いてくる。

「私と……ずっと昔に会ったことがあるか、ですか？」

そうだ。伊武とはさっきまでそんな話をしていた。

母が研究や実験に使っている部屋で見た、口を開いて喋《しゃべ》る、からくり仕掛けの人形。

伊武にそっくりの――。

けれど、そんなことがあるだろうか。その記憶すら、幼い頃に見た、ただの悪夢なのかもしれない。そこに後付けで伊武の姿を重ねているだけなのかもしれない。

「変なことを聞いてごめんなさい。もう大丈夫ですから」

急がないと、本当に始業の鐘が鳴ってしまう。

ナオミは女袴の下に履いた革の短靴を踏み鳴らし、校舎の玄関へと至る石段の前へと進んだが、自転車を押している伊武は、困ったように辺りをきょろきょろと見回している。

「どうしましたの。早く行かなくては、本当に遅刻してしまいますわ」

「これ、どこに置いたらいいでしょうか」

「自転車で通学されている方なんて、他におりませんわ。校舎の裏側の芝生にでも停めておいたらどうかしら」

だいぶ安くなったとはいえ、伊武が乗っている国産の安全型自転車も、なかなか庶民には手を出しにくいほど高価だ。

だが、それ以上に、自転車は男の乗物という認識がまだ世間では強い。女袴を穿《は》いているとはいえ、若い娘がサドルに跨がって乗るなど、はしたないと感じる人が多いという事情もあった。

「ねえ、今度、私にも自転車の乗り方を教えてもらえないこと？」

停める場所を探し、自転車を押しながら校舎の裏へ行こうとする伊武の背中に、ナオミは声を掛けた。

「はい。もちろんです。とっても気持ち良いですよ」

ちょっとだけ振り向き、伊武が笑顔を浮かべて答える。

自転車を乗りこなすのは非常に難しく、運動神経の良い男性でも苦労するようだと聞いていたが、乗ってみたかった。ナオミが憧《あこが》れているような、新しい時代の女性が乗るのに相応《ふさわ》しい乗物のような気がしたからだ。

ナオミは校舎の方に足を向け、下駄箱で上履きに履き替えると、教室に入った。

ざわざわとしていた教室内が、怖いと評判のオールドミスの担任教師が入ってくると、ぴりっとした緊張感とともに静かになる。

やがて使丁《してい》が始業を知らせる振り鐘を鳴らしながら廊下を通りすぎて行ったが、伊武はまだ戻って来なかった。

その日は、講堂で校長先生の訓辞を聞くなどの行事があった後は、特に授業らしいこともなく、和裁の宿題となっていた浴衣《ゆかた》を提出したり、翌日からの授業の諸注意を聞いたりして、新御所本丸跡からの午砲《どん》の音が鳴り響く頃には終わりとなった。

ナオミが靴箱の蓋《ふた》を開けると、やはりというか、数通の手紙が短靴の脇《わき》に差し込まれていた。

溜息をつき、ナオミはそれを手にする。内容は読まなくてもだいたい予想ができる。

――私のお姉様になってくださいまし。

そんな切ない思いを綴《つづ》った下級生の……おそらくは、今日初めてナオミの姿を見かけた新入生からの手紙に違いない。

新学年になってから二、三週間ほどの間は、そのような手紙が毎日のように靴箱の中に届くことになる。

ナオミの母親ゆずりのブロンドと青い瞳は、「エス」、つまり擬似的な姉妹《シスター》の関係に憧れている新入生の心を撃ち抜くには十分だった。きっと、外国人の少女と仲睦《なかむつ》まじくしている己の姿を憧憬《しょうけい》しているのだろう。

靴箱の前に立ったまま、ナオミは一通一通、手紙を確認する。いずれも可愛《かわい》らしい花柄などが印刷された、上質の封筒が使われていた。

そのうちの一通で、ナオミの手が止まった。表書きや、差出人の名前に心を動かされたわけではない。

線の細い、和装の美人画が描かれたそれは、『葵屋《あおいや》絵草紙店』の絵封筒だった。意匠を手掛けたのは、おそらく姫野清児《ひめのせいじ》画伯だろう。

少女雑誌の表紙や、掲載される讀物の挿絵などで、大人気の画家だ。

葵屋は、御維新の前から続いている老舗《しにせ》の絵草紙店だが、姫野が意匠を手掛けた絵封筒や便箋《びんせん》、千代紙などを扱うようになってからは、たいへんな繁盛ぶりだった。休みの日ともなると、けして広くはない店内が、それを求めに来た女学生たちで押し合いへし合いになる。御多分に漏れず、ナオミも足を運んだことがあった。

実を言うと、読み終わった少女雑誌やグラフ雑誌から気に入った挿絵や写真を鋏《はさみ》で切り離し、丁寧に切り抜き帳《スクラップ・ブック》に貼《は》り付けて自分だけの画集や写真集を作るのをナオミは楽しみにしている。姫野の絵は、お気に入りの一つだった。

「葵屋の絵封筒ですね」

不意に声を掛けられ、ナオミはびっくりして振り向く。

「伊武さん」

ナオミより背の高い伊武が、肩越しに覗《のぞ》き込んでいた。

「もう先生のお許しは出たの」

始業の鐘が鳴って暫《しばら》く経《た》ってから、慌てて教室に飛び込んできた伊武は、皆の見ている前で壇上でこってりと担任教師に絞られた後、水の入ったバケツを持たされ、廊下に立たされていた。

「はい。最上級生になったら、もう遅刻はしないと誓っていたのですが……」

ほんの一瞬だけ伊武はしゅんと項垂《うなだ》れたが、気持ちを切り替えるように、明るい声を出した。

「姫野画伯ですね。お好きなのですか？」

「ええ、まあ……。伊武さん、葵屋や姫野画伯をご存じですの」

どちらかというと伊武は流行などには頓着《とんちゃく》しない質《たち》だと思っていたので、ナオミはちょっと意外に思った。

「葵屋さんには、昔、お世話になったことがあります」

「どういうことかしら」

「こう見えても私、絵が得意なんです。戈《か》尹斎《いんさい》っていう雅号もあるんですよ」

伊武は得意げに薄い胸板を反らせてみせる。

「初耳ですわ。どんな絵を描かれますの」

「えーと、危《あぶ》な絵《え》とか、後は、おすもうさんの絵とか」

妙なことを伊武が言い出したので、慌ててナオミは辺りを窺う。

「はしたないことを口にするのはおよしになって、伊武さん」

窘《たしな》めているナオミの方が恥ずかしくて頰が熱くなった。

「それよりも、姫野画伯がお好きなら、この先にある猫地蔵坂ホテルを定宿にしているらしいですよ」

「えっ、そうなのですか」

あまりに驚いてしまい、ナオミは声が裏返ってしまった。

猫地蔵坂ホテルなら、ほんの二、三町の距離だ。今朝だって、人力車でその建物の前を通ってきた。

「クラスメイトも、よく噂に話しておりますけれど……」

ナオミはどちらかというと、教室内では孤立している。

意地悪をされたり無視されたりしているというわけでもないのだが、日下國での電力事業を一手に牛耳る海外資本の大企業、フェル電器産業の令嬢であることと、金髪碧眼であるナオミの容姿が、些《いささ》か近寄り難い雰囲気を醸《かも》し出しているらしく、あまり親しく話し掛けてくる者がいない。

お昼休みなどは、ナオミは教師の目を盗んで校庭の片隅で詩集や讀物などの本を開いていることが多く、このように気さくに話し掛けてくるのは、伊武くらいだった。

一方の伊武は、黙ってさえいれば、どこか冷淡で神々《こうごう》しい雰囲気もあるが、口を開くと人当たりも好《よ》く、抜けたところがあり、そのせいか割合に人気がある。

猫地蔵坂ホテルは、坂下にある猫地蔵寺という寺の地所内に建っている。

三階建ての煉瓦造りで、ところどころ御影石《みかげいし》で外壁を化粧した洋館風の建物だった。屋上には塔屋があり、そこに埋め込まれた時計と、天に向かって聳《そび》える避雷針が、ホテルの外観を特徴づけている。

何の縁もなかったから、女学校の近くにそういう建物があるのは知っていたが、意識したことは殆《ほとん》どなかった。

「……行ってみようかしら」

姫野に会えるかどうかはわからないが、ちょっと覗いてみたい好奇心にナオミは駆られた。

「お花見はどうするのですか」

困ったような表情を浮かべて伊武が言う。

それもまた、ナオミが猫地蔵坂ホテルに行ってみようと思った理由の一つだった。

フェル電器が主催する、毎年恒例の花見会に行きたくないという、漠然とした理由。寄り道できる場所があれば、何でも良かった。

「今日は歩いて帰るわ。重五郎さんが迎えに来たらそう伝えておいて」

「でも……」

「私が猫地蔵坂ホテルに行ったのは内緒よ。お願いね」

伊武に向かって手を合わせると、ナオミは下駄箱から取り出した短靴を履き、そのまま校舎の外に出た。

自転車を取りに行ったのか、伊武は付いてこない。校門を出て、そのまま坂を下って行くと、すぐに猫地蔵坂ホテルが見えてきた。

通学の行き帰りに建物の前を素通りするばかりで、注意して見たこともなかったが、改めて玄関口に立ってみると、建てられてからそう長くは経っていない筈《はず》なのに、外壁には雨染《あめじ》みなどが浮かんでいた。ホテルなどという瀟洒な名前がついているが、近づいてみると、どこからうらぶれた下宿屋のような雰囲気も感じられた。

玄関の幅は二間ほどで、小さな看板と、今は点《あた》っていないが白熱電球《マツダ・ランプ》の外燈が付いている。格子の入った観音開きのドアの片方は開け放たれており、万年青《おもと》の鉢植えを重しにして固定されていた。

ドアの陰に体を隠し、顔を半分覗かせるようにして、ナオミは中の様子を窺う。

豆砂利を洗い出して仕上げた土間があり、帳場らしきものが見えた。

応接室か、それとも待ち合い室であろうか、その向こう側には広間があり、舶来の長椅子と低いテーブルのセットが置かれていた。

宿泊客であろうか、二人の男が向かい合って座り、談笑している。

一人は三十代半ばといった様子で、白いスタンドカラーシャツの上に濃い藍色《あいいろ》の着物と茶色い袴を穿いた、書生のような格好をしている。鼻の下と顎《あご》に髭《ひげ》を蓄えているが、綺麗に切り揃えて手入れしているようで、不潔な感じはしない。髪の毛は癖が強く、中途半端に長く伸ばしているため、まるで鳥の巣のようになっていた。

いま一人はもう少し若く、二十代の後半か三十くらいといったところだろう。こちらはきっちりと背広を着込んでおり、髪は油で撫《な》で付けて櫛《くし》が通されていた。体つきも良く、どこか真面目《まじめ》そうな印象を与える風貌《ふうぼう》をしている。

「おや」

煙草《たばこ》を吸っていた髭の男が、鼻から煙を吐きながら、ナオミの方を見て声を出す。こっそり覗いているナオミの存在に気がついたようだ。

「これは可愛らしいお客さんだね。姫野が目当てかい？　そんなところに立っていないで入りたまえよ」

そして気さくに声を掛けてくる。可愛らしいと言われ、ナオミは少し恥ずかしくなる。

「はい……あの……何でおわかりに？」

遠慮がちに土間へと足を踏み入れ、もじもじと俯《うつむ》きながらナオミは言う。

「君みたいな女学生が、しょっちゅう訪ねてくるのさ。その紫色の女袴、天府高等女学校の生徒さんだね」

ナオミはどきりとして顔を上げた。

「ははは。心配しなくても、学校に知らせたりやしないよ」

髭の男は笑いながらそう言い、ナオミに向かって手招きしてきた。

ほっと胸を撫で下ろし、脱いだ短靴をきちんと揃えてナオミは玄関を上がる。帳場には誰もいなかった。

「そこに掛けたまえ」

髭の男は、自分の正面に座るようナオミに促す。

背広の男がソファの端の方に寄り、ナオミが座るスペースを作ってくれた。

ひと先《ま》ず二人に向かっておじぎをすると、ナオミは腰掛ける。

テーブルの上には白磁のティーセットがあり、皿に載った数枚のビスケットが、微《かす》かに甘い香りを漂わせていた。

髭の男の方はくつろいだ様子で足を組んでおり、紙巻き煙草を咥《くわ》えている。背広の男が大きな体を丸めて前屈みになり、小指を立ててティーカップの把手《とって》を摘《つ》まみ上げ、それを口に運んで啜《すす》った。

「残念だけど、姫野はファンとは会わないよ。諦《あきら》めるんだね」

「はあ……そうですよね……」

大人の男の人に囲まれ、ナオミは居心地の悪い気分だった。理由もなく泣きそうになってくる。伊武に一緒に付いてきてもらえば良かった。

「まあ、僕は姫野とは親友だから、口を利いてあげられなくもない」

まるで品定めでもするように顎鬚《あごひげ》を指先でいじりながら、テーブル越しに男が身を乗り出してくる。

「だが、君が姫野と知り合うに相応しい女性かどうか、面接して知る必要があるな」

「やめておきたまえよ」

黙っていた背広の男が、苦笑いを浮かべながら髭の男に忠告するように言う。

「それに君も、こんな男の口車に乗っては駄目だよ。もう家にお帰りなさい。何しろこの男は……」

「おっと」

髭の男が手を前に差し伸べ、背広の男の言葉を遮った。

「余計なことは言いっこなしだ」

髭の男がそう言った時、上階の客室の方へ続いていると思《おぼ》しき階段から、また別の男が姿を現した。

身の丈は五尺ほどの小男で、もしかするとナオミの方が背が高いくらいかもしれない。亀を思わせるずんぐりむっくりとした体軀《たいく》をしており、髪は五厘刈《ごりんが》りの坊主《ぼうず》にしていた。顔は面皰《にきび》の痕《あと》だろうか、夏蜜柑《なつみかん》の皮のような凹凸があった。どうにも垢抜《あかぬ》けておらず、田舎くさい雰囲気の青年だった。

「おっ、昼飯に行くのかい」

気安く軽い調子で髭の男が青年に声を掛ける。

「ええ、まあ……」

青年は、この髭の男を苦手としているのか、迷惑そうな表情を浮かべた。そして不意にナオミの方に視線を移し、唇を舐《な》めた。そしてじろじろと好色そうな瞳で顔や体を眺めてくる。一応、ナオミは会釈《えしゃく》をしたが、青年はそれも返さず、何だかナオミは嫌な気分になった。

「よし、じゃあ蕎麦《そば》はどうだ。この先の四ツ辻《つじ》にある更科《さらしな》に行こう。あそこの天麩羅《てんぷら》蕎麦は絶品なんだ」

「お金はあるんですか、先生」

背広の男が、苦笑を浮かべて言う。

「余計なお世話だよ。何なら君も来るか？」

「なるほど、私に奢《おご》らせる気ですか」

「ご名答。嫌ならここで待っていてくれてもいいが」

「そういうわけにもいきますまい」

渋々といった様子で背広の男は立ち上がる。

「何だったら、そこにある僕の鞄を君に預けよう。それなら僕が逃げる心配はないだろう」

「やれやれ、鞄持ちまでさせられるわけですか」

文句を言いながらも、背広の男は長椅子の脇に置いてあった重そうな革の鞄を手にする。

「君は途中まで送って行ってあげよう」

そして髭の男はナオミに声を掛けてくる。

「その鞄の中身、けっして見てはいけないよ。男の約束だ」

「わかってますよ」

背広の男が肩を竦《すく》めてみせる。

「では、僕たちは先に蕎麦屋に向かっている」

そう言って髭の男は、ティーセットを片付け始めた背広の男を置いて、面皰面《にきびづら》の青年とナオミを促し、ホテルの外に出た。

「さあ、君、逃げるぞ」

出た途端に、髭の男がナオミの耳元に唇を近づけて囁いた。

「えっ？」

「ああいう風に言ったら、やつはこっそりと鞄の中身を盗み見ずにはおれない。その隙《すき》に撒《ま》くんだ。あまり時間はないぞ」

「え、えーと……あの方はご友人ではないのですか」

「とんでもない。やつは僕を監視している特高の刑事さ」

髭の男はそう言うと、傍らの面皰面の青年の肩を叩く。

「上手く誤魔化《ごまか》しておいてくれ。よろしく頼む」

「そんなことだろうと思いましたよ」

溜息《ためいき》まじりに青年が言う。そしてまたナオミの顔にちらちらと視線を向けた。

「恩に着るよ。じゃあな」

青年に向かってそう言うと、髭の男は唐突にナオミの手を握り、走り出した。

慌《あわ》ててナオミも一緒になって走り出す。相手を撒くためか、髭の男はすぐに道幅の細い小路に入った。

「さっきの鞄、いいのですか」

「無論、中身は焚《た》き付けにしかならないような意味のない書類の束だ。こういう機会が訪れた時のために、大事な原稿を入れて後生大事に持ち歩いているふりをしていたのさ」

走りながら、髭の男は声を上げて笑い出した。

「そういえば、君の名前を聞いていなかったな」

「ナオミです。ナオミ・フェル」

「ふうん。ナオミか。日下人みたいな名前だね。それに日下語も上手だ」

「私は生まれも育ちも天府です」

「そうなのかい？　てっきり留学生か何かだと思っていたよ」

一緒になって走りながら、ナオミも何だか可笑《おか》しくなってきた。

ばたばたと慌ただしく、わけがわからなかったが、刺激的な気分だった。

裏道を通り抜け、二人は典幻通りに出た。

銀行の石造りの建物や、大看板を掲げた商店の建物が並んでいる。人通りも多く、制服を着た軍人や、野菜を売る棒手振《ぼてふ》りの姿なども見られた。

幅二十間ほどはあろうかという通りの真ん中では、ちょうど市電が二台、すれ違おうとしているところだった。

「よし、あれに乗ってしまおう」

「えっ、でも……」

髭の男はナオミの返事を待たず、道行く人たちを掻《か》き分けて、市電を追い掛け始めた。

「失礼」

そしてナオミの体を片腕で抱きすくめると、髭の男は走り続ける市電の乗降口の手摺《てす》りを摑《つか》み、強引に乗り込んでしまった。

転がり込むように車内に入ってきた二人の姿を見て、車掌と乗客たちが、一斉に非難めいた視線を送ってくる。

「あなたのお名前も、まだお伺いしておりませんでしたわ」

車掌から検札を受けて、二人分の運賃を男が払った後、漸《ようや》くナオミはそのことに気がついて問うた。

「僕かい？　そうだなあ……」

名前を問われているというのに、どういうわけか男は考えるように首を傾《かし》げた。がたがたと揺れながら、市電は大川に架かる橋を渡って行く。芸妓《げいぎ》を乗せた人力車が一台、車輛《しゃりょう》を追い越して走って行くのが見えた。

「じゃあ林田《はやしだ》で。下の名前は、もう少し親しくなったら教えてあげよう」

「変な人」

そう言って、とうとうナオミは我慢できずに声を出して笑い始めた。

2

毎月、月初の午《うま》の日は、中洲観音に縁日《えんにち》が立つ。

四月は花見の季節と重なるので、境内はたいへんな賑わいだった。

お参りを済ませたマルグリット・フェルは、梵天門《ぼんてんもん》をくぐって仲見世に出ると、中洲観音の出口へと歩いて行く。

濃い紫地にダリアの花柄が入った紋錦紗《もんきんしゃ》、刺繡《ししゅう》入りの黄色い半襟。胸を押し込むのが苦しいので、合わせと帯は緩めに締めている。

金色の豊かな髪は夜会巻きに結っており、扇形の銀の簪《かんざし》を挿していた。足下だけは、痛くてどうしても鼻緒に慣れず、娘のナオミを見倣《みなら》ってブーツを履いている。

新世界大陸を離れ、この日下國にフェル電器産業の現地法人を設立して移住してから、もう二十五年になろうとしている。

希代の機巧師であった釘宮久蔵《きゅうぞう》が生きていた時代から、百数十年も経た今は、多くの技術発展もあり、蒸氣や電氣などの新しい動力もあるが、日下國に於《お》ける機巧人形の技術は、むしろ衰退しているとしか言いようがなかった。

だが、フェルの手元には伊武という最高の検体があり、鉄道王ジェイソン・ゴーラムの死後、テクノロジック社を出し抜いて、炭鉱の一つも買えるほどの巨額を投じて入手した、『其機巧巧之如何《そのきこうこうのいかん》を了知するに能《あたわ》ず』の図彙《ずい》もある。これは「神代《かみよ》の神器《じんぎ》」のオリジナルである伊武の構造と、久蔵の師である比嘉恵庵《ひがけいあん》が製作した「天帝のオートマタ」ことスリーパーの、赤子に始まり、節目節目に年相応に作り替えられてきた経過が詳細に記録されている。

かつて恵庵が開いていた私塾、『幾戒院《きかいいん》』が所蔵していた書物や、破損はひどいが、日下國に残されていた「仁左衛門《にざえもん》」と呼ばれる男性型機巧人形の一部も探し出し、フェルは手に入れていた。

それだけではない。フェルは、釘宮久蔵や田坂甚内《たさかじんない》が暮らした、幕府精煉《せいれん》方手伝の拝領屋敷跡を買い取り、そこで暮らしている。

維新後に一度建て替えられており、フェルが住み始めてからも増築したので、旧邸の面影は残っていないが、今でもその場所は、旧釘宮邸と呼ばれていた。

思えば、あっという間の出来事だった。

一度は恋もし、結婚もした。娘を産み、母親にもなった。

相手は日下人の技術者で、我慢強い男だったが、それでも結婚生活は長くは続かず、フェルの元から去ってしまった。名の知れた発明家であり、大企業の社主でもあるフェルと比較されるのも、男としてはしんどかったのだろう。

優しい人だった。フェルとしては、ただそれだけでも良かったのだ。

私生活に比べると、日下國での事業は順調だった。フェル電器が日下法人を設立した段階で、すでに天府には中小の電力会社が数社、存在していたが、白熱電球の発明者でもあるフェル本人が社主を務め、新世界大陸に本社を持つフェル電器の圧倒的な資本力の前に、既設の電力網や発電施設は次々と買収され、フェル電器が日下國に於ける電力事業を牛耳る形となった。

成功の要因の一つは、フェルが半ば意地のようになっていた直流方式での送電システムを諦め、敗北を認める形で交流方式を取り入れたこともある。テクノロジック社が極東方面へのビジネス展開に消極的だったのも幸いした。

ゴダム万博以降、新世界大陸での送電システムはテクノロジック社が市場を独占している。

直流方式を普及させるため、本社のあるアグローや万博会場だったゴダム市を始めとして、広い新世界大陸を自ら操縦する複葉機で忙しく飛び回っていたフェルも、送電事業から手を引くことを決定し、同部門の人材や施設などをテクノロジック社に売却譲渡した。

社主であるマルグリット・フェルが日下法人を設立して新世界大陸から離れることを発表した時は、都落ちだの何だのと、新聞などに揶揄《やゆ》や嘲笑《ちょうしょう》まじりにあれこれと書かれたが、今思えば潮時だった。

その頃のフェルの興味は、電力ではなく機巧に移っていたからだ。

フェルは懐《ふところ》から懐中時計を取り出し、指で蓋を弾《はじ》いて開くと、時刻を確認した。

そろそろ女学校での始業式を終えたナオミと伊武が、こちらに到着してもおかしくない頃だ。

仲見世を抜けると、フェルは大川に架かる十間橋《じっけんばし》と呼ばれる太鼓橋《たいこばし》を渡った。

そっくり同じものが、ゴダム万博でも日下國の職人たちの手で作られていたが、こちらの方がオリジナルだ。

太鼓橋の頂の部分でフェルは立ち止まる。

昔はここから、十三層の遊郭や、天府城の天守、幕府精煉所の反射炉の煙突などが見えたらしいが、今はいずれもない。十三層は移築先のゴダム市に寄贈され、天府城の天守はとっくの昔に火事で燃え落ちている。幕府精煉所は御維新の時に解体されたそうだ。

ふと、フェルは、ジョー・ヒュウガこと日向丈一郎《ひゅうがじょういちろう》のことを思い出した。

ゴダム万博で、観覧車《ホイール》の軸が外れて電氣館に激突する大事故が起こった時、伊武を連れて逃げようとするフェルたちのために、ヒュウガはこれとそっくりの太鼓橋の上で、市警を足止めしてくれた。

ヒュウガは結局、再度この日下國の土を踏むことなく、新世界大陸で電氣椅子による死刑が執行された。こちらに残されていたというヒュウガの妻子は、今は幸せに暮らしているのだろうか。

それにスリーパーの行方も、あれ以来、摑めていない。

フェルは手摺り越しに、大川を見下ろした。

川沿いの土手は桜並木になっており、花見の名所となっている。伊武の話によると、久蔵の弟子であった田坂甚内は、毎年、弟子たちを連れて、この辺りで花見をしていたらしい。

フェル電器の日下法人が、社員を集めて花見会を催すのも、それに倣ったものだ。河原の敷地の一角に、フェル電器産業のロゴが入った横断幕が張られていた。社員たちの手によって広く茣蓙《ござ》が敷き詰められ、座布団や重箱なども並べられて、花見会の準備が整っていた。土手沿いの道では、炭俵らしきものを積んだ荷車を引く駄馬が、馬子に連れられて、のんびりと歩いて行くのが見えた。

橋を渡り切り、土手沿いの道をそちらへと歩いて行くフェルを、人力車が追い抜いて行き、少し先で停まった。

麦わらのカンカン帽に角袖外套《かくそでがいとう》を羽織った、四十年輩の男が降りてくる。鼻の下にはカイゼル髭を蓄えており、手にはステッキが握られていた。

男が蝦蟇口《がまぐち》を取り出し、車夫に金を払うと、辻待ちと思しき人力車は走り去った。

近づいてきたフェルの方を見て、男は笑顔を浮かべると、ひょいと少しばかり帽子を手にして浮かせた。

「相変わらずお美しいですな。とても五十代には見えない」

そして握手のために手を差し伸べてくる。

「そちらも相変わらず、女性を褒めるのが下手ね、八十吉くん」

苦笑いを浮かべてフェルは答え、八十吉の手を握った。武術家らしい、分厚くて力強く、そして優しく包み込むような手。

「伊武は一緒ではないの」

「女学校が終わったら、こちらに直接来るように伝えてあります。自転車を買ってやりましてね。すっかり気に入ったようなので、ひとっ走りでしょう」

八十吉は、相変わらず伊武には甘いようだ。

「あれが会場ですか。ご一緒しましょう」

河原に張られている横断幕を見て、フェルを先導するように八十吉は歩いて行く。

暫く行くと、土手沿いから河原へと下りていく道の手前で、先ほど太鼓橋の上からも見えた駄馬と行き合った。何やら興奮しており、馬首を激しく左右に振って暴れている。手綱を引いていた馬子の男は頻《しき》りに宥《なだ》めるような声を掛けているが、やがて駄馬は苛《いら》ついたように嘶《いなな》きながら、後ろ脚で荷車を蹴《け》り始めた。炭俵を固定していた綱が切れ、それが道に転がり出す。これでは危なくて近寄れず、すれ違うこともできない。道の前後では、数人が足止めを食って、困った顔をしてこの光景を眺めている。

「いかんな。走り出したら止められなくなる」

八十吉は独《ひと》り言《ご》つように呟《つぶや》くと、ステッキをフェルに預け、駄馬へと近づいて行った。

「貸したまえ」

そして有無を言わせぬ口調で、馬子から手綱を奪う。

同時に、駄馬が後ろ脚立ちして八十吉に襲い掛かろうとした。

様子を見ていた通りすがりの者たちが悲鳴や驚きの声を上げたが、八十吉は冷静だった。

まるで時がゆっくりと流れているような優雅な動きで手の平を前に出し、駄馬の胸元をひと撫でする。

前脚を高く上げたまま、駄馬は一瞬、動きを止めると、そのまま何事もなかったかのように脚を下ろした。

「もう大丈夫」

八十吉はそう言って、手綱を馬子の男に返した。

駄馬は先ほどまでの様子が嘘《うそ》のように落ち着いており、首を下げて地面を舐めている。

これを見ていた者たちから、まばらに拍手が上がった。八十吉はカンカン帽を少し持ち上げてそれに応《こた》えると、フェルを促して河原への道を下り始めた。

「大したものね」

フェルがステッキを返しながら声を掛けると、八十吉は少しばかり自慢げに胸を反らせて語り始めた。

「馬離衝は元々、天帝家の馬寮司《めりょうのつかさ》が、素手で馬を制するために……」

「今日は仕事帰り？」

話が長くなりそうだったので、フェルは適当に話題を切り替える。

「ええ、まあ。とはいっても会社ではなく、馬離衝の方です。午前中、警視庁に指導に赴いていました」

新世界大陸から帰国した八十吉が起業した工務店は、主にフェル電器の下請けとして、配電工事や、変電施設、後には水力発電所の建設などの大工事も請け負い、送電システムの普及とともに地道に事業を拡大させてきた。

その一方で、廃《すた》れかけていた馬離衝の復興にも尽力し、町道場から始めて、現在、馬離衝は警視庁に正式採用されるにまで至った。道場出身者には警察の要職に就いた者も多く、今や八十吉は実業家としてだけではなく、馬離衝師範としても名が知られ、影響力を持っていた。

「しかるに、例の箱は？」

土手沿いの道から河原へと下りて行く傾斜を歩きながら八十吉が言った。

「持ってきているわ。あれがないと、伊武、怒るもの」

箱の状態になった天徳鯨右衛門《てんとくげいえもん》なる男を、いかにして元に戻すか詳しく研究するため、箱はフェルが住む旧釘宮邸で預かっている。

だが、あれにはいくつか問題があった。鯨右衛門を人の形に戻すことを、釘宮久蔵や田坂甚内は渋っていたようだが、その気持ちが、機巧師となった今のフェルにはよくわかる。

鯨さんにも桜の花を見せてやりたいと、毎年、この花見会に箱を持ってくることを伊武は望んでいた。

事情をよく知らぬ新入社員が、うっかりあの箱に腰掛けることが、今年はなければいいがとフェルは思った。

「すると君は、フェル電器産業社主の御令嬢ということか」

丸テーブルの向こう側にいる林田が、新しい紙巻き煙草のパッケージを切りながらそう言った。

ナオミは落ち着かない気分で、そわそわと辺りを見回す。

カフェーの店の隅には蓄音機が置いてあり、レコードが外国のオペラを奏《かな》でているが、人の話し声の方が大きくて、殆ど聞き取ることができない。

空気は煙草の煙でうっすらと霞《かす》んでいる。三十ほどあるテーブルの間を、女給たちが、食事や酒、コーヒーなどを運んで引っ切りなしに行き来していた。いずれも藍や藤色、桜色などの爽《さわ》やかな色合いをした、セルや銘仙《めいせん》の柄物の着物に、お揃《そろ》いの胸元まで覆《おお》うフリル付きの白いエプロンを着けていた。中にはナオミとさほど年の違わない、十六、七と思われる娘もいて、女学生の格好をしたナオミの方を、訝《いぶか》しげな目でちらちらと盗み見てくる。

その時、不意にウォーッという獣の吠《ほ》え声のようなものが店内に鳴り響き、ナオミは驚いて椅子《いす》から飛び上がりそうになった。

だが、吃驚《びっくり》しているのはナオミだけのようで、カフェーにいる客たちは一斉に手を叩《たた》いたり囃《はや》し立てたりして、女給などの従業員たちも一緒になって声を上げている。

「何ですか？」

状況がよく摑めず、他の客と同じように笑いながら手を叩いている林田に向かってナオミは小声で問う。

「この『カフェー・ダゴン』の名物さ。売上げがその日の目標に達すると、あそこにあるブロンズ像が雄叫《おたけ》びを上げる趣向なんだ」

火の点《つ》いた煙草の先で林田が示す方向を見ると、確かに半人半魚のような姿をした奇妙な像が壁際《かべぎわ》に鎮座している。

「ダゴンという外国の神様さ。この店の名前の由来にもなっている」

林田はそう言うと、通り掛かった女給を呼び止めた。

「ミリオン・ダラーを頼む。それから彼女にはコーヒーとプリンを。ああ、そうだ。少し腹も減っているから、ホットサンドウィッチも二人前、お願いするよ」

女給にチップを渡すと、林田はナオミの方を向き直る。

「カフェーは初めて？」

「学校で禁止されていますから……」

消え入るような声でナオミは答える。

それだけではない。男の人と二人で銭町《ぜにちょう》のカフェーに出入りしていたなどと噂が立てば、下手をすれば退学になってしまう。今朝も始業式で校長先生の、昨今の男女風儀の紊乱《びんらん》を嘆くような訓辞を聞いたばかりなのだ。それに金髪碧眼のナオミは、どうしても目立つ。

「そんなにおどおどする必要はないんじゃないかな」

ふた口ほど煙を吸っては吐き、林田が口を開いた。

「君が思っているほど、周りの人は君のことを気にしてやいないよ。堂々としていればいいじゃないか」

言われてみればそうかもしれない。少し自分は人目を気にしすぎるところがある。

「あの……何で林田さんは、警察に追われているのですか」

おそるおそるナオミは問うてみた。

「追われているとは人聞きの悪い」

運ばれてきたグラスに入った、淡い橙色《だいだいいろ》のコクテールに林田は口をつける。気取った素振りだったが、表面に浮かんだ白い泡が口髭についているのを見て、またナオミは可笑しくなった。

「ここのバーテンダーは本格派でね。座毛崎《ざもうさき》にあるグランド・ホテルで外国人相手に腕を磨いたらしい。天府じゃあ一番だ」

誤魔化すように林田は言う。ナオミは不思議に思った。何かの罪を犯した犯罪者なら、刑事さんも、あのようにのんびりと談笑している暇に逮捕すればいいのだ。意味がわからない。

運ばれてきたコーヒーにもプリンにも手を付けず、じっと見つめるナオミの視線に堪えかねたのか、林田が仕方なくという感じで口を開く。

「僕はね、原稿を書いたり、新聞や雑誌の発行を仕事にしているんだが、どうも官憲諸氏は、その内容が気に入らないらしいんだよなあ」

林田は肩を竦めてみせる。

「物書きのお仕事をされているんですか」

「うむ。まあね」

あまり詳しく話したくないのか、濁すような口調で林田は言う。

続けて運ばれてきた、鶏肉《とりにく》を挟んで表面を香ばしく焼き上げたサンドウィッチを手に取り、林田はそれにかぶりつき始めた。

「ところで、何で僕の方ばかり質問されているのかな。これは君への面接の筈だが」

「面接？」

ナオミはきょとんとした表情を浮かべる。

「おいおい、君は姫野のやつに会いに来たんじゃなかったのかい」

そういえばそうだった。林田に合わせて逃げたり走ったり市電に飛び乗ったりしているうちに、すっかり忘れていた。

「おいっ、通せ！」

その時、急に店の入口が騒がしくなった。

聞き覚えのある声にナオミが振り向くと、店員と押し問答になっているのは、フェル家のお抱え車夫である重五郎だった。

「お嬢様！　無事ですか」

ナオミの姿を見つけ、重五郎が声を上げる。

が言う。

「知り合いかい？」

食べかけのホットサンドウィッチを皿の上に置き、口元をナプキンで拭《ぬぐ》いながら林田が言う。

店員や常連客たちの制止を振り切りながら、ナオミと林田が座っているテーブルに近づいてくると、重五郎は迷わず林田の着物の胸倉を摑んで立たせた。

「お嬢様を拐《かどわ》かしたのは貴様か」

「拐かす？　何の話だ。君、少し落ち着きたまえ……」

林田が言い終わらないうちに、重五郎の鉄拳がその頬を捕えた。

倒れる拍子に林田がテーブルクロスを摑み、上に載っていた皿やグラスが床に落ちて割れた。

女給たちが悲鳴を上げる。飲み物が撒き散らされ、食べかけのサンドウィッチが転がり、プリンが床で潰《つぶ》れて広がった。

「やめて、重五郎さん」

床に倒れた林田を、さらに足蹴にしようとする重五郎を、必死になってナオミは制止する。

ナオミが猫地蔵坂ホテルに向かったことを、伊武が喋《しゃべ》ったのだろうか。

どちらにせよ、重五郎が迎えに来る筈だった正午から、もう一刻半以上は経っている。

ずっとナオミのことを探していたのか。

「いきなり殴りつけてくるとは、ずいぶんなご挨拶《あいさつ》じゃないか」

鼻の下に滲《にじ》んだ血を拭いながら、林田が立ち上がってくる。

「ごめんなさい、林田さん。この人はうちで雇っている車夫で……」

「ふん。資本家の使用人か」

心から見下すように林田が言う。

その口調にかちんと来たのか、再び重五郎が林田の胸倉を摑んだ。

「また殴るつもりかい？　野蛮人が」

「この方がどなたか知っているのか」

「フェル電器産業の御令嬢だろう。さっき聞いた」

「警察に突き出すぞ、貴様」

「いきなり人を殴りつけたうえに、今度は警察と来たか」

「猫地蔵坂ホテルにいた刑事から、お前がどんな人物かは聞いている」

するとやはり、その線から地道に探してきたのだろう。ナオミは容姿に特徴があるから、聞き込みをしながら探せば、運が良ければ辿《たど》り着く。

「拐かしたとか抜かしていたな。僕が彼女を人質に身代金を要求するとでも？」

「あり得なくはない」

「馬鹿馬鹿《ばかばか》しい」

吐き捨てるように林田は言う。

「それで必死になって探し当てたわけか。飼い主に叱《しか》られずに済んで良かったじゃないか」

「何だとっ、俺はそんなつもりでは……」

「その手を離したまえ、野蛮人くん。君には付き合いきれない」

一瞬、重五郎は苛ついた表情を見せたが、言われた通り手を離した。

「まあいい、ちょうど送って行かなければと思っていたところだから、手間が省けた。連れて行くがいいさ」

「ごめんなさい、林田さん……」

おろおろと二人を見ているばかりだったナオミは、やっとそれだけを口にした。

「君が気にすることはない。楽しかったよ。それから面接の方は合格だ」

そう言って林田は片目を瞑《つむ》ってみせた。

「行きましょう、お嬢様」

重五郎に促され、ナオミは項垂れながら付いて行く。

カフェーの客や女給たちの白い視線が痛かった。

「ああ、それからこの惨状の弁償代は、フェル電器の方に請求書を送るからね」

出ていこうとする重五郎とナオミの背中に向かって、林田が飄々《ひょうひょう》とした口調でそう付け加えた。

3

『ナオミさん。

毎日学校でお顔を合わせているというのに、こうしてお手紙を書くのって、何だかとても不思議な気分です。

先日、内緒と言われたのに、うっかりナオミさんの行き先を重五郎《しげごろう》さんに教えてしまって、本当にごめんなさい。

少しも悪気はなかったのです。まさかこんなふうに、ナオミさんに一週間も口を利《き》いてもらえないようなことになるなんて、思ってもみませんでした。

どうか絶交などとはおっしゃらないでください。

私はナオミさんと仲良くしたいのです。

伊武より。

追伸：お約束したように、いつかナオミさんに自転車をお貸しするのを楽しみにしております』

下駄箱の中に入っていた手紙の内容は、そうなっていた。

ナオミが下級生からの手紙に、あまりきちんと目を通していないことを伊武は知っているので、目立たせるためか、まるで果たし状のように三つ折りにした和紙の表書きに、大きな筆文字で「伊武より」と書いてある。

ふと視線を感じ、ナオミは振り向く。廊下の曲がり角のところから、顔だけを出してこちらの様子を窺《うかが》っていた伊武が、慌てて首を引っ込めるのが見えた。

伊武からの手紙を鞄《かばん》の中に仕舞い込むと、ナオミは革の短靴を履いて表に出た。

カフェー・ダゴンでの一件があってから、ナオミは半刻《はんとき》以上もかけて歩いて女学校に通っている。

石畳になっている道を校門に向かって歩いて行くと、やはり今日も人力車夫の重五郎が迎えに来ていた。

「ナオミお嬢様、あの……」

「何度も言っているように、迎えは必要ありません。お帰りになってよろしくてよ」

つんとそっぽを向いて冷たくそう言い放つと、ナオミは重五郎を無視してさっさと猫《ねこ》地蔵坂《じぞうざか》を下りはじめた。

その後ろを、人力車の梶棒《かじぼう》を握って、のろのろと重五郎が付いてくる。

「お嬢様、今日も猫地蔵坂ホテルに行くんでございますか」

「そうよ」

「あそこは胡乱《うろん》な連中の溜まり場です。お嬢様のようなお方が行くところでは……」

「そんなの私の勝手ですわ。それに猫地蔵坂ホテルにいる人たちは、皆さん、立派な方ばかりです」

「しかし……」

「いい加減にしてくださいまし！」

足を止めて振り向くと、ナオミは重五郎を睨《にら》みつけた。

「私はもう、誰の干渉も受ける気はありません。お母様にもそうお伝えして」

「はあ……」

途方に暮れている重五郎を置いて、ナオミは再び坂を下り始めた。

少し歩いてから気になり、ちらっと振り向いてみると、重五郎はまだ同じ場所に佇《たたず》んでいた。ほんの少しだけ、ナオミの心が痛む。

「あら、ナオミさん、いらっしゃい」

猫地蔵坂ホテルの玄関に入ると、さっそく帳場から声を掛けてくる者がいた。

菊子《きくこ》だ。このホテルを経営している朝倉《あさくら》家の長女で、ナオミより二つ年上の十九歳である。モダンなホテルの造りとは裏腹の、地味な縞《しま》柄の木綿の着物姿だった。

「こんにちは」

行儀良くナオミは頭を下げる。

「今日も林田《はやしだ》さんに会いに来たの？」

「はい」

カフェーでの一件の翌日、林田に謝るためにナオミはホテルに立ち寄ったが、怒っていると思っていた林田は、案外気にも掛けていないようなさっぱりした様子だった。

必ず姫野《ひめの》に会わせると請け合ってはくれたが、林田は忙しいのか、約束したにも拘《かか》わらずホテルには殆《ほとん》どいない。通っているうちに、菊子ともすっかり顔見知りになってしまった。

「姫野先生を紹介していただける約束なんですが……」

菊子は眉根《まゆね》を寄せる。

「林田さん、そんなこと言ってるの？　相変わらず無責任ね。姫野さんからはファンには取り次がないでくれと言われているでしょうに……」

「いや、ところが姫野くんの方も、彼女のことが気に掛かっている様子なんだな、これが」

ふと声がして、ナオミはそちらを見た。

ロビーの隅にある地下への階段から、林田が歯の隙間を爪楊枝《つまようじ》でほじくりながら上がってくるところだった。確か地下には食堂があった筈《はず》だ。

「あら、無責任主義者の先生、こんにちは」

　それを見て、菊子がからかうような声を上げる。

「無政府主義者だよ。それから、今日の賄《まかな》いだけど、目刺しに漬け物とはけちくさい。パンとコーヒーにコロッケくらい出したまえよ」

「そんなことは宿代を払ってからおっしゃってくださいな」

「いずれ金が入ったら、色をつけてまとめて払うさ」

「そう言いつつ、もう半年も溜まってますよ」

「僕は無責任主義者だから、すぐに払っては主義に反するんだ」

「あら、無政府主義者じゃなかったんですか」

「たった今、転向した」

　菊子の催促を、林田は飄々と軽口で受け流している。

　二人が話している、無政府主義者というのがどんなものなのかはナオミにはよくわからなかったが、そんな林田の悪びれない様子に、思わずナオミは顔を綻《ほころ》ばせる。

「君はよく笑うね」

「あっ、ごめんなさい」

　慌ててナオミは返事をする。

「いや、それは君の良いところだよ。姫野に会いに来たんだろう？　案内しよう」

ふと見ると、林田に続いて例の特高の刑事が階段を上がってきた。おそらく、林田と一緒に食事を摂《と》っていたのだろう。ナオミがそちらにもきちんと会釈をすると、刑事も驚いた表情を浮かべて軽く頭を下げた。

「行儀がいいなあ。相手は刑事だぜ。挨拶なんかしなくていいんだ」

呆《あき》れたように林田が言う。

「でも……」

言われた刑事の方も苦笑を浮かべている。

「まあいいや、行こう行こう」

林田はさっさと先頭に立ってロビーの奥にある階段を今度は上階へと上り始めた。

「姫野の部屋は、二階の二十八号室と二十九号室だ」

木の床が光沢を浮かべるほどつるつるに磨かれた踊り場を折り返しながら、林田が言う。

「こっちは宿代から賄い代まで、全部支払いはツケにしてもらっているってのに、姫野のやつときたら寝室にアトリエと二部屋も借りてやがるんだ」

先に立って廊下を歩きながら、ぶつくさと林田が言う。

「それなら普通に家をお借りになった方が安いのでは？」

「姫野は金を持っているからな。それに独り身だから、賄い付きで、掃除洗濯やちょっとした買い物も頼める、このホテルの方が便利なんだろう」

確かに、この猫地蔵坂ホテルという場所は、宿泊客の半分は外国人だったが、あとの半分は、下宿同然に長逗留《ながとうりゅう》している画家や文士、または林田のように何をやっているのかよくわからない輩《やから》の溜まり場のようになっているらしい。館主が大らかな人のようで、林田のように何か月も宿泊代や賄い代を溜めている住人も何人かいるようだった。

二階に足を踏み入れると、林田はすぐのところにある部屋のドアの前で足を止め、遠慮なくどんどんと叩き始めた。

「おおい、姫野、いるんだろう。出てきたまえ。お客さんを連れてきたぞ」

中から返事は聞こえてこない。

「お留守なのではありませんか」

「いや、いるいる。気配でわかる。やつは居留守の常習犯だからね」

林田は何度にも亘《わた》ってしつこく叩き続ける。

やがて、ドアが内側に薄く開き、心から迷惑そうな顔をした男が、顔を覗《のぞ》かせた。

「林田さん、勘弁してくださいよ。今、忙しいんだ。雑誌の表紙の締め切りが近くて、あなたの相手はしていられない」

「おや、いいのかい？　例のブロンドの女学生をお連れしたというのにさ。あれは誰かって、頻《しき》りに僕に聞いていたじゃないか」

　姫野清児《せいじ》と思《おぼ》しき、ドアの隙間から顔を出した男を見て、ナオミは驚いた。

　このホテルに初めて来た時、下のロビーで少しだけ顔を合わせた男だった。背丈五尺ほどの、ずんぐりむっくりした小男。五厘刈《ごりんが》りの坊主頭に、面皰《にきび》の痕《あと》だらけの面の皮をしている。

　今は前掛けのようなものに、袖口には腕貫きを着けていた。いずれも絵具で汚れている。

「あっ、あなたが姫野先生だったのですか。先日は失礼しました。私、ナオミ・フェルと申しまして……」

　慌ててナオミは挨拶しようとしたが、姫野は一瞥《いちべつ》だけくれると、さっさとドアを閉めようとした。

「おい、閉めるなよ。照れているのか」

　すかさず林田がドアの隙間にスリッパを履いた足先を滑り込ませ、それを阻止しようとする。

「痛ってえ！」

　そして勢いよくドアに足を挟まれ、林田が悲鳴を上げた。

「僕がファンと会いたがらない理由がわかるかい？」

　そんな林田を無視し、姫野がナオミに向かって言う。

「いえ……」

「僕の顔を見て、今の君のような表情を浮かべる子が多いからだよ。ひどい話さ。僕を見た途端、あなたが姫野清児画伯なわけがないと言って泣き始める子までいるんだからな」

ナオミの方にそんな気持ちはなかったので、思わず言葉を失った。

「まあまあ、そう卑屈になるなって」

足先を抱えて廊下をぴょんぴょん跳ねていた林田が、お構いなしの明るい口調で会話に割り込んでくる。

「ファンの子が来たら追い払ってくれと頼まれている僕が、わざわざ君に紹介するんだ。この子は悪い子じゃない」

「どうしてそう思ったんです」

「直感」

「話になりませんね」

姫野は再びドアを閉めようとする。

ふと見ると、少し遅れて階段を上がってきた刑事が廊下の隅で壁に背中を預け、笑いを押し殺しながら、この光景を見守っていた。

「とにかく上がらせろよ」

「あなたは押し売りですか、林田さん」

「あの……ごめんなさい。私が図々しすぎました」

気がつくと、ナオミの目元には涙が滲んでいた。ドアを挟んで押し問答になっていた二人の動きが止まる。

「あーあ、泣かせてしまった。それだから君はもてないんだよ、姫野くん」

「大きなお世話ですよ。あなたにそんなこと言われたくないですね」

それでも姫野は多少は悪いと思ったのか、仕方なくといった口調で言った。

「入りたまえ」

そしてドアを大きく開く。

「お邪魔するよ」

何故《なぜ》か林田の方がナオミより先に返事をし、遠慮しているナオミの手を握って部屋の中に入り込んだ。

姫野は寝室とアトリエの二部屋を借りていると、先ほど林田は言っていたが、どうやらこちらはアトリエのようだった。

イーゼルが林立し、画板などが何枚も壁に立てかけられている。棚には水干《すいひ》絵具や胡《ご》粉《ふん》の入った壺《つぼ》の他、毛先を上にして陶製の筆立てに挿された絵筆が、束になって何百本も置かれていた。

「絵皿を蹴飛ばさないでくれよ」

見ると、絨毯《じゅうたん》の張られた床に古新聞が敷かれており、その上に縦横十五寸ほどの麻紙が広げられていた。膠水《にかわすい》で溶かれた色とりどりの絵具が入った小皿が、それを囲むように十数枚、並んでいる。

描きかけの絵を見て、思わずナオミは感嘆した。女学生が二人、草むらに並んで座り、楽しげに語らい合っている構図だった。

姫野の肉筆の絵を見るのは初めてだったが、やはり印刷されたものとは全く違う。背筋が粟立《あわだ》ちそうな気分だった。

「座るところがない。それをどかしてくれよ」

だが林田は、姫野の絵を見ても何も感じないのか、床に広げられたそれを指差してそう言った。

「失礼ですよ、林田さん」

慌《あわ》ててナオミは、そんな林田を窘《たしな》める。

「仕事中というのは本当なんだ。長居は勘弁してくれ」

姫野にそう言われ、渋々といった様子で林田は壁際の狭い場所を選んで腰を下ろした。

ナオミもその傍らに正座する。床の見えているところが少ないので、胡座《あぐら》をかいている林田の膝頭《ひざがしら》が、女袴《おんなばかま》越しにナオミの太腿《ふともも》に触れるような近さだった。

「悪いが、お茶とかも出さないよ。で、僕に何の用だ」

描きかけの絵の傍らに座った姫野が、ぶっきらぼうな口調でナオミに言う。

「あの、これを……」

ナオミは鞄の中から切り抜き帳《スクラップ・ブック》を取り出した。それは定期購読している少女雑誌などから、姫野の描いた挿絵ばかりを選んで貼《は》り付けたものだった。

「ほう……」

それを受け取り、丁寧に繰りながら、姫野は満更でもないような声を出す。

「この世に一冊だけの、僕の画集といったところか」

やがて帳面を閉じ、姫野は言った。

「表紙にサインでも入れてやろうか？」

「本当ですか」

感激のあまり、ナオミは弾んだ声を出す。

「その代わり、君、僕の絵のモデルを頼まれてはくれないか」

「えっ」

姫野は手近の小皿に置かれていた絵筆を取ると、濃い藍色《あいいろ》の絵具で、帳面の表紙に慣れた手付きで署名した。

「挿絵や表紙に、外国人の少女をという依頼は意外と多くてね。モデルがいなくて困っていたんだ」

どういうわけか姫野はサインを入れ終わった帳面を林田に渡した。

「いいじゃないか。やってみれば？」

林田が、あまり興味もなさそうな様子で切り抜き帳をぱらぱらと捲《めく》りながら言う。

返事に困ってナオミは俯《うつむ》く。大人気の姫野画伯の絵のモデルを務めるなど、失神してしまいそうな名誉だった。

「でも、私なんか……」

「何をおっしゃいますやら」

遠慮がちにそう呟いたナオミに向かって、林田が呆れ声を上げる。

「君はちょっと自意識過剰なところがあるね。人目を気にしたりするのも、惹《ひ》きつけるような容姿が自分にあると自覚しているからだろう」

ある意味では図星だった。ますます恥じ入るような気持ちになり、ナオミは体を縮こまらせる。

「林田さん、あんたは本当にデリカシーがないな」

「僕は思ったことは遠慮なく口にすることにしているんだ」

飄々とした口調で林田は言った。

「折角《せっかく》だから、少しデッサンしてみよう」

「おや、仕事が忙しいんじゃなかったのかい」

林田が、にやにやとした表情を浮かべて茶々を入れる。

「うるさいなあ。林田さんはそこで見学していますか」

「いや、退屈そうだ。僕はお暇《いとま》しよう」

そう言うと、よっこらせと林田は立ち上がった。

「えっ、林田さん、行ってしまうのですか」

「僕だってあれこれ用事があるんだ。それに僕がいたんじゃあ、お邪魔だろう」

引き留める間もなく、林田は部屋から出て行ってしまった。

姫野と二人きりになると、急に空気が重たくなるのを感じた。さっきまでは、林田が傍らにいてくれたから、何となく会話も成立していたのだ。

「これに座ってくれ」

姫野はいそいそと床に広げられていた描きかけの絵や、絵具の入った小皿を片付けると、座面に皮革が張られた木椅子を置いた。

ナオミはそれに腰掛ける。緊張で強《こわ》ばったまま、まるで校長先生の訓辞を聞く時のように、きちんと足を揃えて座り、紫色の女袴の生地の上に、行儀良く両手を載せて背筋を伸ばした。

姫野は木炭を手にし、胡座をかいて床に座り込むと、さらさらと慣れた手付きでスケッチブックに素描を始めた。

「うーん」

やがて少し唸《うな》ると、画用紙を一枚破って床に放り捨てた。

姫野清児の手によってそこに写し取られた己の姿を見て、ナオミは震えるような感動を覚えた。姫野の様子からすると、それは描き損じのようだったが、どこが気に入らなかったのかもわからない。

「……今日は、もう一つ気分が乗らないな。明日もまた来たまえ」

「よろしいのですか」

緊張がほぐれ、ほっと胸を撫《な》で下ろしながらナオミは言う。

「それから、これは忠告だが……」

道具を片付けながら、姫野はちらちらとナオミの顔を見ている。

「君、林田なんかと付き合うのはよしたまえ」

「付き合うなんて、そんな……」

林田とは、カフェーでの一件の後、このホテルのロビーで二度ほど会っただけだ。お互いに、殆ど何も知らないに等しい。

「言っておくが、やつは妻子持ちだ。自由恋愛《フリーラブ》とやらを提唱していて、愛人も何人かいるらしいが、やつがここに投宿しているのは、それが元で細君の逆鱗《げきりん》に触れて、家を追い出されたからさ」

姫野は下卑た様子で心から可笑《おか》しそうに笑う。

「私、本当に林田さんとは何も……」

困ってしまい、ナオミはそう口にした。林田と話していると楽しいのは確かだったが、そんなことは考えてもいなかった。

「だったらいいんだ。君みたいな子が、あんな男に穢《けが》されるのは堪えがたい」

「あの……」

おずおずと口を開き、ナオミは床に落ちている先ほどの絵を指差した。

「それ、いただいてもよろしいですか」

「こんな書き損じが欲しいのかい。いいとも」

姫野は絵を拾い上げると、それをナオミに差し出した。

そして、両手を出して受け取ろうとしたナオミに向かって、舌舐《したな》めずりしながら言った。

「ところで君……脱げる？」

4

「今日、会社の方に林田馨《かおる》っていう人から、請求書が送られてきたわ」

旧釘宮《くぎみや》邸の広い玄関ホールに、仁王立ちで待ち構えていたマルグリット・フェルは、屋敷に入ってきたナオミに向かって、そう言い放った。

請求書に記されたカフェーの損害額は、フェルにしてみれば大したものではなかったが、これといった問題を起こしたことがないナオミが、急速に己の手から離れて行ってしまいそうな予感に、フェルは不安を感じていた。

「カフェーを荒らした弁償代ですか？　だったら払ってあげてください。重五郎さんがやったことですから」

無愛想な口調でナオミは答える。

「口答えはやめなさい、ナオミ！」

真《ま》っ直《す》ぐに人差し指を突き出し、フェルは母親らしく、毅然《きぜん》とした態度で叱りつける。

「こんなことは許しませんよ。ええ、許しませんから！」

「お母様が今、怒鳴っている相手、私じゃありませんことよ」

慌ててフェルは、衣服の胸元に手を突っ込み、合わせから愛用の眼鏡を取り出して装着した。

フェルが叱りつけていた相手は、肩を丸めて恐縮している重五郎だった。

「ナオミ！」

足音に振り向くと、緩やかにカーブを描きながら上階へと続いている広い階段を、ナオミが駆け上がって行く姿が見えた。

溜息《ためいき》をつき、フェルは重五郎の方に向き直る。

「今日も、ずっとあの子の後ろを付いてきたの？」

「へえ……何かあったらいけないと思いまして……申し訳ございません、奥様」

ナオミが送り迎えの重五郎を無視するので、仕方なく辻待《つじま》ちのように猫地蔵坂ホテルの前に人力車を停めて待機し、歩いて旧釘宮邸まで帰るナオミの後を付けるように距離を保ってのろのろと人力車を引いて戻ってくるというのを、もう一週間も重五郎は続けていた。

「弁償代の方は、自分の給料から天引きしてくだされば……」

「余計な気を回さなくていいわ。ご苦労様。もう休んでいいわよ」

フェルがそう言うと、重五郎は何度も頭を下げてから、使用人たちが住んでいる敷地内の平家へと戻って行った。

少し迷ってから、フェルはナオミの部屋に行くことにした。

カフェーでの一件の後から、ナオミの態度はどこか余所余所《よそよそ》しかったが、今日は心なしか声に元気がなかった。それが心配だったのだ。

「ナオミ？　入るわよ」

ノックしても返事はなかった。ドアノブを握って回してみると、鍵《かぎ》は掛けられていない。

もしやと思い中に入ってみると、やはりナオミは部屋の中央で俯《うつぶ》せに倒れていた。

いつものことなので、冷静にフェルはナオミを抱え起こす。

ナオミ自身が『居眠り病《ナルコレプシー》』と称している症状だった。おそらく本か何かで自分で調べたのだろう。原因は今のところ、フェルにもわかっていなかったが、このところは頻度が高くなってきている。

「聞こえる？　ナオミ」

別棟に連れていくべきかどうか迷い、フェルが耳元で囁《ささや》くと、ナオミは低く唸って瞼《まぶた》を薄く開いた。

「お母様？　ごめんなさい……」

「大丈夫？　何か嫌なことでもあったの」

「いえ……」

ナオミの視線は定まっておらず、微睡《まどろ》むように宙を彷徨《さまよ》っていた。

「少し横になりなさい」

フェルはナオミを抱え上げると、ベッドへと運んで行った。短靴を脱がせ、シーツの上に横たわらせると、フェルもベッドの端に腰掛ける。

「ねえ、お母様」

どう声を掛けたものか迷っているうちに、ナオミの方が先に口を開いた。

「何？」

「私、いつになったら月のものが来るのかしら」

それはずっとナオミが気にして悩んでいることだった。十七ともなれば、周りの殆どの子たちは、すでに初潮を迎えている。

「人によるのよ。あなたは少し遅いだけ。気にすることはないわ」

聞かれる度に、フェルは答えに困ってしまう。いつまでも誤魔化しきれるものではない。

金色の髪を撫でてやっているうちに、やがてナオミは静かになった。

通学用の鞄が床に落ちたままなのが目に入り、フェルは立ち上がると、それを拾い上げた。屋敷の庭に面した窓に向けて勉強用の机が置かれており、その椅子の上に、フェルはそっと鞄を置く。

机の上には白熱電球の笠《かさ》付きスタンドが置いてあり、十数冊の本が本立てに支えられて並んでいる。いずれもナオミがお気に入りの詩集や少女小説で、千代紙を丁寧に折った手作りのカヴァーが掛けられていた。

そのうちの一冊を、何となくフェルは手にする。

ページの間に、しおり代わりに雛菊《ひなぎく》の押し花が挟まっていた。お気に入りの詩なのか、それは初恋について綴《つづ》られた韻律《ロマンセ》だった。

自分にはこんな少女時代はなかった。物心ついた頃には、すでにいくつかの発明を物にしており、商売っ気の強かった父と、年の離れた兄によって、フェル電器産業の前身となる会社が設立されていた。

ナオミが詩や文学で身を立てたいと考えていることを、フェルは知っていた。

新しい時代の、自立した職業婦人への憧《あこが》れ。その一方で、ナオミはいずれ自分に訪れるであろう初恋を思い描いている。いつかは結婚して家庭を築き、フェルが与えてやれなかった温かい家族の団欒《だんらん》を望んでいるのかもしれない。

――だが、そんな夢は、けして叶《かな》わないのだ。

一瞬、脳裏を過《よ》ぎった考えに、フェルは強く頭を横に振る。

そっと本を閉じ、フェルはそれを元に戻した。

ふと、椅子の上に置いた鞄の中に、筒状に丸めた紙が入っているのに気づいた。

ナオミがまだベッドの上で大人しくしているのを確かめ、フェルはそれを取り出す。

広げると、そこには脚を揃えて椅子に座っている制服姿のナオミが、達者な筆致で木炭で素描されていた。

5

「伊武さん、そんなところに隠れていないで、出ていらしたら？」

翌日も下駄箱には、伊武からの果たし状のような手紙が入っていた。

ナオミが振り向くと、やはり廊下の曲がり角に隠れて伊武がこちらの様子を窺っている。

「は、はい」

隠れていた伊武が、おずおずと姿を現した。

「まだ怒ってますか、ナオミさん」

摺《す》り足で近づいてくると、伊武は怖々と上目遣いにそう言った。

「ねえ、伊武さん、お願いがあるのですけど……」

「何でしょう」

ナオミが弱々しい声を出したからか、釣られて伊武も声を潜める。

「今日、一緒に猫地蔵坂ホテルまで付いてきてくださらないかしら」

「はあ……」

事情がよくわからないのか、伊武はきょとんとしている。

「実を言うと、私、姫野画伯にモデルを頼まれていて……」

「ええっ、そうなのですか」

伊武が驚いた声を上げるので、ナオミは人差し指を唇に当て、声を落とすように促した。

「これ、絶対に内緒よ」

「はい。今度は必ず守ります」

胸の前で両手の拳《こぶし》を固く握り、伊武が真剣な面持ちで頷《うなず》く。

「姫野先生と二人きりになるのは、何だか怖くて……」

「厳しい方なのですか」

「そういうわけではないのですけど……」

つい昨日、姫野から裸婦デッサンのモデルを頼まれた時のことをナオミは思い出す。

――ところで君……脱げる？

姫野はそう言って、素描を受け取ったナオミの着物の合わせに手を伸ばしてきた。

吃驚《びっくり》して思わず身を引いたナオミを見て、姫野は心からがっかりしたというような表情を見せた。

「君も他の女たちと一緒か。いいよ。無理強いはしない」

「私……」

「やっぱりモデルの話はなしにしようか。裸婦画こそ女性の美しさの極みを表現する最良の方法だ。けっして僕は、いやらしい気持ちから言っているわけではない。林田から、君は新しい時代の女性に憧れがあるらしいと聞いていたから、もう少し進歩的な考えの持ち主だと思っていたんだがな」

林田が執筆や出版の仕事をしていると聞き、どんなものを作っているのかは知らないが、機会があれば是非とも手伝わせて欲しいと、ナオミにしては珍しく熱心に訴えたのだ。

「待ってください」

ナオミに興味を失ったかのような素振りで、さっさとスケッチブックなどを片付けようとしている姫野に、下唇を噛《か》みながら、やっとの思いでナオミは声を出す。

「今日は……無理です。でも、気持ちの準備ができてからなら」

見た目が綺麗《きれい》なだけで中身のない、平凡なつまらない女だと思われるのは悔しかった。

「ふうん」

椅子に座って俯いているナオミを値踏みするように、顎《あご》に手を当てて考えながら姫野は言う。

「まあ、君がそう言うなら、待ってあげてもいいよ。確かに、その緊張ぶりじゃあ、いきなりは無理だろうからね」

「……すみません」

どういうわけか、そんな言葉が出た。

「このことは林田には黙っていてくれよ。あいつに芸術は解せないだろうから、あれこれと文句を言われるのも面倒だ」

「わかっています」

そう答え、ナオミは姫野のアトリエになっている部屋から逃げるように出てきた。

あまりのことにすっかり放心してしまい、帳場で菊子に声を掛けられたような気もするが、旧釘宮邸に着くまで、どうやって歩いてきたかも覚えていない。

「ええと、じゃあ私は、ナオミさんがモデルをしている間、付き人として横で待っていれば良いのですね」

伊武の声に、ナオミは我に返る。また、ぼんやりしてしまっていたようだ。

「お願いできるかしら」

「任せてください」

何故か伊武は自らの薄い胸板をどんと拳で叩《たた》いた。

「では、裏手に回って自転車を取ってきます！」

ナオミと仲直りできたことが余程嬉《うれ》しいのか、元気よくそう言うと、跳ねるような勢いで伊武は校舎の裏側へと走って行く。

校門の方を見ると、やはり今日も重五郎が人力車を停めて待っていた。

こうなると重五郎にも頼りたくなってくるが、ナオミはぐっと我慢する。

重五郎は芸術家や活動家などには偏見を持っているようだから、ナオミが絵のモデルを、それも裸婦モデルを頼まれているなどと知ったら、今度はアトリエに乗り込んできて姫野を殴りつけかねない。

「伊武様、ナオミお嬢様と仲直りなさったんで？」

「はい。重五郎さんはまだですか」

自転車を押して戻ってきた伊武が、重五郎を無視して坂を下り始めたナオミの後ろに付いて歩きながら、重五郎とそんな会話を交わしている。

猫地蔵坂ホテルまでは、校門を出たら、ほんの二、三町の距離なので、すぐに到着した。

ナオミからまだ許してもらっていない重五郎は、この道沿いに人力車を停めて、ホテルからナオミが出てくるのをずっと待っている。歩いて帰るナオミの後ろを、警護のために付いてくるためだ。

「あら、今日はお友だちを連れてきたんですか」

ホテルの玄関に入ると、早速、帳場にいる菊子が声を掛けてきた。

「やあ、ナオミくん。姫野のモデルをしに来たのかい」

間を置かず、奥から林田の声がする。見ると、以前と同じく林田がロビーにある応接用のソファでくつろいでいた。対面にはやはり例の刑事が座っており、一局指していたのか、テーブルの上には将棋盤が置いてある。

林田は咥《くわ》え煙草《たばこ》で立ち上がると、ナオミと伊武が立っている帳場の方まで歩いてきた。

そして、伊武の姿を目にして訝《いぶか》しげな表情を浮かべる。

「君は……ナオミくんの学友かね」

「はい。轟《とどろき》伊武と申します」

伊武が頭を下げる。

「……どこかで僕と会ったことがないか？」

「ちょっとちょっと林田さん、口説き文句が古すぎますよ」

帳場から身を乗り出すようにして、菊子がからかい気味に嘴《くちばし》を挟んでくる。

だが、林田の表情は真剣そのものだった。いつものように、菊子に軽口の一つも返そうとしない。

「いえ、私には覚えが……」

玄関からの上《あ》がり框《かまち》を挟み、林田を見上げるようにして伊武が答える。

林田の咥えている紙巻き煙草の先が灰になって落ちるまで、たっぷりと長い間、二人は見つめ合っていた。

やがて林田が頭痛を抑えるような仕種《しぐさ》で眉間《みけん》に指を添え、頭を横に振った。

「失礼。僕の思い違いだったようだ。忘れてくれ」

そして背を向け、ソファの方へと戻って行く。思わずナオミは、伊武と顔を見合わせた。

「行きましょうか」

伊武を促す形で短靴を脱ぎ、ナオミは並んでいるスリッパに履き替えた。

短靴をきちんと揃《そろ》えて置き直し、再び対局を始めた林田をちらりと一瞥すると、その脇《わき》を通って、姫野のアトリエがある二階へと階段を上る。

「先ほどの男の人、お名前は何とおっしゃるのですか」

「林田……馨さんとおっしゃる方です」

並んで階段を上りながら、伊武は腕を組んで首を傾《かし》げ、唸っている。

「やっぱり覚えがありません」

「通学の途中にすれ違いでもしたのではないですか」

そうは言ったものの、猫地蔵坂ホテルと伊武の住む轟家の屋敷では、天府《てんぷ》高等女学校を挟んで正反対の方向である。林田もあまり外をぶらぶら散歩がてらに歩き回るような質ではなさそうだ。

姫野がアトリエに使っている部屋の前に着き、深呼吸をすると、ナオミはドアをノックした。

「姫野先生、ナオミです」

例によって返事はなかったが、ドアの向こう側から気配だけ感じられたので、ナオミは声を出す。すぐに鍵を開ける音がし、中から姫野が顔を出した。

「そっちの人は誰だい」

そしてナオミの背後にいる伊武を見て、怪訝《けげん》そうな声を出した。

「あの……お友だちです。立ち会ってもらおうと思って……」

「ふうん。僕はあまり信用されていないと見えるね」

姫野が不服そうな声を上げる。

「そんなつもりでは……」

「まあいい。入りたまえ」

姫野はそう言うと、ドアを開いてナオミと伊武を招じ入れた。

相変わらず雑然としているが、一応、部屋の中央は片付けてあり、昨日も使った、座面が革張りの椅子《いす》が用意されていた。

「で、決意はできたのかい」

「はい」

緊張を孕《はら》んだ口調でナオミは答える。

「じゃあ、ぐずぐずしていると気持ちがぶれるから、早速、始めるとしよう。服を脱いで、その椅子に座ってくれ」

伊武はきょとんとした顔をして二人の様子を見ている。

「あの……窓は開けたままなんですか」

風通しを良くするためか窓は外に向かって大きく開け放たれており、カーテンも引かれていなかった。

「心配しなくとも、このホテルより高い建物は、近くにはないよ」

姫野はそう言うが、坂上に立っている天府高等女学校の校舎が、遠く窓の向こうに見えた。確かに望遠鏡でもなければ部屋の中までは覗けないだろうが、それでも落ち着かなかった。

対応してくれる様子を姫野が見せないので、仕方なくナオミは、身に着けている衣服を脱ぐために校章の入ったベルトに手を掛けた。

男の人の目に、己の裸を晒《さら》したことは一度もなかった。けっしていやらしい目的ではないのだと思っていても手が震える。

ベルトを外し、女袴の紐《ひも》を解こうとしたところで、どうしてもそれ以上、手が動かなくなってしまった。

「参ったな。これじゃ興ざめだ」

舌打ちまじりに姫野が呟く。気がつくと、ナオミは袴に手を添えたまま、両の瞼から大粒の涙をぽろぽろと零《こぼ》していた。

「ごめんなさい……」

「僕は忙しいんだ。君のためにこうやって時間を割いているというのに」

「ごめんなさい……やっぱり私……」

「あのう……」

その時、傍らの床の絨毯の上に正座してこの様子を見守っていた伊武が、おずおずと手を挙げて声を出した。

「状況がよくわからないのですが、要するにナオミさんは、裸婦デッサンのモデルを引き受けるつもりだったということですか」

「そうだよ。何か問題でもあるのかね」

「ナオミさん、嫌がっているというか、困っているように見えますが」

「困っているのは僕の方だ。約束しておきながら、土壇場《どたんば》で脱げないのでは……」

姫野の言葉がナオミの心に、ちくちくと突き刺さってくる。

「なるほどー」

伊武は腕組みして考える素振りを見せた。

「じゃあ、私が脱ぎましょうか」

驚いて姫野が目を見張り、手の甲で涙を拭《ぬぐ》っていたナオミも思わず動きが止まった。

「友だちを助けるつもりか？　そんなことを言って、君も……」

姫野がそう言っている最中に、もう伊武はベルトを外し、女袴の紐を緩めて脱ぎ始めていた。

「私も趣味で危《あぶ》な絵《え》など嗜《たしな》んでいたことがありまして、昔はよく、勉強のために湯屋に通って他の女の人の裸を観察したりしておりました」

女袴をすとんと足下に落とし、伊武は着物を脱いで薄い胸板を晒すと、下半身を覆《おお》っているズロースに手を掛けて、てきぱきと脱いでいく。

「伊武さん、平気なの？」

泣くのも忘れて呆気《あっけ》に取られ、ナオミは言う。

「はい。芸術のためですから！」

そう言って伊武は、ナオミに向かって、ぐっと拳を握ってみせた。

「何というか……こう脱ぎっぷりがいいと、逆に調子が狂うな」

困惑したように頭を掻《か》きながら姫野が言う。

「ナオミさん、何でしたら下で待っていてくれても大丈夫ですよ」

立ち尽くしていたナオミの傍らまで来ると、真っ裸の伊武はナオミの耳元に唇を寄せてそう言い、椅子に腰掛けた。

「こんな感じでいいですか」

そして脚を組み、少し背を反らすようにしてポーズを固定する。

「ふむ。悪くないね」

姫野はそう言うと、伊武に興味が湧《わ》いてきたのか、木炭とスケッチブックを手にして、床に胡座をかいて素描を始めた。

午後のうららかな日射しが、窓から部屋に注ぎ込んでいる。その明かりが、微動だにしない伊武の白い肌に陰影を作っている。風が入ってきて、カーテンが少し揺れた。

先ほどまでとは打って変わり、部屋の中には、姫野が真剣に画用紙の上に木炭を走らせる掠《かす》れた音だけが鳴り響いている。

伊武は背凭《せもた》れに肘《ひじ》を掛け、薄く開いた緑色の瞳《ひとみ》で姫野を見下ろしながら、組んだ脚の爪先《つまさき》を、その顔に向けていた。

黙っていれば冷酷そうにも見える伊武の容姿も相俟《あいま》って、まるで姫野の方が従者として絵を描かされているかのように傍目には見えた。

もう少し勇気があったなら、今そこでそうしているのは自分だったかもしれないと思い、ナオミは少しだけ伊武に嫉妬《しっと》した。

手持ち無沙汰《ぶさた》に、伊武が脱ぎ散らかした着物や帯、袴や下着などを綺麗に畳んで重ねると、もうやることがなくなってしまった。まるでナオミが存在しないかのようなこの部屋の空気に、だんだんと堪えられなくなってくる。

この様子なら大丈夫だろうと思い、ナオミはそっと立ち上がった。

アトリエになっている姫野の部屋から出て後ろ手にドアを閉め、思わずナオミは深呼吸する。暗い気持ちのままロビーに戻ると、もう対局は済んだのか、林田はコーヒーを飲んでいた。

「さっきの友だちは？」

気配に気づいた林田が、階段を下りてきたナオミに、早速、声を掛けてきた。

「今、姫野先生のモデルをしています」

「あれっ、君がモデルをするんじゃなかったのかい」

ナオミが黙っていると、林田は刑事と目を合わせ、肩を竦《すく》めてみせた。そして話題を変えるように言う。

「今日も待っているね、君のお抱え車夫くん」

開け放たれているホテルの玄関の先、道を挟んだ向こう側に、人力車を停めて待機している重五郎の姿が見えた。

「目が合うと睨《にら》んでくるんだよなあ。怖い怖い」

「すみません」

小さな声でナオミは答える。今日はどういうわけか、人に謝ってばかりだ。

「いや、前に喧嘩《けんか》になった時は、売り言葉に買い言葉でいろいろと言ったが、彼は誠実な青年だと思うよ。いつまでも意地を張るのはよして、使ってやりなさいよ」

林田はナオミが人力車を使わず、歩いて帰っていることを察しているようだ。

「……ああ、それから、これは僕から言われたことだとは、彼には伝えないように」

「何故です」

「他人から、いい人だなんて思われたくないからさ」

林田のその言葉に、対面に座っていた刑事が失笑を漏らした。

「失敬なやつだなあ、君は」

刑事に向かって、心から不服そうに林田は言った。

「さっき、妙なことをおっしゃっていましたね。伊武さんとどこかで会ったことがあるような気がするとか……」

「ああ……」

ナオミがそう言うと、林田は困ったような表情を浮かべた。

「子供の頃に会ったことのある女性と似ている気がしたんだ」

「でも、伊武さんは……」

林田よりずっと年下だ。

「もちろん、そんなわけがないのはわかっているよ。それに、たった一度会ったことがあるきりだからね。面影が似ていたから、そんなふうに思ったんだろう」

「案外、ロマンチストなところがあるんですな、林田先生には」

我慢しきれずといった様子で刑事が口を挟む。

「本当に失敬だな、君は。既視感《デジャビュ》というのを知っているかね？　彼女にそんなものを感じたのさ」

刑事は苦笑を浮かべたが、ナオミには何となくわかるような気がした。ナオミ自身も、伊武と初めて会った時に、同じような感覚に陥ったからだ。

その時、急に頭上から、どしんばたんと誰かが暴れているような音が聞こえてきた。

「何だ？」

一番にそう呟《つぶや》いて反応したのは刑事だった。

振動で、天井から埃《ほこり》が落ちてくる。それを手で払いながら林田がソファから腰を浮かした。

「殆《ほとん》ど真上だ。姫野の部屋じゃないか？」

林田のその言葉に、菊子が心配そうに帳場から身を乗り出し、声を掛けてくる。

「林田さん、様子を見てきてもらえませんか」

「もちろんだ」

返事をするが早いか、林田が先に立ち、急ぎ足に階段を上がった。その後ろをナオミが、そして不承不承といった様子で刑事が続いた。

「おいっ、姫野、何をやっている。伊武くん、大丈夫か」

やはり振動の元は姫野の部屋だった。中からまだ音がしていたが、林田が激しくドアを叩くと、ぱったりと消えた。

林田はドアノブを握って動かす。内側から鍵が掛かっているようだ。

おろおろとしながらナオミが刑事の方を見ると、廊下の壁に寄り掛かって煙草に火を点《つ》けているところだった。林田の監視以外の出来事には我関せずといった態度だった。

「くそっ、ドアの弁償代はフェル電器に請求書を送っても構わないかね」

「そんなことはいいですから、早く！」

ナオミがそう答えると同時に、林田は数歩後退し、短く助走を付けてドアに体当たりをかました。

鍵の壊れる音がし、ドアが内側に開く。

林田と一緒に、ナオミが部屋に雪崩《なだ》れ込むと、こてんぱんに伸《の》されて仰向けに床に倒れているのは姫野の方だった。

「う、腕が……腕が……」

目の周りには痣《あざ》ができており、譫言《うわごと》のようにそんなことを呟いている。

「折ったり外したりはしていませんから、一日二日で治ると思いますよ」

見ると、ズロース姿の伊武が、飄々《ひょうひょう》とそう口にしながら、着物の袖《そで》に腕を通しているところだった。

「ドアを壊さなくても、服を着たら開けるつもりでいましたのに……」

「こりゃいったい、どういう状況だ」

困惑した様子で林田が言う。

「胸元に耳を当てて鼓動を聞きたいとおっしゃるので、心臓の音はしないかもしれないですけどいいですよと申し上げて許したら、突然、襲い掛かってきたので……」

「だが、これは……君がやったのか」

伊武に何度も投げ飛ばされたのか、壁に立て掛けられていた画板やイーゼルなどが折れたり凹んだりして、部屋は滅茶苦茶になっていた。

「伊武さんのお義父《とう》様、馬離衝《バリツ》師範の轟八十吉《やそきち》先生ですよ」

「何だって」

耳打ちするようにナオミがそう教えると、林田が驚きの声を上げた。武道家として、轟氏の名は巷間《こうかん》でも広く知られている。

「その八十吉さんに教えていただいて、私も初段黒帯を巻いております」

女袴を穿《は》き、校章入りのベルトをしゅっと締めながら伊武が言う。

「そういうことは先に言ってくれ……」

床に倒れている姫野が、呻《うめ》きまじりにそう答えた。

6

「お帰り、伊武。ナオミくんとは仲直りできたかね」

自転車を押して屋敷の庭に入ってきた伊武に、植木鋏《うえきばさみ》を手に生垣の躑躅《つつじ》の剪定《せんてい》をしていた八十吉は声を掛けた。

「はい。お陰様で、すっかり」

伊武はにっこりと笑って答える。

八十吉の傍らにいる内弟子たち二人が、伊武に向かって軽く頭を下げた。

「もう切ってしまうのですか」

庭の隅の決められた場所に自転車を停め、伊武が不思議そうな顔をする。

鮮やかな赤紫色をした花が、まだ生垣にはちらほらと残っていた。

「今年は暖かくて、早めに花が咲いたからね。花芽がつく前に刈り取ってやらないと、来年は咲かなくなってしまう」

「へえー、物知りですね、八十吉さんは」

「若い頃に、庭師の見習いもしていたからね」

――君も覚えているだろう、伊武。

そんな言葉が喉元《のどもと》まで出掛かったが、内弟子たちが聞いているので八十吉は控えた。

傍らにやってきた伊武が、植木鋏を使う八十吉の手付きを覗《のぞ》き込む。きっと傍目には、父と娘のように見えるだろう。

「八十吉さんに勧められて、お手紙を書いたのが良かったみたいです」

口を利《き》いてもらえなくなってから、伊武は毎日のように夜遅くまで悩みながら、ナオミに渡す手紙を書いていた。書き損じの便箋《びんせん》を丸めたものが、部屋の塵芥箱《ごみばこ》に、山のようになっている。

「重五郎さんとも仲直りしたみたいです。ナオミさんも、今日は人力車に乗ってお帰りになりました」

重五郎は、元々は八十吉の弟子筋が開いていた道場に通っていた青年だ。体格を生かして掏力《すまいとり》になったが、怪我《けが》で廃業すると聞き、ちょうどフェル家がお抱えの車夫を探していたから、八十吉が口利きしてやったという経緯である。

轟家の屋敷は、天府高等女学校からは、自転車なら小半刻《こはんとき》もかからない場所にあった。元は旗本の拝領屋敷で、日下《くさか》式の寄棟造り瓦葺《かわらぶ》きの母屋と広い庭があり、内弟子たちが生活する別棟や、稽古に励むための道場なども敷地内に増築している。

新世界大陸《ムンドゥス・ノーヴス》から戻ってきたばかりの頃は、下町の凪川《なぎかわ》にあった二間の小さな長屋で、伊武は八十吉の両親とともに暮らしていたが、会社が大きくなり、八十吉の両親が相次いで他界したのを機に、山の手にあるこの屋敷を買って移り住んだ。

「それにしても、今日は少し遅かったね」

「ナオミさんに誘われて、ちょっと寄り道をしておりました」

「道草はあまり関心しないな。不良の第一歩だ」

傍らにいる内弟子が、口元を押さえて笑いを堪《こら》えているのがわかった。伊武がいなければ一喝するところだが、八十吉は気づかないふりをした。

伊武が相手だと、叱《しか》るにしても強く言えないのを自分でもわかっている。普段の道場での八十吉を知っている者にとっては、そんな様子は堪《たま》らなく可笑しいのであろう。

あれから二十五年。八十吉は妻帯もせず、事業と馬離衝の復興に全力を注いできた。

単身、海を渡って新世界大陸に乗り込んで行き、その見聞を生かして日下國で一旗揚げ、脇目も振らずに事業の発展に邁進《まいしん》してきた。新聞などに掲載される談話では、独身を貫いていることを、仕事が妻、会社が子であるからだと八十吉は答えている。

一方で馬離衝師範としては、武道に世襲は好ましくないという進歩的な考えを表明し、いずれ弟子の中から「国際バリツ協会」を率いていくに相応《ふさわ》しい後継を育てていくつもりだと公言していた。伊武は、建前では養女ということになっている。

そんな八十吉を、世間は立志伝中の人、求道者、無欲の徒、硬派の男と見たが、何のことはない。若き日に誓った伊武への純心を、今も守っているだけのことだ。後悔などしていない。うむ。一切していない。

「寄り道とは、どこに行っていたんだね」

植木鋏を内弟子に渡し、作業を中断すると、伊武を促して、庭に面した屋敷の縁側へと八十吉は歩いて行く。

「ナオミさんに誘われて、猫地蔵坂ホテルというところに行っておりました」

八十吉は眉を顰《ひそ》める。ゴダム市にあった殺人鬼が経営していたホテル、『ゴダム・パラダイス・ホテル』の印象で、どうもホテルと名の付くものが八十吉は苦手だ。

「何の用事で？」

そう問うと、はっとした表情を伊武は浮かべ、顔の前で両腕を交差させてバッテンをつくり、身構えた。

「教えられません！　ナオミさんと内緒だと約束したので」

「……林田という男には会わなかったかね」

実を言うと、フェルから連絡があり、最近、ナオミがあまり素性の宜《よろ》しくない男と付き合いがあるようなので、身辺について調べて欲しいと頼まれていた。

馬離衝師範である八十吉の弟子には、警視庁の要職に就いている者も多い。無論、特別高等警察にも人脈があったが、特高は特殊な部署であるため、今のところはまだ、詳しい情報を引き出すには至っていなかった。

「ああ、はい。お会いしました。ご挨拶《あいさつ》程度に、ほんの少しお話ししただけですが」

「そうか」

だが、特高から情報を引き出すまでもなく、林田馨の名は巷間でもよく知られていた。同志たちと四軒町に事務所を構え、『猩々社《しょうじょうしゃ》』という会社に参加しており、新聞雑誌の論文や演説原稿、海外出版物の翻訳などのお堅いものから、果ては化粧水の広告文や恋文、借金願いの手紙の代筆まで、萬《よろず》の文筆を請け負う売文業で生計を立てているらしい。それで稼いだ金で、猩々社は詩や文学、社会評論などを掲載する雑誌の発行なども行っている。

過去に林田は、兇徒聚集罪《きょうとしゅうしゅうざい》や新聞紙条例違反などで何度か逮捕されており、警官隊と乱闘事件を起こして、つい一昨年まで、二年以上にも亘《わた》って投獄されていた。

林田が獄中にいる間、爆裂弾による今上天帝の暗殺を計画したという名目で、社会主義者、無政府主義者の大量弾圧があった。取り調べで拷問《ごうもん》を受け、ろくな裁判も受けられないままに二十名を越える活動家が絞首台《こうしゅだい》に送られた。無論、その多くは林田の顔見知りたちである。林田が市井《しせい》にいたなら、間違いなく同じように逮捕され、殺されていただろう。

この事件をきっかけに、社会主義運動は停滞を余儀なくされた。猩々社も、獄中にいて難を逃れた林田を始めとする活動家たちが、糊口を凌《しの》ぐために設立したものだったが、警察はそうは見ておらず、売文業を隠れ蓑《みの》にした活動家たちの結社であるという見方が強いようだった。

「どんな男だった？」

周辺から聞こえてくる評判からは、とてもまともな人物とは思われなかった。

「特に、どうということは……。でも、どこかで会ったことがないかと聞かれました」

「先生」

その時、庭の生け垣越しに、声を掛けてくる者がいた。

「おお、これは……」

八十吉は立ち上がる。

「土屋《つちや》くんではないか。久方ぶりじゃないか」

突っ掛けのまま歩いて行き、八十吉は庭に入ってきた男と固く握手を交わした。

「また警視庁の方にも指導に来てください。皆、先生に会いたがっている」

土屋不二彦《ふじひこ》は、八十吉の弟子の一人である。今は警視庁刑事部の捜査第一課に勤めていた。

背丈は小柄な八十吉よりも頭一つ高く、西洋式の三つ揃いのスーツに中折れ帽を被《かぶ》っており、手には革の鞄《かばん》を提げていた。

「おや、伊武さんですか」

そして縁側にいた伊武を見て不思議そうな声を上げる。

伊武は立ち上がって軽く会釈《えしゃく》すると、そのまま屋敷の奥に引っ込んでしまった。

「私が内弟子だった頃と、幾分も変わりませんな。相変わらずお若い」

言いながらも、土屋が困惑しているのがわかった。

この二十五年もの間、伊武の容姿は髪型などを除けば少しも変化がない。何年かぶりに会う弟子たちは、誰もが違和感を覚えるようだったが、八十吉に気を遣っているのか、深くは問うてこなかった。

「今日はどうしたんだ。稽古《けいこ》をしに来たようには見えないが」

「ああ、これですよ。お願いされていたものです」

思い出したように土屋は手にしている鞄を掲げる。

「特高は内務省警保局の直轄《ちょっかつ》ですからね。調べるのに少々手間取りました」

「林田馨の資料か」

「ええ、そうです。先生のお顔も見たかったので、直に訪ねて来たという次第です」

土屋を促し、八十吉は再び屋敷の方に戻る。沓脱石《くつぬぎいし》のところで履き物を脱ぎ、そのまま奥の座敷へと土屋を誘った。

女中が煎茶《せんちゃ》と菓子を運んでくると、早速、土屋は鞄から書類を取り出す。

黒檀《こくたん》の大きな座卓を挟み、写しと思われるそれに八十吉は目を通した。

「言っては何ですが、大した内容ではありませんよ。新聞などからでも察せられるようなことばかりです。目新しいのは、そうだなあ……林田の母親が華丹人《カタイ》で、座毛崎《ざもうさき》に住んでいること。上滬《じょうこ》生まれで、赤ん坊の時に華丹戦役の影響で引き揚げてきたこと。そのくらいですかね」

「これは……事実なのか」

だが八十吉は、その書類の束の一枚目にある記述に言葉を失っていた。

「どうされました？」

「これのことだ」

八十吉は書類上の一文を指し示す。

「ああ、林田というのは母方の通名のようですね。それに活動家が偽名を使ったり、物書きが筆名を使うのは、よくあることでしょう」

それの何がそんなに問題なのかわからないとでもいうように、土屋は肩を竦める。

「間違いないんだな」

「それはもう。特高の資料ですから」

「ありがとう。助かったよ」

八十吉は内弟子を呼ぶと、至急、電話所までひとっ走りして、タクシー会社から車を一台、こちらに手配するよう言い付けた。

「急用ができた。何なら途中まで一緒に乗っていくかね」

「どちらへ？」

「旧釘宮邸だ。フェル電器産業社主の屋敷だよ」

そわそわと落ち着かない気持ちのまま、八十吉はそう答えた。

7

カフェー・ダゴンのブロンズ像が叫び声を上げると同時に、その女は店に入ってきた。

鍔広《つばびろ》の紫色の帽子に、白い丸襟がついた同系色のワンピース。裾《すそ》はマーメイド調にふわりと広がっている。足下はヒールで、背の高い彼女を余計に大きく見せていた。

緩くウェーブのかかった長い髪は腰まであり、金色に輝いている。

西洋ファッションに身を包んでいても、どこか体型に合わない日下人とは佇《たたず》まいからして違う。正真正銘の白人美女だった。

異様なのは、顔に掛けられた、まるでゴーグルのように分厚いレンズの入った眼鏡である。

この女の登場で、ざわついていたカフェーの客たちが、俄《にわか》に静かになった。着物にエプロン姿の女給たちも、お盆などを胸に抱えたまま、女の姿に見とれて動きが止まってしまっている。

続けて背後から、カンカン帽に角袖外套を羽織ったカイゼル髭《ひげ》の男が、用心棒よろしく姿を現した。年の頃は四十過ぎといったところだろうか。小柄だが目付きは鋭く、カフェーに集まっている客たちを、不愉快そうにひと通り睨みつけている。

林田の座っているテーブルまで、女は真っ直ぐに大股《おおまた》で歩いてきた。

ミリオン・ダラーをちびちびと舐《な》めていた林田は、呆気に取られて女を見る。まさか自分が目当てだとは思っていなかったからだ。

「あなたが林田馨？」

仁王立ちして林田を見下ろし、女は容姿に似合わぬ流暢《りゅうちょう》な日下語で話し掛けてきた。

「そうだが……」

困惑しながら林田が返事をすると、女は眼鏡のツルを指先で摘《つ》まんで外し、それを服の胸元に押し込むようにして仕舞った。どこか焦点の定まらない青い瞳がその下から現れる。

カンカン帽の男が紳士らしく椅子を引き、女はどっかと座り込んで脚を組んだ。

「何なんだ、あなたたちは。突然、失礼じゃないか」

「猫地蔵坂ホテルに行ったら、たぶんここだって教えてくれたのよ」

おそらく帳場の菊子だろう。尾行の刑事は、猩々社の事務所に行くふりをして撒《ま》いてきている。

「ナオミがお世話になっているそうね」

そのひと言でぴんと来た。

「彼女の御母堂ですか」

「そうよ。マルグリット・フェル。よろしくね」

「すると、フェル電器産業社主の令夫人ということですな」

林田のその言葉に、傍らに座ったカンカン帽の男が咳払《せきばら》いする。

「君は勘違いしているようだが、フェル電器の社主は彼女だ」

それは少し意外だった。大陸の発明王M・フェルは男だと、林田は勝手に思い込んでいた。

「すると、女社長ってわけだ」

「然《しか》り」

カンカン帽の男が頷く。

「で、あんたは？」

「轟八十吉だ。自己紹介は必要か？」

低く押し殺したような声で男が答える。

店に入ってきた、このちぐはぐな二人連れを、固唾《かたず》を飲んで見守っていた周りの客や女給たちが、ざわざわと囁《ささや》き合う。

馬離衝師範の轟八十吉といえば、天府では名の知れた武道家で、同時に実業家でもある。新聞などにもよく顔が載っているので、隣にいる女よりも、こちらの方が巷間ではよく知られていた。

「ふむ。ナオミくんと伊武くんの御父兄が揃って、僕に何の用かな」

気圧《けお》されるような気分だったが、それでも虚勢を張って林田は対等に口を利こうとした。

「私の顔に見覚えがないかね」

不意に八十吉がそんなことを言い出した。

「はあ？」

意味がわからず、思わず裏返った声が出る。

「君とは二十五年ほど前に、座毛崎港で一度だけ会っている。思い出してみてくれ」

そう言われ、林田は記憶を辿《たど》る。

二十五年ほど前というと、自分はまだ十二、三歳といったところだ。

座毛崎には長く住んでいた。母親は今も、座毛崎にある華丹人街にいる。

だが、その頃の記憶で林田の脳裏に鮮烈に甦《よみがえ》ってくるのは、新世界大陸から月に一度、座毛崎に寄港してくる客船の光景だった。父からの手紙を握り締め、今月か、いや来月こそと、迎えに通ったあの日。

そんなことが一年も続いたろうか。やがて林田は港に足を向けるのをやめ、自分と母は父に捨てられたのだと実感した。

父は帰って来なかった。ずっと後になってから、新世界大陸で大量殺人を犯し、電氣椅子に送られて死刑になったのだと知った。

小さかった頃の記憶にある、優しくて逞《たくま》しかった父の姿が幻になったかのように感じられた。そして己は殺人鬼の子なのだという思いが、父との思い出を黒く塗りつぶしてしまった。

そういえば、新世界大陸からの客船を降りてきた若い二人連れに、声を掛けたことがある。父からの手紙も読んでもらったが、そんな人は乗っていなかったと言われた。

真新しいハンチング帽を被った少年と、そして――。

傍らにいたのは、髷《まげ》に結った髪に簪《かんざし》を挿した、緑色の瞳をした女。

突然、頭の中で何かが閃《ひらめ》いたような気がした。

――どこかで会ったことがないか？

猫地蔵坂ホテルのロビーで対峙《たいじ》した伊武の瞳の色が頭に浮かぶ。

あれは気のせいではなかったのか。

だが、そうだとすると、少年の頃の記憶にある女と、つい昨日、会ったばかりの伊武が、そっくりな姿をしているのは、いったいどういうわけだ。

「ここに、特高から引き出した、君に関する資料がある」

八十吉は鞄の中から紙束を取り出した。

「無論、君に中身を詳しく教えてやるわけにはいかないが、一枚目の報告書に、こう書いてある」

八十吉が指し示した一文に、林田は目を向けた。

『林田馨。本名は日向勘助《ひゅうがかんすけ》。林田姓は、母方である林夕《リンシー》の日下國での通名、林田夕《はやしだゆう》から取ったものと思われる』

そこにはそう書いてあった。

「これがどうかしたっていうのか」

舌打ちまじりに林田は答える。父に捨てられたと思った日から、日向姓を名乗るのはやめた。それからは、ずっと母親の通名である林田を使っている。父親の日向丈一郎《じょういちろう》が付けた勘助という名前も捨てた。馨というのは、母親である林夕が考えていたという名前だ。

「僕は父親のことは軽蔑《けいべつ》していてね。それに御維新前じゃあるまいし、今どき勘助なんて名は流行《はや》らないよ。だから筆名を使っているのさ」

獄中でも、書類上は日向勘助だが、囚人たちの間では林田馨という名で貫き通した。それほどまでに、その名を林田は疎《うと》ましく思っていた。

「お父様のこと、嫌いなの」

どういうわけか、フェルは林田を見ようともせず、じっと八十吉の方を向いて話している。

八十吉が、肩を竦めて林田に返事をするように目で促した。

「嫌いも何も、それ以前の問題さ。聞いたら驚くよ。何しろ……」

「新世界大陸で死刑になっていることとか？」

林田が言い終わらないうちに、八十吉が口を開く。

「へえ、特高の資料にはそんなことまで書いてあるのか。僕だって、事実を突き止めるまで何年も掛かったっていうのにさ」

「いや、資料には、そのことは書いていない。私とフェルさんは、君のお父上である、ジョー・ヒュウガ……いや、日向丈一郎氏と、新世界大陸で会っている」

「何だって」

「我々には、君のお父上がどのようにして死刑に至ったのか、君に伝える義務がある。

そう思っていたのだが……」

　言いながら、八十吉は頭を横に振った。

「まさか、こんな破落戸《ごろつき》になっているとは……」

「ふざけるな」

　その言い草に、思わず林田はカッとなり、八十吉の胸倉を掴《つか》んだ。八十吉は冷静にその手首を掴み、軽く捻《ひね》る。それだけで腕の骨が軋《きし》むような音を立て、肩口に鋭い痛みが走った。

「やめておきたまえ。このまま君のことを昏倒《こんとう》させることもできるぞ」

「ふん」

　八十吉が手を緩めたので、林田は自らそれを振り払った。

「武道家が喧嘩自慢かい？　馬離衝ってのは、ずいぶんと安っぽいものなんだな」

「先に手を出そうとしたのは君だ。それに私は、挑発には乗らない」

「八十吉くん、少し黙っていてくれる？」

　フェルはそう言うと、バッグから黄金の蝙蝠《こうもり》が描かれたパッケージの紙巻き煙草を取り出した。そして悠々とした動作でマッチを擦り、火を点ける。

「あなたのお父様……日向丈一郎が善人だったとは言わないわ」

　そして肺に吸い込んだ煙をひと息に吐いた。

フェルの言葉に、林田は思わず膝《ひざ》の上に載せた拳《こぶし》を握る。

「でも、殺人鬼だったというのは誤解よ。話せば長くなるけど、ジョー・ヒュウガは、濡《ぬ》れ衣《ぎぬ》を着せられて電氣椅子に送られたの」

どうやらその「ジョー・ヒュウガ」というのが、父である丈一郎の新世界大陸での通り名だったらしい。

「ヒュウガは、金を稼ぐのに必死だった。何故《なぜ》だかわかる？」

「さてね」

思わずふて腐れた声が出た。これではまるで餓鬼だ。

「日下國に戻って、あなたやお母様と再び一緒に暮らすためよ。手紙にもそう書いてなかった？」

林田は無言を返す。

「大金を手に入れるため、ヒュウガは危ない橋を渡ろうとした。そのために私とは敵対したし、ここにいる八十吉くんはヒュウガに利用された」

「すると父への恨みを僕に返しに来たというわけですか」

胸が苦しかったが、林田は精一杯の憎まれ口を叩《たた》く。

「君というやつは……」

八十吉が呆《あき》れた声を上げたが、それをフェルが制した。

「私も八十吉くんも、あなたのお父様を恨んではいないわ」

「さっきから言っている話と、矛盾しているんじゃないですか」

「そうね」

フェルは口元に微《かす》かに笑みを浮かべてみせる。

「ヒュウガにはどうしても取り戻したいものがあった。そのためには手段を選ばず、どんな犠牲も厭《いと》わなかった。ただそれだけのこと。私もその気持ちはわかるわ。今は娘がいますからね」

ナオミのことだ。

「かけがえのないもの……ええ。取り戻せるのなら、私だってヒュウガのように非情になれるわ」

そして、己が吐いた紫煙を追うように、虚《うつ》ろな視線を宙に漂わせる。

「私もフェルさんも、最後はヒュウガに助けられたんだ。だから恨みではなく、恩を返したいと思っていたのだ」

フェルの言葉を引き継ぐようにして、八十吉が口を開いた。

「それで僕を見つけ出し、父の気持ちや最期《さいご》の様子を伝えようと考えたわけですか」

林田は舌打ちする。

「何を……今さら……」

「新世界大陸でのお父様のこと、聞きたくはない？」

「興味ありませんね」

「やはりこういう男ですよ、フェルさん」

溜息《ためいき》まじりに八十吉が呟く。

「会いに来る必要はなかった」

「ずいぶんと人を見下してくれるじゃないか」

再び林田は八十吉に絡《から》もうとした。

「ここからは別の件よ」

そんな林田を牽制《けんせい》するように、フェルが言葉を発する。

「ナオミに関わらないで欲しいの」

「それが一番の本音ですか」

「あの子は、『居眠り病』を患《わずら》っています」

「はあ？」

聞いたことのない病気だ。

「送り迎えに重五郎を付けているのは、突然、倒れた時のためよ。私の手から離れたら、あの子は生きていけないの」

「籠《かご》の中に無理に押し込めようとすれば、カナリヤが逃げ出そうとするのは道理だと思いますがね」

「たぶん、あなたが思っている意味とは違うわ」

林田の皮肉にも、フェルはまったく表情を変えない。

「それともあなた、もうナオミと接吻《べーぜ》でも交わしたの」

フェルのこの物言いには、気持ちを落ち着かせるためにミリオン・ダラーのグラスに口を付けようとした林田も吹き出しそうになった。

「あんた母親だろう。何を言ってるんだ。相手はまだ女学生だぞ」

「思っていたよりも真面目《まじめ》なんだな」

今度は八十吉が皮肉めいた口を利く番だった。

「だったら別にいいでしょう。ナオミは姫野清児に会いに猫地蔵坂ホテルに行った。たまたまいたあなたが、それを取り持とうとした。ついでにからかい半分にナオミをこのカフェーに連れ出して、うちのお抱え車夫と揉《も》め事になった。ただそれだけ」

実際、そうなのだが、相手に言われると腹立たしい気分になる。

「あなた、ホテルの宿代、半年近くも溜めているらしいわね。それに会社の方も、何度か機関誌が発禁を受けて、資金繰りが危うくなっている」

猩々社のことだ。

「それがどうした」

「ナオミとはもう会わない、次にナオミが猫地蔵坂ホテルに姿を現した時は、説得して追い返してくれると約束するなら、宿代はフェル電器で肩代わりしてあげてもいいわ。会社への資金援助もしてあげる」

「資本家は何でも金で買えると思ってるんだな」

「嫌なのか」

八十吉が口を挟む。

「とんでもない。あなたの娘になど興味もないからね。勝手に払ってくれるなら、こんな好都合なことはないさ。ついでに、ここの支払いもそちらで頼む」

そう言って立ち上がり、出て行こうとする林田に向かって、フェルが声を掛ける。

「ねえ、林田くん」

「まだ何かあるのか」

「自分では気がつかないでしょうけど、あなた、お父様にそっくりよ。話し方も、それに見た目も」

振り向いてフェルを睨みつけ、何か言い返そうとしたが、言葉が出なかった。林田はそのまま足早に店の入口に向かい、重いドアを押し開いて表に出た。

「林田さん？」

そこで、ナオミとばったり出会った。

夕刻に差し掛かり、人通りの増えた銭町《ぜにちょう》通りの往来で、店に入ろうか入るまいかと、ドアの前で躊躇《ちゅうちょ》していたらしい。

「何でこんなところにいるんだ」

「あの……猫地蔵坂ホテルに行きましたら、きっとこちらだろうと……。それで重五郎さんにお願いして……」

おそらく、菊子からフェルや八十吉が訪ねてきたと聞き、追ってきたのだろう。

ふと林田が街路を見ると、道の端に人力車を停めた重五郎が、それに背中を預けて煙管《キセル》をふかしながら、不愉快そうな顔で林田を睨んでいた。

「僕と会うために、お抱えの人力車夫を、わざわざ銭町まで走らせたのか」

「えっ？　はい……」

林田の口調が強いものだったので、ナオミが狼狽《うろた》えた声を上げた。

「本当に君は世間知らずだな。そんなくだらない用事で人をこき使うのはやめたまえ」

「そんな、私……」

たちまちナオミの目の端に涙が浮かぶ。

「君の御母堂なら、中にお見えになっている。僕はこれで失敬するよ。じゃあな」

そう言って店の中を指し示すと、林田はもう一度、重五郎と睨み合いを演じ、それから銭町の人の賑《にぎ》わいの中へと紛れていった。

8

「お母様！　林田さんに何を言ったのですか」

カフェー・ダゴンの店内にナオミが足を踏み入れると、奥のテーブルに、母親のマルグリット・フェルが腰掛けていた。隣には知った顔もいた。轟八十吉氏だ。

ナオミは少し怯《ひる》みそうになったが、意を決し、客や女給たちの間を、怒りの足取りでテーブルまで進む。

「あなたこそ、こんなところに何しに来たの？　女学校では、カフェーへの出入りは禁じられてはいないのかしら」

紙巻き煙草《たばこ》をくゆらせながらフェルが言う。

「最近のあなたの素行は感心しないわ。もう猫地蔵坂ホテルに行くのはやめなさい」

「そんなこと、お母様に決められる筋合いはありませんわ！」

そう叫び声を上げた時、不意に周りの風景がぼやけ、ぐるぐると回り始めるような感覚を覚えた。

ああ、まただ――。

足下をふらつかせるナオミに、八十吉が素早く椅子《いす》から立ち上がる。

そのまま仰向けに卒倒しそうになるナオミを、八十吉が抱きかかえた。

幕を下ろしたように、ナオミの視界が一瞬だけ黒くなる。

ふと気づくと、自分は見慣れた旧釘宮邸の本館の廊下に立っていた。

ああ、これは何度も見ている夢だ。

己が『居眠り病』の最中にいることを自覚しながら、ナオミは臙脂色《えんじいろ》の絨毯《じゅうたん》が敷かれた廊下を歩いて行く。どういうわけか、自分は一糸纏《まと》わぬ姿だった。何でそんな格好で歩いていたのだろう？

両親が寝室として使っていた部屋の前に差し掛かる。ドアは薄く開いており、その隙《すき》間《ま》からナオミは中を覗く。

大きなベッドの傍らで床に座り込み、シーツを摑んで顔を埋め、母親のマルグリット・フェルが声を上げて泣いている。

ああ、これはお父様が家を出て行って、暫《しばら》く経《た》った日のことだ。

ドアを押し開いて寝室の中に入ると、だいぶ長い間、ナオミは泣いている母の近くで、その姿を見下ろしていた。

「お母様？」

不意に発せられたナオミの声を聞き、はっとした様子で母がシーツから顔を上げた。

「危ないっ」

赤く泣き腫《は》らした目で、声の主がどこにいるのか、必死になって寝室の中を見回している。ナオミは床に落ちている眼鏡を拾い、それを渡してやった。

「どうして……」

眼鏡を装着し、ナオミの姿を見て、母は驚愕《きょうがく》の表情を浮かべた。

「私は……本当に気が狂ってしまったのかしら」

確かに、母はそう言った。

そこで意識が戻った。

慌《あわ》てて上半身を起こし、ナオミは辺りを見回す。『居眠り病』の症状で、気がつくとまったく違う場所にいるということが、今までにも何度かあった。旧釘宮邸の自室のベッドの上で目覚めることが多かったが、今回は違うようだ。

ごく狭い部屋だ。知らない部屋だが、どこか見覚えがあるような気もする。妙な感じだ。

固いマットの敷かれた鉄製の狭いベッドに、ナオミは一人で横になっている。

ざっと見回しても、部屋の中に調度品らしきものは、文机《ふづくえ》と行李《こうり》が一つだけ。簡素な部屋だった。

ナオミは自分の着ているものを見た。カフェー・ダゴンに乗り込んで行った時は、天府高等女学校の制服である矢絣《やがすり》柄の着物に紫色の女袴を穿いていたが、今は肌着の白い襦袢《じゅばん》を一枚、着ているばかりだ。ガバレットにしていた髪も無造作に下ろされ、腰の辺りまで垂れ下がっている。

様子からすると、カフェーで倒れてから、かなり時間が経っているように見えた。ナオミ自身の実感では、ほんの一呼吸か二呼吸ほどの間の出来事のように思えたものが、数刻から数日経っていたということが、これまでにもあった。

その時、部屋のドアノブを回し、誰かが入ってくる気配があった。

ナオミはそちらを見る。

女の人が立っていた。二十代後半くらいだが、髪は古くさい島田に結っていた。きちんとした訪問着姿で、手には風呂敷《ふろしき》包みを抱えている。まだ五つか六つか、木綿の絣を着た男児を連れ、手を繋《つな》いでいる。

「あの……すみません。あなたは、どちら様ですか」

ナオミが声を掛けると、驚いた表情を浮かべていた女は、みるみる顔を真っ赤にし、目尻《めじり》を吊《つ》り上げた。

「お前こそ誰さ！　いけしゃあしゃあと……」

そしてどういうわけか怒りの声を上げ、男児の手を離して風呂敷包みを放り捨てると、困惑しているナオミの髪を鷲摑《わしづか》みにした。

「や、やめて……」

思わずナオミは声を上げる。

「ええいっ、悔しい」

声を張り上げながら、女はナオミの顔を思い切り何度も平手で叩いた。

女が連れていた男児が、声を上げて泣いている。

驚きと痛さと恐怖で、ナオミも涙を流しながら、必死に顔を守った。

「あっ、何をやっているんだっ！」

その時、階段を駆け上がってくる音と、聞き覚えのある声が聞こえた。林田だ。

「少しは反省しているかと思ったら、ホテル住まいをいいことに、また女を連れ込んだのかっ」

「いや、この子は違うんだ。とにかく誤解だ。やめなさい」

林田が間に割って入ったが、女は興奮しており、ますます大声を張り上げて暴れ出す。

女の指に絡みついたナオミの金色の髪が、ぶちぶちと束になって切れる。

「その白人女を表につまみ出して」

「いや、出て行くなら君だ」

「それでいいの？」

ふっと女が手を緩める。

ナオミの前に、林田が立ちはだかって守るような体勢になった。

女は女で、泣いている男児を守るように、しゃがみ込んで抱き寄せる。

躊躇するような間があったが、林田は頷《うなず》いた。

女は先ほどまでの狂乱ぶりが嘘《うそ》のような無表情になると、冷ややかな視線を林田に投げ掛け、男児を連れて無言で部屋から出て行った。

「すまない」

「あの方、どなたです。私にはわけがわかりません」

乱れた髪のまま、ナオミは目から零《こぼ》れ出た涙を手で必死に拭《ぬぐ》い、しゃくり上げながら言う。

「女房だよ」

溜息をついて、林田は床にどっかと胡座《あぐら》をかいて座る。

「間が悪いというか何というか……。今、帳場で菊子さんから、ほんの少し前に女房が子供を連れて、僕の部屋へと上がって行ったと聞いた。慌てて階段を駆け上がってきたんだが……」

するとここは、猫地蔵坂ホテルの林田の部屋か。

知らない部屋だが、どこか見たことがあるような気がしたのは、姫野の借りているアトリエと間取りや内装が似ていたからだろう。

「あの……私」

「やっぱり覚えていないか。ずっとぼんやりしていたもんな」

気を取り直したように林田が言う。

「今日は何日ですの？　私、カフェー・ダゴンで倒れて……」

「店の前で僕とばったり会った日のことかい？」

「ええ」

「だったら二日経っている」

すると、学校も二日続けて休んでしまったということだ。

それにしても、自分は何で林田の部屋にいるのか。

「ん？　これは……」

部屋の隅に放り捨てられたままの、先ほどの女が持参してきた風呂敷包みに林田は目を向けた。中身はどうやら重箱のようで、結び目の隙間から、ずれた蓋《ふた》が見えている。

林田はそちらに這《は》いよると、風呂敷を解いて中を改めた。

「おはぎだ。仲直りでもする気だったのかね」

腹が減っていたのか、林田はそれを手掴みにして、たちまち二つ三つ平らげる。

「君も食べるか？」

ナオミは頭を横に振った。

「ま、そりゃそうか」

「言っておくが、僕が君を連れてきたんじゃない。君が僕を訪ねて来たんだ」

「私……」

まったく覚えていない。

「君の御母堂も、人を寄越してナオミがここに来ていないかと探しに来たよ。知らないと言って突っぱねたがね」

「私は……」

「その時に聞いた話だと、君はカフェー・ダゴンで倒れ、轟氏に抱えられて重五郎くんの人力車に乗せられたが、屋敷に戻る途中で飛び降り、そのまま走り去ってしまったそうだ。その日の夜に、君はここに来た。菊子さんもいなくて、尾行の刑事も憚《はばか》りに行っていた最中だったから、ちょうど良かった。ここに君がいることは、今のところ誰も知らない」

「でも……」

「君の御母堂は、鼻持ちならない人だね」

どきりとしてナオミは林田の顔を見る。

「僕と話している最中も、ずっと轟氏の方を見ていた。まるで僕なんかそこにいないって素振りだった」

「それは……」

母親のマルグリット・フェルは、度が過ぎた近眼だから、そちらを林田と勘違いして喋《しゃべ》っていたのに違いない。轟氏は母とは付き合いが長く、母が間違った相手に話し掛けていても、面倒でいちいち突っ込む気にもならないのだろう。

「なあ、少し二人で、あの女を困らせてやらないか」

不意に林田が、悪戯《いたずら》っ子のような表情を浮かべた。

「学校なんかサボタージュしてしまえよ。君は良い子すぎる。家出するんだ」

躊躇があり、ナオミの手は震えた。確かに林田の言うとおりかもしれない。それに、カフェーでの母の態度には、ナオミも腹が立っていた。

私は母の所有物ではない。自立しており、自分の考えで行動できるのだと思い知らせてやりたい。それに、どっちみち学校はもう、無断で休んでしまっている。

「はい」

決心し、ナオミは頷いた。

「すると、ここに長くいてはまずいな」

「何故です」

「君のお友だち……伊武くんといったっけ？　彼女、あんなことがあったというのに、まだ姫野のところにモデルをしに通って来ている」

「そうなんですか」

「ああ。こんな人は初めてだと言って、姫野の方が夢中さ。無論、姫野もあれで懲りているし、服は着たままでいいからと懇願したらしいよ。それにしたって、君の友だちはちょっと暢気《のんき》すぎるよなあ」

そう言って林田は笑った。前から気づいていたが、この人は笑うと子供のような表情になる。

「だから、ここにいると、いずれ伊武くんに、君の所在がばれてしまう」

「そうですね……」

だが、他に行くあてなど思いつかない。

「僕の母が、座毛崎で汁粉屋をやっているんだ。商売が忙しくて手伝いがいるって言っていたし、そこに匿《かくま》ってもらったらどうだ」

「いいんですか」

「きっと喜ぶよ。寂しがり屋だから、娘ができたように思うんじゃないかな」

ナオミは頷いた。

「そうと決まったら、まずロビーにいる尾行の目を盗む方法から考えないとな。さて、どうするか……」

林田はそう呟《つぶや》くと、また悪戯っ子のような表情を浮かべて首を捻った。

9

「お夕《ゆう》さん、白玉みつ豆と冷やし汁粉を一人前ずつお願いします」

若い娘らしい、明るい色をした麻の葉文様の銘仙《めいせん》に、カフェーの女給のようなフリル付きの胸元まで覆《おお》うエプロンを着けたナオミは、店の奥にいるお夕に声を掛けた。

「はーい」

暑い中、せっせと汁粉の入った大きな寸胴鍋を搔《か》き回していたお夕が、額に浮かんだ汗を拭いながら、笑顔で答える。

林田《はやしだ》の母親である、お夕こと林夕《リンシー》が営んでいる汁粉屋は、グランド・ホテルを中心に発展した座毛崎《ざもうさき》の繁華街の片隅にあった。

ホテル通りと呼ばれる瓦斯燈《ガスとう》が並ぶ石畳の広い道から、小路を少し奥に入った立地で、十坪ほどで座席十五にも満たないこぢんまりとした店だったが、グランド・ホテルなどの宿泊客や、近くにある高等女学校の女学生たちに人気で、意外に繁盛していた。

「あの……」

お盆に載せた甘味の椀《わん》を二つ、テーブルの上に置くと、席に座っている二人連れの女学生の客の片方が、頰を赤らめながらナオミに手紙を渡してきた。

「もし良かったら、お友だちになってくださいまし」

心の中でナオミは苦笑する。高等女学校に通っていても、こうやって汁粉屋の手伝いで働いていても、自分はこういうことから逃れられないらしい。

ナオミの通っている天府《てんぷ》高等女学校とは違い、外国船の出入りの多い港の近くにある座毛崎高等女学校は、制服もハイカラな洋装で、水兵を思わせるセーラーの上着に、プリーツスカートを穿《は》いていた。

「ありがとう。とても嬉《うれ》しくてよ。きっとお返事を書きますから」

大事なお客さんなので、女学校で下級生から手紙をもらう時とは違い、愛想良くナオミは答える。

テーブルに座っている二人連れは、わっとばかりに口元を覆い、嬉しげに目を合わせた。

天府高等女学校では浮いていて、伊武以外には友だちらしい友だちもいなかったナオミだったが、何やら充実していて清々《すがすが》しい日々を送っていた。

お嬢様育ちの自分が、果たして客商売の手伝いなどできるのだろうかと不安だったが、店主であるお夕は優しく、お客さんはいい人ばかりで、仕事は楽しかった。このまま女学校を辞めて汁粉屋の店員として働き続けても良いのではないかとすらナオミは思い始めている。

「お夕さん、少しだけ出掛けてきてもよろしいですか」

女学生たちの客の波が引くと、夕刻までは少し暇な時間となる。

「構いませんけど、どちらへ？」

頭を覆っている手拭いを外して汗の浮いた額を拭いながらお夕が言う。

林田の母親だから、もうだいぶ歳《とし》なのだろうが、細面の美人で、まだ四十代ほどにしか見えない。

「時計の修理に……」

「ああ」

お夕が頷く。

それは林田が生まれる前、お夕が華丹《カタイ》の上滬港《じょうこ》に住んでいた頃に、林田の父親から誕生日に贈られた思い出の品らしい。

銀無垢《ぎんむく》の懐中時計で、直径一寸ほどの婦人用のものだ。蓋を閉めると、表面には幾何学模様の彫金が施されており、そのままペンダントにもなる。高級品であることがナオミにもわかったが、壊れており、もう十年以上も時を刻むのを止《と》めてしまっている。

文字盤は小さいが、精巧にできているようで、ちゃんとインダイヤルで秒針も付いている。お夕も何度か時計店に持ち込んだが、修理にはかなりお金が掛かると聞かされて、長く簞笥《たんす》の奥に仕舞っていたらしい。

「でも、お金は……」

「大丈夫です。良くしていただいているお礼です」

そうナオミが答えると、お夕は心から困ったような表情を見せた。

「きっとお給金よりも高くつきますよ」

ナオミはきょとんとした表情を浮かべた。お給金がもらえるなどとは、少しも考えていなかったからだ。

お夕の家に住まわせてもらい、楽しく働かせてもらっている。それで満足だった。どうも自分は育ちのせいで、労働には対価が支払われるという、当たり前の感覚が欠如していたようだ。

「とても腕のいい時計職人さんを知っているんです。きっと元通りにしてくれます」

そう言って笑うと、ナオミは胸まで覆っているエプロンを外し、それをお夕に渡した。

元々はお夕が一人でやっていた店だから、忙しい時間でなければ、自分がいなくても、それほど困りはしないだろう。

店の外に出ると、ナオミは小路からホテル通りに出た。

座毛崎には港があるから、往来を行き交う自動車や馬車や人力車の数は、ナオミが住んでいた天府市街よりも多いくらいだ。

道行く人も、土地柄か近隣の外国人居住区に住む新世界大陸《ムンドゥス・ノーヴス》からの移住者や、グランド・ホテルの宿泊客なども多く、ナオミのような金髪碧眼《へきがん》の少女が歩いていても、さして奇異に見られないのも有り難かった。

巾着《きんちゃく》の手提げに仕舞っていたメモの切れ端を取り出すと、ナオミは目的の場所の住所を確認する。

林田から、暫《しばら》く座毛崎で過ごしてみればと勧められた時に、そのお店は是非とも訪ねてみようと思っていた。考えてみると、今までのナオミは、常に母親であるマルグリット・フェルの庇護《ひご》の下にあり、お抱え車夫の重五郎《しげごろう》の目が光っていて、一人きりで好きなように行動するという機会がなかった。いや、そんなことを考える以前に、不自由を感じることもなかったのだ。

往来で足を止め、ナオミは有名な座毛崎のグランド・ホテルを見上げる。

天府城の天守や、ゴダム市に移築された十三層の楼閣がない今、日下國《くさかのくに》で最も高い建物は、このグランド・ホテルだという評判だった。

その巨大さや豪奢《ごうしゃ》な造りは、少女雑誌に掲載されていた海外小説の挿絵にあった、異国の古城を思わせた。灰色の落ち着いた色合いの外壁に、砦《とりで》のようにいくつも塔が建っている。

あまりに大きくて、座毛崎にある建物の多くが、その日陰になる。夏場の暑い時期は、日が移動するのと一緒に、グランド・ホテルの影を移動すれば涼むことができるなどと冗談で言われているらしい。

ナオミの目的の店は、この時間帯だと、ちょうどグランド・ホテルの日陰になっている場所にあった。

交差点の角地にあり、『クロノス加納《かのう》時計店』と飾り文字の入った看板には、店主の趣味なのか、時計の部品である歯車や天輪《てんわ》などがレリーフ状にデザインされており、周囲からは少し浮いた感じの奇異な雰囲気を湛《たた》えている。

店には硝子《ガラス》張りの陳列窓があり、外国製の置き時計や、からくり人形時計《マリオネット・クロック》、大小様々な懐中時計や腕時計《リストレット》、他には船に搭載する経線儀《クロノメーター》のようなものまであった。

少々、入りにくい雰囲気の店だった。入口のドアもガラス扉になっていたが、店内は薄暗く、カウンターや棚などが邪魔をして、奥まで見渡すことができない。

扉の把手《とって》を摑んでは離し、陳列窓に置かれている時計の隙間から店の奥が見えないか覗《のぞ》き込むなどして、だいぶ迷ってから、勇気を振り絞ってナオミは店の扉を開いた。ここまで来て引き返したのでは、何をしに来たのかわからない。気弱で大人しい自分とはお別れした筈《はず》だ。勇気を出して始めなければ、何も変わらない。

扉を押して中に入ると、がらんがらんとドアに据え付けられているベルが鳴った。

「ごめんください……」

気持ちとは裏腹の、頼りなく小さな声を出し、ナオミは店内の様子を窺《うかが》う。

店内には、外に向けて並べられている以上にたくさんの時計が、ところ狭しと並べられ、積み重ねられていた。何に使うのかよくわからない道具も山積みになっている。共通するのは、そのどれもが複雑な機巧を扱う品らしいということだけだった。

木製の大きなカウンターの向こう側には、男が一人、座っていた。

拡大鏡を片目に装着し、背中を丸めて白熱電球で手元を照らし、無言で指先を動かしている。

カウンターの向こう側にある作業のための空間は、店先よりも遥《はる》かに広かった。大きなテーブルの上には、数々の工具や、潤滑油などを入れた瓶が置いてあり、細かい仕切りのある箱が重ねられていて、中には何百種類もの細かなネジや歯車、撥条《ぜんまい》などが整理されて入れられているようだった。壁にはびっしりと小さな引き出しで縦横に仕切られた棚と、洋書と思しき分厚い本が、何十冊と並んでいた。

「あの……」

声を掛けてみても、男は返事もせず、ナオミの方を見向きもしない。

店内の空気は張り詰めていて、それ以上、しつこく声を掛けるのは憚《はばか》られた。

徐々にナオミは心細くなってくる。沈黙が続き、そのまま数分が経った。

出直してきた方が良いのだろうかと、ナオミが店を出るきっかけを見計らい始めた頃、急に男は、ふーっと息を吐きながら、仰《の》け反《ぞ》るように体を起こした。

「すまんな。百分の一インチの作業だったんだ。集中しなきゃならなかった」

男はナオミの方を見て、にかっと笑ってみせた。

「可愛《かわい》いお客さんだな。時計の修理かい。見せてごらんよ」

集中している時の横顔で、気難しい人なのかと思ったが、そうでもないらしい。

「あの……店主の加納朔太郎《さくたろう》さんですよね」

「うん。店主というか、私一人でやってるんだがね」

椅子から立ち上がると、朔太郎はカウンターまで歩み寄ってきた。

近くで見ると大柄な男だった。背丈は六尺以上あるだろう。やや太り気味で、口元にはびっしりと白い髭《ひげ》を蓄えている。

「時計は？」

ぼうっと見上げているナオミに、朔太郎が言った。

「あっ、はい」

慌ててナオミは、お夕から預かってきた銀無垢の懐中時計を取り出す。

カウンターの上に置くと、早速、朔太郎はそれを手にして慣れた手付きで外装を確認し、蓋を開いて文字盤を見た。

「良い時計だね。おそらく一八八三年製のトムソンガゼル社のものだ」

そして竜頭《りゅうず》を巻いたり、耳を当ててみたりする。

「だが、文字盤のデザインが微妙に私の知っているものと異なっている。見たことのない型だ」

「上滬で購入したものだと思いますが……」

「なるほど。すると租界に住む外国人向けに限定的に作られたものかもしれないな。開いて中を見てみないとわからんが、これは難敵かもしれん。簡単には言うことを聞いてくれそうにないな」

新しい玩具《おもちゃ》を与えられた子供のように、朔太郎は屈託なく笑ってみせた。

「これは君の時計？」

「いえ、人から預かってきたもので……直りそうですか」

「直りそうかどうかではなく、直すのさ」

朔太郎はカウンターに置いてあるセーム革と思しき切れ端で丁寧に時計の外装を拭うと、それをカウンターの上に置いた。

「外国製の時計だから、部品を取り寄せようと思ったら半年以上かかる」

「そんなにかかるんですか」

ナオミは少しばかり驚いた。何となく、二週間ほどあれば仕上がるだろうと思っていたからだ。

「それに製造会社にパーツがあるかどうかもわからない。だが、余程特殊なものでなければ、部品は私が自分で削り出して作るがね。構わないならそうするが……」

「ええ。大丈夫だと思います。お願いします」

「見積もりは出さなくていいの」

「お金はいくら掛かっても、直りさえすれば……」

ナオミのこの物言いには、朔太郎もちょっと驚いたというか、呆れたような表情を見せた。

「そういうわけにはいかない。時間はあるかい？」

「はい。小半刻《こはんとき》くらいなら……」

「よろしい」

朔太郎はカウンターの天板の一部を押し上げ、ナオミを作業のための空間に招じ入れた。

素直にそれに従い、ナオミは中に入る。朔太郎は先程まで作業をしていた机の上を片付け、羽根ぼうきを使って綺麗《きれい》に埃《ほこり》を払った。

そして丸椅子を持ってくると、隣に座るようにナオミに促す。

朔太郎は薄手の手袋を装着し、懐中時計のチェーンを外した。手の平大の小さなホルダーを作業台から取り出すと、時計の本体を裏側を上にして固定する。

続けて、何やらコンパスのような形をした二本足の器具を手にして、裏蓋に刻まれている溝に合わせて幅を調整して差し込み、ゆっくりと回した。ねじ込み式になっていた時計の裏蓋が外れる。中にはみっしりと隙間なく、歯車などの小さな部品が入っていた。

「良かった。ぱっと見にはひどい腐食はなさそうだ」

そう呟き、朔太郎は大きさの異なるピンセットを次々と持ち替えながら、器用に歯車などの部品を一つ一つ、分解し始めた。

「上滬も座毛崎も海が近いからね。潮風は時計にはあまり良くない」

肩を寄せるようにして、ナオミは朔太郎が作業をしている手元を覗き込んでいる。大きな手だったが、細かい作業をするその動きには無駄がなかった。母親のマルグリットが同じような作業をしているところは何度か見たことがあるが、手際《てぎわ》の正確さと速さは、比べものにならない。洗練された、本物の職人の手だった。

「あの……店名のクロノスって、どういう意味なんですか」

不意に疑問が浮かび、ナオミは問うてみた。

「時間の神様の名前だよ」

一つ一つの部品を、丁寧に仕切り付きのトレーに分類しながら、鼻唄《はなうた》まじりに朔太郎が答える。

「だが、私は信じていない」

「そうなんですか」

「時間という概念は、時計の発明と一緒に生まれたのさ」

塵《ちり》吹きで時計内部の細かな埃を吹き飛ばすと、朔太郎は独《ひと》り言《ご》つように語り始めた。

「朝日が昇り、日が暮れて月が出る。そういう時の移ろいは、大昔からあっただろう。だが、針が時を刻むように存在する『時間』という概念もまた、『発明』されたものなんだ。だから時計職人は、ある意味では時を生み出している。人は時を支配することができる。私はそう思っているね」

まるで禅問答のようだと思い、ナオミは少し困惑する。

「人というのはきっと、太古から何度も何度も同じような歴史を繰り返しているのではないかな。そこには少しばかりの差異はあるだろう。かつて誰かが成したことを、他の誰かが担《にな》ったり、価値観や名前や形などを変えては姿を現し、存在している」

ふと朔太郎は言葉を切り、拡大鏡のツマミを調整して懐中時計の中を覗き込んだ。

「犯人だ。見つけたぞ」

工具入れから最も小さなピンセットを手に取ると、朔太郎は慎重に歯車の間にその尖《せん》端《たん》を差し入れた。指先には、ほんの少しの震えもない。まるで朔太郎の手先の方が、完《かん》璧《ぺき》な機械のようにすら見えた。そして摘《つ》まみ上げた何かの破片を、台の上に広げてあった白い懐紙の上に置く。

「これは？」

「おそらく、文字盤に使われている塗料の破片だよ。剝《は》がれて歯形の間に挟まっていた」

それはあまりにも小さな破片だった。胡椒《こしょう》の粉か何かのようにしか見えない。

「思っていたほどでもないな。これなら一度、分解掃除して、他に問題箇所がないか確認してから組み立て直せばいい」

「これを……一度全部ばらばらにするのですか」

時計の中身は隙間なく細かな部品が入っており、お互い複雑に組み合わさっていて、一度分解したら二度と戻らなそうな複雑さと均衡を保っているように見えた。

「大したものじゃないさ。そう……」

そして呟くように言う。

「機巧人形《オートマタ》に比べればね」

やはりこの人だ。ナオミはそう思った。

「他にも修理の依頼があるから、二週間ほど待ってもらえば仕上がると思う。お金はいいよ」

「え……でも」

「マルグリットは元気か、ナオミ」

朔太郎は優しい、そして少しばかり寂しげな笑みを浮かべてそう言った。

10

「やあ、林田。お前どうやってこんな大きな広告を取ってきたんだ」

ドアを開き、林田が猩々社《しょうじょうしゃ》の狭い事務所に入ると、早速、大友磐夫《おおともいわお》がそう声を掛けてきた。

売文を生業《なりわい》とする猩々社は、四軒町の大通りから道を一つ入ったところにあった。社主である大友の自宅を兼ねており、門柱には右側に「大友」、左側に「猩々社」と書かれた表札が掛かっていた。

「何の話だ」

一階にある八畳ほどの部屋には机が四つと、古い応接用のテーブルとソファのセットが置かれている。林田がソファに腰掛けると、窓から入ってくる日射《ひざ》しの中で、埃が舞うのが見えた。

「おや、君の口利《くちき》きだと聞いたぞ。我が社の発行する雑誌の裏表紙に、フェル電器のような大企業が広告を出稿してくるなんてなあ」

丸顔に丸眼鏡を掛けた大友が差し出してくる見本刷りを、林田は受け取る。

表紙には、雑誌のタイトルである『猩々』のロゴタイプ。裏返すと、街中の看板や新聞で見慣れたフェル電器産業の広告が目に入った。

——ご家庭に明かりを点《とも》すフェル電器。

お馴染《なじ》みの広告文とともに、古めかしいドレスを着て頭に月桂冠《げっけいかん》を載せて踊っている、フェル電器のマスコットキャラクターの絵が描かれていた。

ナオミと会わないと約束すれば、猩々社に資金援助をしてもいいとフェルは言っていたが、名目のわからない形ではなく、広告出稿という方法でその約束を果たしたのだろう。

雑誌には林田が寄稿した文章も載っていた。『出日下國記』。昨年、国際共産主義者同盟の大会が上滬市で開催され、日下代表として林田が会議に参加した際のことを綴《つづ》ったものだ。

何故《なにゆえ》に無政府主義者である林田が、しれっと共産主義者《コミュニスト》の会議に代表として参加していたのかというと、日下國からの参加を打診に来た華丹人の青年活動家の誘いを、皆が怪しんで警戒してしまい、困った青年の話に乗ってやったのが、物好きな林田だけだったからである。

「さあ、返してくれ」

ぱらぱらと雑誌のページを捲《めく》っていた林田に向かって、大友が手を伸ばしてくる。

「ゆっくり読みたい。くれよ」

「駄目だ。発行前に内容を知られたら、また発禁を食らうかもしれん」

机の上に載った急須《きゅうす》から、湯飲みに茶を注ぎながら大友が言う。

肩を竦《すく》め、林田は素直に見本刷りを返した。官憲のやり方は小狡《こずる》くて、事前に内容を知っていても、わざと泳がせて本が仕上がるのを待ち、発行直前に発禁を食らわせてくる。

そうすると、一切の収益がないままに刷り上がった何千部もの雑誌は差し押さえられ、印刷所や製本所などへの支払いだけが残る事態となり、大赤字となる。そうやってこちらの活動資金を削ろうとしてくるのだ。

特高の手に見本刷りなどが渡れば、また同じ目に遭う。細心の注意を払い、業者も毎回違うところを探していたし、雑誌の完成を特高に悟られないようにしている。

大友との付き合いは長かったが、今ひとつ林田は信頼されていないようだ。余程、大友の目にはいい加減な男に映っているのだろう。

まあ、無理もない。

林田の女房である早智子《さちこ》は、大友の妹だった。つまり大友は林田にとっては義理の兄でもある。

早智子も元々は活動家で、結婚するまでは婦人運動に関わっていた。林田が提唱していた自由恋愛《フリーラブ》の賛同者でもあったが、子供が生まれたら早々に考え方を変えてしまい、何かというと古い価値観で林田を縛ろうとしてくる。不仲になったのはそのせいもある。

「今日はモボ風なんだな」

三つ揃《ぞろ》いのスーツに、きちんと髪を横分けにした林田に向かって、からかい半分の口調で大友が言う。

「この後、行くところがあるんでね。これ、頼まれていたものだけど」

林田は持参してきた鞄《かばん》から原稿用紙の束を取り出し、それを大友に手渡した。

「相変わらず早いな。検《あらた》めるから、少し待っていてくれ」

大友は丸眼鏡の位置を直すと、赤鉛筆を片手に内容の校正に取り掛かった。

さる右派の政治家が、党大会で打《ぶ》つ演説の台本だった。思想的には林田や大友とは正反対に位置する相手だが、呆《あき》れたことに演説の台本だけでなく、新聞などに寄稿する論説の原稿なども猩々社に依頼してくる。大友曰く「お得意様」の一人だった。

「いい台本だ。筋道立っていて、熱もある。殆《ほとん》ど直すところがない」

「そりゃどうも」

林田にとっては、鼻唄まじりに尻を掻きながらでも書ける原稿だった。恋文《ラブレター》の代筆の方が、余程難しいし頭を使う。

「実を言うと先方からのご指名だったんだ。是非、いつもの人で頼むとね」

その「いつもの人」が、世間でも多少は名の知れた林田馨《かおる》だとは、相手も夢にも思っていないだろう。

売文を生業とするのだから、依頼があれば、客からの要望に沿って右にも左にも上にも下にも、自在に寄せて書くのが商売だと大友は割り切っているところがあった。

出稿があったとはいえ、資本家や資本主義を批判する論文も載る『猩々』の裏表紙に、海外資本の大企業であるフェル電器産業の広告を何の葛藤もなく載せてしまうのも、大友らしいといえばらしい。

まず第一に食っていかねばならぬ。そんな大友の考え方は、林田は嫌いではなかったが、日和見《ひよりみ》主義的だとかなり辛辣《しんらつ》に批判してくる者もいた。女たらしで有名な林田も所属しているから、猩々社そのものを疎《うと》ましく思っている活動家も多いと聞く。

「原稿料を少し前払いしてもらえないかな」

フェル電器から広告費が入ったのなら、少しは金回りも良くなっただろうと、林田はそう口にした。

「前払い？　むしろ君は今、会社に借金している状態だぞ」

さもおかしげに大友は言う。毎月毎月、林田が仕事をした分の金は、早智子が、当然の権利という風に事務所に現れては、生活費として持って行ってしまう。

林田の手元には殆ど金が入らず、猫地蔵坂《ねこじぞうざか》ホテルに支払うべき宿泊費や賄《まかな》い代は全《すべ》てツケにして、猩々社から金を借りて、やっと暮らしているような状況だった。常連めかしてカフェーに通っていても、コクテール一杯で何時間でも粘るような按配《あんばい》だから、客からのチップが主な収入源である女給たちからは、けちな客だと陰口を叩《たた》かれている。

言っていることとは裏腹に、大友は経理の事務で雇っている女の子を呼び寄せると、伝票を切らせて二十圓《えん》ばかり用意させた。

これで何か、手土産を買っていくことができそうだ。

座毛崎に住んでいる母親にナオミを預かってもらってから、そろそろ二週間ほど経とうとしていた。ナオミがどう過ごしているか、少し心配でもあった。

「前借りついでに、一つ仕事を受けて行ってくれよ」

思い出したようにそう言うと、大友は机の上から書類を一枚、手に取った。

「君のお得意の仕事だ」

「勘弁してくれよ」

書類を見て、林田は眉間《みけん》に皺《しわ》を寄せた。お得意どころか、最も苦手とする仕事だ。

「ああ、そうだ」

ナオミのことが頭に浮かんだので、不意に妙案を思い付き、林田は口を開く。

「猩々社を手伝ってみたいという若い娘がいるんだ」

「何だお前、また女を口説いているのか」

苦笑まじりに大友が言う。

「違う違う。ちょっと訳ありでね。まだ女学生なんだが、出版の仕事に興味があるらしいんだ。詩や文学が好きで……。まあ、そのうち機会があったら連れて来るよ。じゃあ、僕はこれで」

金を受け取ると、早々に林田は事務所から退散することにした。

門柱の外に出ると、道を挟んだ向こう側には着物の仕立屋があった。店主が金をもらって特高に軒先を貸しているのか、明らかに客でも従業員でもなさそうなやつが、煙草《や》を吸いながら、じっとこちらを見つめていることがよくあった。大友などは、それを揶揄《ゆ》して、この仕立屋を「尾行刑事詰所」などと呼んでいる。

四軒町には、かつて天府城の見附があり、今は天帝陵《てんていりょう》となっている城の西の大手門へと通じる道は、御維新前から賑《にぎ》わいのある場所だった。モダンな雰囲気のある銭町《ぜにちょう》とは違い、老舗《しにせ》の鰻《うなぎ》屋や呉服屋などが並ぶ、古色を帯びた町並みとなっている。見たところ仕立屋の前に人はおらず、いつも猫地蔵坂ホテルに詰めている刑事の姿もなかった。

通りをざっと見回し、尾行らしき者がいないのを確認してから、林田は歩き出した。知らず尾《つ》けられている可能性はあるが、相手の方が一枚上なら、探すだけ無駄だ。

『ディア、お夕。ディア、勘助《かんすけ》』――。

歩きながら、そんな一文から始まる、新世界大陸から送られてきた青いインクの消印が押された手紙を林田は思い出す。

子供の頃に何度も読み返したせいで、文面だけでなく、癖のある字の形まで鮮明に脳裏に甦《よみがえ》ってくる。

『お夕、今も君のことを愛している。こちらに来てからの私は、後悔ばかりだ』

手紙にはそう書いてあった。何箇所かに水滴の跡があり、ペンで書かれたインクの文字が滲《にじ》んでいたのを覚えている。お夕というのは、母親である林夕の上滬時代からの渾名《あだな》だ。

どんな気持ちで、父である日向丈一郎《ひゅうがじょういちろう》は、あの手紙を書いたのだろうか。

フェル女史や轟《とどろき》氏から、ゆっくりと話を聞いてみるべきだったろうか。そんな思いが、林田の胸に去来する。

父が殺人鬼だったというのは誤解だと、フェルは言っていた。その言葉だけでも、林田はいくらか心が救われた気分になった。

だが、果たしてそれで良いのであろうか。

父に捨てられたという思いや、幼い頃に過ごした座毛崎での、華丹人であるが故の母の苦労、父が新世界大陸で大量殺人を犯し、死刑に処されたということを知った時の絶望。

そんな少年時代がなければ、果たして自分は、社会主義活動に身を投じるようになったであろうか。

いつもそうしているように、走ってきた市電に不意に飛び乗り、林田は切符を買って車掌に鋏《はさみ》を入れてもらう。

チンチンと軽快なベルの音を鳴らし、市電は四軒町の大通りを走って行く。

市電を追い掛けてくる者も、林田に続いて慌てて乗り込んでくる者もいない。どうやら最初から尾行は付いていなかったようだ。

窓を背に向かい合わせになっている座席に腰を下ろすと、林田は目を閉じた。

幼い頃の、数少ない父との思い出が瞼《まぶた》の裏に浮かんでくる。

ひぐらしが鳴いていたから、あれはきっと夏の夕暮れのことだ。

庭先に大きな盥《たらい》を出し、自分は沐浴《もくよく》をしている。父と母が代わる代わる汲《く》んできてくれた井戸の水は冷たくて、とても気持ち良かったのを覚えている。

はしゃいでいる自分の姿を、父は地味な色の浴衣《ゆかた》を着て、その頃に家族で身を寄せていた親戚《しんせき》宅の離れの縁側に座って眺めていた。

やがて母が手拭いで、濡れた髪を拭《ふ》いてくれた。

不意に父が口を開いて何かを言う。

母は、そんな父と目を合わせないようにしながら、何か答えた。

父は苦しそうな表情をしていた。母はこっそりと目元に浮かんだ涙を拭っていた。

二人の前から父が去って行ったのは、それから間もなくのことだった。

上滬時代の父のことや、二人の馴れ初めを、母はあまり語ろうとしない。ただ、後々知ったところによると、父は『日華貿易商会』というところで働いていて、母はその会社に地元で雇用された事務員だったらしい。

だが、奇妙なことに、華丹戦役以前にそんな会社は上滬には存在しなかったということになっている。

どうやら軍部で機密となっている何らかの事柄と関係しているらしく、日華貿易商会で働いていた父や母の同僚たちは、いずれも幡子《まんじ》半島で戦死していた。

父を含む商会の職員たちが、軍事探偵として華丹で諜報《ちょうほう》活動を行っていたらしいというところまでは、何とか突き止めた。

林田が初めて特高に逮捕されたのは、そんな折りだった。

完全な不当逮捕だった。社会主義団体の不穏ビラや機関誌を所持している疑いがあると、当時の林田としては身に覚えのない件で突然に拘束され、勾留《こうりゅう》中に自宅がガサ入れを受けた。大事にしていた父からの手紙や、父や母と一緒に写っている数葉の写真、日向丈一郎が新世界大陸で死刑に処されたことを報道する現地の新聞記事や、エドガー・ポートマンなる人物が書いた、『華丹幡子での虐殺事件《マサカ》』に関する発禁処分を受けた外国語新聞など、林田が何年も掛けて集めた資料や書き付けなどが悉《ことごと》く持ち去られてしまった。

おそらくは、それらを処分するのが主な目的だったのだろう。取り調べでは鉄拳で何度も殴られたが、林田は不起訴となって釈放された。だが、持ち去られたものは二度と手元には戻って来なかった。

林田が大友と出会ったのは、その時の留置所内でのことである。

大友の方は、上方であった米屋の打ち壊し騒動で市民を煽動《せんどう》したとかの疑いだった。汽車で天府に戻ってきて、駅の歩廊に足を踏み下ろした途端に御用となったらしい。

その頃の林田は、まだ官立の外国語学校の学生で、ポリティカルなことには関心がなかったが、ここを出たら飯でも食いに来いよという大友の誘いを受け、それから付き合いが始まった。

それも、もう二十年近く前の話だ。

林田を乗せた市電は、モダンな赤煉瓦《あかれんが》造りに円蓋《えんがい》の屋根を載せた、天府駅の駅舎前に停まった。

日傘を差した小袖《こそで》姿の婦人や、山高帽を被《かぶ》ったスーツ姿の男、大きな風呂敷《ふろしき》を背負った行商人などの間を擦り抜け、林田は駅舎前の広場を足早に歩いて行く。自動車が乱暴な運転で砂煙を上げ、警笛喇叭《ラッパ》を鳴らしながら林田の前を通り過ぎる。駅舎の前には、辻待《つじま》ちの人力車が十数台、並んでいた。

駅構内に入ると、林田は三等車の切符を買って乗降場に入り、売店で天府名物の蓮根《れんこん》餅《もち》の弁当を買った。懐《ふところ》具合も良かったのでお茶も購入し、薬缶から汽車土瓶に熱湯を注いでもらうと、それを手にぶら下げて汽車へと乗り込む。

車内は比較的空《す》いていた。向かい合わせの四人掛けの座席に一人で座ると、早速、林田は竹皮の包みを解き、甘辛いタレで味付けされて海苔《のり》の巻かれた蓮根餅を頬張る。付け合わせは、これもまた蓮根稲荷《いなり》の縁起物である蓮根の甘酢漬けだった。

汽車が警笛とともに動き出し、飲み頃に温くなったお茶で喉《のど》を潤《うるお》す頃になると、窓の外は天府の中心街を離れ、郊外の風景となった。鉄橋に差し掛かり、幅の広い川を汽車は横切って行く。河原の遠くの方では、子供たちが、岩の上から川に飛び込んだり、泳いだりしているのが見えた。

汽車の揺れに身を任せながら、林田は思い返す。

何故に林田が、去る年にお門違いの国際共産主義者同盟の大会にわざわざ出席したのかといえば、一番の理由は、実際に上滬市に足を運び、若い頃からの疑問であった、『日華貿易商会』の存在について調べたいと考えたからだった。

かつて、その事務所が入っていた建物は、上滬市の港から程近い市街の一角にあった。

今は朽ち果てて空き家になっており、家主の許可を得て林田が建物の中に入ると、そこら中に日下軍を中傷する落書きが施されていた。もう何十年も、その状態で放置されているということだった。

日下國では、『日華貿易商会』の存在はなかったことにされているが、地元の上滬市では、華丹戦役での虐殺事件を引き起こすきっかけともなった、卑劣な軍事探偵たちの拠点だったとして、誰に聞いても知っている名前だった。

事務所には、叩き壊された古い机や椅子が残っているだけだった。

硝子の割れた窓の外には、近隣にある古い石造りの商館が建ち並んでいるのが見えた。上滬港の青い海が、その建物の間から覗いており、日中の強い日射しを受けて照り返しているのが見えた。海鳥の鳴き声が微《かす》かに聞こえてくるほど、その建物は海に近かった。

この場所で、かつて父が同僚たちと貿易の仕事を営み、母がお茶汲みや手伝いをしていた光景を思い描こうとしたが、どうしても浮かんでこなかった。

だが、妙な懐かしさは込み上げてきた。自分は赤ん坊の時に上滬から日下國へと引き揚げたので、覚えているわけがないのだが、確かにここに来たことがあるという感覚が、体の奥から湧《わ》き上がってきたのを思い出す。

これから林田は座毛崎に向かい、母親であるお夕こと林夕と、預けているナオミに会いに行く予定だった。

まったく不思議なものだと思う。

林田の提唱する『自由恋愛』とは、三つの柱から成っている。

経済的に自立していること、同棲《どうせい》せずに別居していること、性的なことも含めてお互いの自由を尊重すること。

自由とは不自由の上に成り立っている。自由を実現するためには、あれこれと我慢しなければならないことも生じる。

世間では女たらしだと言われている林田だったが、むしろ自分は女嫌いなのではないかと思うことがあった。もっと言えば人間嫌い。人に干渉されたくないし、したくもない。他人がどう思おうと、どうなろうと知ったことではない。

だが、例外が一人だけいた。母親のお夕である。

そのお夕の元に、まだ子供とはいえ、他人を預ける気になったことが、林田は自分でも意外だった。

あのナオミ・フェルという娘には、何か特別なものが感じられる。その正体が何なのかは林田にもよくわからない。それは今まで他人に抱いたことのない、むず痒《がゆ》い感情だった。

11

「もうナオミさんは一か月以上、学校をお休みしていますね。迎えに行かなくてもよろしいのですか」

「今連れ戻しても、すぐにまた家出してしまうわ」

四肢を取り外した伊武の体に向かいながら、マルグリット・フェルはそう答えた。

旧釘宮《くぎみや》邸の敷地内にある、塗籠造《ぬりごめづく》りの別棟の地下室、かつて釘宮久蔵《きゅうぞう》も作業場として使っていた部屋である。

拡大鏡を調節し、フェルは伊武の体をじっくりと隅々まで観察する。フェルが日下國に移住してからの二十五年近くの間、半年に一回ほど修繕のために通わせているが、今のところ伊武は順調に動作している。

つくづく、伊武の機巧は完璧だった。フェルは新世界大陸にいた頃に、比嘉《ひが》恵庵《けいあん》が製作した、スリーパーこと「天帝のオートマタ」の機巧を詳しく調べたこともあるが、未《いま》だに伊武の部品には素材が何なのか不明なものがいくつもあり、代替の素材で作られた他の機巧人形とは詰めの部分で大きな差があった。

フェルも、比嘉恵庵が残した『其機巧巧之如何《そのきこうこうのいかん》を了知するに能《あたわ》ず』の書物や、その私塾であった『幾戒院《きかいいん》』から公儀が押収した資料、機巧の実物、それに何よりも、実際に動いている伊武の体などから学び、オリジナルの機巧人形の製作にも着手していたが、どうしても不具合が起こる。伊武のように二十五年もの間、ほぼ点検だけで動き続けるというわけにはいかなかった。

伊武は、ある種の『永　久　機　関《パーペチュアル・モーション・マシーン》』なのではないかと思うことがある。この世に存在してはいけない不滅の機械。

「ナオミさんが女学校を退学させられたらと、私は心配で仕方ありません」

台の上に載せられた伊武の首が、固く瞼を閉じる。

その張本人は目下、驚くほど些末《さまつ》なことが気掛かりらしい。

顔の動きに連動して、胴体部分の首から垂れ下がっている鋼線の束が動く。きっと伊武の感覚では、首を左右に振っているのだろう。

「それは大丈夫よ」

毎年、天府高等女学校に納入してやっている寄付金の額の零の桁《けた》を一つ増やしてやれば、誰も文句は言うまい。何ならずっと休みっ放しだったとしても卒業できる。

それよりもむしろ、ナオミが女学校に復帰することを望むだろうかとフェルは思った。

ナオミの動向の内偵にはプロを雇っていた。新世界大陸での悪名高きニュータイド探偵社だ。

四半世紀前のゴダム万博の時には、あれこれと煮え湯を飲まされたが、金さえ積めば働く連中というのは、思想や信条で動く者よりも、ある意味では信頼できる。

フェルは部屋の隅に置かれているものを見た。

頭部はなく、胴体と右腕しか残されていないが、それは釘宮久蔵が製作した、通称

「江《え》川《がわ》仁《に》左《ざ》衛《え》門《もん》」と呼ばれている機巧人形だった。

男体の機巧人形は珍しい。比嘉恵庵や釘宮久蔵、それに田《た》坂《さか》甚《じん》内《ない》などの歴代の機巧師たちが作った機巧人形の全てをフェルが把握しているわけではないが、これに関しては、伊武も動作していた時のことを覚えているらしい。

伊武の話によると、十三層にいた遊女からの依頼を受け、心中に失敗して死んだ侍にそっくりの機巧人形を釘宮久蔵が製作したものらしい。体の中には、遊女が切った足の小指を内蔵していた。

その遊女の思いが強すぎたのか、それとも何か他の原因があったのか、この仁左衛門という機巧人形は、己を生身の人間だと思い込んでいたという。自分が歯車と撥条で動く機巧人形であるということに自覚的な伊武とは違い、そんな不具合も、人の手によって作られた機巧人形の不完全さの一つであろうか。

釘宮久蔵は、人とはつまるところ、複雑難解さの極まった機巧に過ぎぬと看破していたという。

魂と、魂にあらざるものの間に境目はなく、ただ複雑さと多様さに差があるだけだ、と。

だとするなら、人間もまた、得体の知れぬ創造主に、有機的な部品によって造られたものだということも考えられなくはないだろうか。機巧の技術が極まり、彼らや彼女ら自身で子孫を増やしていく体系が完成するならば、それはもはや、機巧ではなく新たな生命と言えるのではないだろうか。

　あまりにも夢想に満ちた考えだとはフェルにもわかっていたが、そんな奇跡を起こす神の手が欲しいと思った。

　自分はあと何年、生きられるのだろう。このところフェルはそんなことを考えるようになった。田坂甚内は臨終の際に、伊武を任せられる機巧師を育てられなかったことを頻《しき》りに悔いていたというが、その気持ちが今はよくわかる。

　機巧人形のたゆたう時間に比べて、人の一生はあまりにも短い。そのことがフェルは悔しくてならない。機巧人形たちが紡《つむ》いでいく時間に、その物語に、最後まで付き合うことができないのが歯痒くて仕方なかった。

　そういえばあの人は、「時間」とは時計が生まれた時に一緒に発明されたのだという自説をよく語っていた。

　誰よりも時間神《クロノス》を信奉している癖に、だからこそクロノスの存在を信じないのだと。

　ふと、伊武はそのクロノスに会ったことがあるだろうかとフェルは思った。伊武の過ごしてきた深淵《しんえん》なる時間は、フェルが想像できる範疇《はんちゅう》を超えている。伊武を造った原初の人とは、いったい何者なのだろう。伊武が生まれた時に、そこには一体、何があったのだろうか。

思わず背筋が粟立《あわだ》つような、ぞっとする思いに駆られ、フェルは伊武の頭が載っている台の方を見た。

その深淵なる機巧人形は、退屈のあまり大欠伸《おおあくび》をして、目の端に涙の粒を浮かべていた。

苦笑を浮かべ、八十吉《やそきち》が迎えに来る前にと、フェルは伊武の体を元通りに組み合わせる作業に取り掛かった。

フェルは発明家であり研究者ではあるが、職人ではない。

あの人がいてくれた時は、こんな作業はあっという間にこなしてしまっていた。

ニュータイド探偵社の工作員からの報告で、ナオミがあの人……フェルの元夫である加納朔太郎が経営する時計店を訪ねて行ったと聞いた。

あの人は余計なことをナオミに言ってはいないだろうか。

ふと、どこかで自分は、その余計なことをあの人がナオミに伝えてくれることを期待していることに気づいた。フェル以外では、伝える資格を持っているのは朔太郎だけだ。

だが、とフェルは思う。

朔太郎は優しい人だった。ナオミが時計店を訪ねて来た時に、きっと何が起こっているのか、全てを察してしまうだろう。

そう。優しくて、そして平凡な人物だった。ただ一点、機巧師としての天才的な技術を除いては。

日下國に移住し、電力事業を掌握すると同時に、まずフェルが行ったのは、田坂甚内の持っていた技術を継承する者を探すことだった。

ところが、田坂甚内が没し、伊武が機能を停止してからの百年もの間に、日下國に於《お》ける機巧の技術は殆ど廃《すた》れてしまっていた。

甚内の弟子筋は、各々《おのおの》勝手に釘宮流だの田坂流だの新派だのを名乗り、技術の研鑽《けんさん》そっちのけで、お互いの理論や理屈の揚げ足を取り合い、どちらが本流かといがみ合うような体たらくだった。

伊武の話だと、釘宮久蔵は常日頃から「知識は嘘《うそ》をつくが、技は嘘をつかぬ。神は手の中に宿ると思え」と弟子たちに教えていたそうだが、そのことすら理解しようとせず、呆れたことに、実際に動いて喋《しゃべ》る伊武という機巧人形の存在すらも、観念的なものだと捉《とら》えている一派すらあった。

だが、一人だけ見込みのある青年がいた。それが加納朔太郎だった。

時計職人出身で、理屈よりも先に手を動かす男だった。フェルは早速、下職として彼を個人的に雇い入れると、フェルと八十吉、そして伊武本人以外は誰も知らない、伊武が機巧人形であるという秘密を共有させた。

新世界大陸での経験が、伊武のことを公《おおやけ》にするべきではないという教訓になっていた。

フェル電器産業のライバル企業で、機巧の技術を狙っていたテクノロジック社のことを思い浮かべるまでもなく、人と同様に動いて喋る機巧人形の存在は、世に知られるのは危険だと判断した。利用方法はいくらでもある。例えばすぐに思い浮かぶのは軍事目的だ。

機巧人形の技術は、フェル電器が、いや、マルグリット・フェル個人だけが独占できればそれでいい。

最初の頃は、機巧の技術を生かしたビジネスも考えていなかったわけではないが、今となってはそんな気も失《う》せた。金も地位も十分に得ている。これ以上欲しいものなど何もない。あとはフェルの身の回りにいる機巧人形たちの行く末が心配なだけだ。

その点で言うなら、朔太郎は口も固かった。というよりも、技術以外に興味がなく、気弱な男だったから、その秘密を利用して何かを成そうという欲や気概もなかった。

朔太郎は下職として、フェルがどんなに突飛な指示や仕様を提示しても、我慢強くそれを実現させてきた。直せるかどうかではなく、直す。作れるかどうかではなく、作る。それが朔太郎の口癖であり信念だった。職人としての誇りが口にさせた言葉だろう。

気がつけば、そんな朔太郎にフェルはいつの間にか惚《ほ》れ込んでいた。自分の腕だけでは実現できなかったであろう精巧な仕様、精密な作業を、朔太郎は奇跡のような手で実現させてきた。あの人がもし外科医だったら、きっとどんな難しい手術でも成功させてしまうだろう。神が宿る指先があるとするなら、あの人の指先以外にはない。そう思わせた。

見た目の善《よ》し悪《あ》しや、社会的な地位や立場などは、フェルにとってはどうでもいいことだった。自分はきっと、朔太郎の指先に惚れたのだ。そしてそれが欲しいと思った。

恋など知らない少女時代をフェルは過ごしてきた。物心ついた頃から、自室で危険な実験や発明に明け暮れていた。家を全焼させたり爆発させたことも一度や二度ではない。周囲から疎まれ、発明家として名を馳《は》せてからも、誰もがフェルを付き合いづらい相手として避けた。自分は一生、誰かを好きになることなく死んでいくのだと思っていた。

――君はいい手をしているね。

二人でオリジナルの機巧人形の試作を繰り返していた際に、一所懸命に工具を動かしていたフェルの手を握って朔太郎がそう言った時のことを、今でもフェルは思い出す。

「頭でっかちな学者や研究者の手ではない。細くて繊細だが、これは職人の手だ。きっといつか、神が宿る時がくる」

大陸の発明王と持ち上げられて成功を収め、名声と地位を得た。誰もがフェルを畏《おそ》れ、時には利用したり取り入ろうとした。だが、己は誰かに認められることに、もっと言えば誉《ほ》めてもらうことに飢えていたのだと、その時、朔太郎に思い知らされ、フェルは胸が熱くなり、目頭に涙が滲んだ。

何で自分は、それだけで満足できなかったのだろう。

尻込《しりご》みする朔太郎に意見を挟ませず、強引に社主命令で夫となるように辞令を下し、入籍させた。

自分に夫となる人ができたことが嬉《うれ》しくて嬉しくて、嫌がる朔太郎を連れて政府高官や国賓、外交官が集まる接待の場や舞踏会などに引っ張り回し、社交界に紹介しようとした。

だが、フェルには思いもよらないことだったが、大陸の発明王と呼ばれ、日下國の電力事業を牛耳るフェル電器産業の社主でもあるフェルが、数歳も年下の市井《しせい》の一職人を夫にしたことに世間は嘲笑的《ちょうしょうてき》で、それに朔太郎は苦しんでいた。

フェルが私的に行っている研究の下職として、近しい立場にあるのを利用し、男日照りの変人社主に、巧みに言い寄ったのだろうと噂《うわさ》された。

ナオミを懐胎すると、フェルは産休のために朔太郎をフェル電器産業日下法人の取締役に引っ張り上げた。朔太郎はフェルの指示通りに動いていただけだったが、日下法人の幹部たちは朔太郎を侮《あなど》っていたから、結局は朔太郎が板挟みとなる形になった。

あんなことをさせる必要はなかった。朔太郎はフェルの元に置いて、世間が何と言おうとただの一職人のまま過ごさせてやれば良かったのだ。朔太郎は職人として超一流なのを除けば、ごく平凡な人物だった。だがフェルはその腕を尊敬しており、優しさを愛していたというのに。

そうしていれば、あんなことがあっても朔太郎は今も自分の元にいてくれたかもしれない。フェルが一時期、ある種の狂気に駆られるようなこともなかったのだ。

朔太郎が座毛崎で時計店を営んでいるのは知っていた。だが、訪ねて行く勇気はフェルにはなかった。

ナオミが朔太郎の店の存在を知っていたのは意外だったが、あの子も高等女学校の最上級生だ。幼少期に別れた、父親に当たる人物に興味を持ち、何らかの形で調べて知っていてもおかしくはない。

だが、先ほどもふと思ったように、会ってはいけない人物でもある。

ナオミの方に、どれだけ朔太郎についての思い出というか記憶があるのかはわからないが、朔太郎と会うことによって、『居眠り病』の原因となっているものを知ってしまうかもしれないのだ。

「どうしたんですか、フェルさん」

ふと、伊武の声がした。

フェルは顔を上げる。

「何で泣いているんですか」

そして伊武は、フェルを見て不思議そうな声を出した。

12

「君はその、伊武のことをどう思っているのかね」

旧釘宮邸の無駄に広い応接間の真ん中で、轟八十吉は、その「箱」と対峙《たいじ》していた。

ざっと見て二十畳以上の広さはあろうかという部屋だった。床はよく磨かれた大理石張りになっており、底冷えを避けるためか、毛足の長い絨毯《じゅうたん》が中央に敷いてある。ソファとテーブルは舶来のもので、普段は畳の上で生活している八十吉としては、腰掛けているだけで落ち着かない気分だった。

上座には、例の長須鯨《ながすくじら》の絵が描かれた箱が、まるで部屋の主のように鎮座している。この箱の上にどっかと腰掛けて、屁《へ》の一つもかましてやろうかと思ったことは、一度や二度ではなかった。

点検と修繕を終えた伊武が、旧釘宮邸の別棟の地下から戻ってくるのを待つ間、その箱と二人きり……いや、二人きりと言って良いのかどうかもよくわからぬが、とにかく二人きりになりながら、八十吉は落ち着かない気分で、さらに口を開く。

「男同士、腹を割って話そうではないか。君と伊武の間には、過去にどのようなことがあったのだ。その……何と言うか、男と女の関係というか……」

げふんげふんと咳払《せきばら》いし、八十吉は強く首を左右に振って、頭の中に思い浮かんだ破《は》廉恥《れんち》な光景を追い出そうとした。

箱に話し掛けても返事などないのはわかっている。だが、どうしても問わずにはおれなかった。

新世界大陸から戻ってきてから、もう二十五年も経《た》つが、一度もそのことについて伊武に問うたことはない。

恥ずかしいからというのもあるが、屈託のないあの伊武の口から、八十吉が妄想を膨らませているようなことが語られたらと思うと、その勇気も湧いてこなかった。

ゴダム万博に移築された、日下國館と名付けられた十三層の楼閣。その最上層で機能を止めていた伊武の前で、もしこの機巧人形とずっと一緒にいられるなら、生涯純潔を守ってもいいと考えていた日々が、まるで昨日のことのように思い出される。

伊武が大事にしている箱だと聞いて、ゴダム万博で観覧車が脱輪する大事故が起こった時にも、八十吉は命懸けで、この箱を取りに日下國館に引き返しさえしたのだ。

まさかこんな箱が、己の恋敵になるとは思ってもみなかった。

腕組みして八十吉は箱を睨《にら》みつける。箱の表面に描かれた白い長須鯨と目が合った。まるで八十吉を馬鹿《ばか》にして笑っているかのように見えた。

よし、座ってやる。こっそりと座ってやる。

箱を腰掛け扱いされることを、伊武がどれだけ怒るか知っていながら、八十吉はそう決心した。

ソファから立ち上がり、そちらへと向かうと、八十吉はこの忌々《いまいま》しい箱を見下ろした。

「お待たせしました」

尻を突き出して腰を屈めた時、ふと応接間の重い観音開きのドアが開き、伊武が入ってきた。八十吉は慌《あわ》てて背筋を伸ばす。

「八十吉さん？」

「早かったじゃないか、伊武」

咳払いして八十吉は言う。

「今、鯨《げい》さんに座ろうとしていませんでしたか」

「違う違う。最近、腰痛《ようつう》があってね。馬離衝《バリツ》秘伝の体操をしていたところだ」

疑うように眉間に縦皺を浮かべる伊武の前で、八十吉は誤魔化すために膝《ひざ》を曲げ伸ばしてみせた。

「殺法だけでなく、このように活法と対を成してこそ馬離衝……」

「私も最近、肩が凝って仕方がないのよ。今度、教えてくれないかしら」

そう言いながら、伊武の後ろから続けてフェルが入ってきた。作業の時にいつも身に着けているらしい、白い袖付きのエプロンを着ている。

八十吉は再びソファに腰を下ろした。伊武は目尻を下げて表情を緩め、毛足の長い絨毯の上に直接ぺたりと座り込み、寄り掛かるようにして箱を撫《な》で始めた。嫉妬《しっと》に似た気持ちが、八十吉の胸の内に湧き上がってくる。フェルの点検を受けるために旧釘宮邸に来るのを伊武はとても楽しみにしている。この長須鯨の絵が入った箱に会えるからだ。

伊武と一緒に新世界大陸から持ち帰ってきた後は、長らく轟家に置いてあった。フェルに預けて詳しく調べてもらった方が良いのではないかと伊武に提案し、説得したのは八十吉だった。理由は言わずもがなである。

フェルが、テーブルを挟んで八十吉の前に座った。眼鏡を掛けているから、こちらがどこにいるか教えてやる必要はなさそうだ。

「ナオミくんは、ずっと女学校を欠席しているそうですな」

伊武からそのことは聞いていた。

「ナオミなら、座毛崎にいるわ」

フェルのことだから、銭町での一件の後に消息がわからなくなったナオミの行方は、すでに突き止めているだろうとは思っていた。

「連れ戻しには行かないのですか」

「いずれ折を見てね。今は少し自由にさせてあげようかと思って」

フェルは溜息《ためいき》をつく。

「ちゃんと監視は付けているわ。ニュータイド探偵社を雇ったのよ」

「何と……」

その名前を聞くのは久しぶりだった。

「あやつら、我が国にも進出していたのですか」

「どこにでもいるわ。お金さえ払っていれば、ちゃんと料金分は働く連中よ」

あまり納得はしていなかったが、ひと先《ま》ず八十吉は頷《うなず》いた。

探偵や警備などを業とする民間の会社など、この日下國では聞いたことがない。非合法なことも引き受けるという点では、これは今のところ、ニュータイド探偵社の独占事業だろう。二十五年前の当時とは違い、今は東洋人の工作員も、多数抱えているのかもしれない。

「重五郎のやつはどうしています」

「だいぶ落ち込んでいるわね。ナオミがいなくなったのは自分のせいだって」

フェルがそう言って溜息をつくと同時に、女中がティーセットを載せた銀盆を手に、応接間に入ってきた。

「座毛崎というと、やはりナオミくんを匿《かくま》っているのは林田……いや、勘助のやつですか」

「ナオミは今、林夕……お夕さんの営んでいる汁粉屋で働いているそうよ」

「お夕さん……というと、ジョー・ヒュウガの細君ですか」

「ええ。報告では、何とかご迷惑を掛けずに店員も務まっているそうよ」

そう語るフェルは、どういうわけか少しだけ嬉しそうだった。

「見てみたいわ。引っ込み思案なあの子が、お客さんの相手をしているところ」

「私が変装して見に行ってみましょうか」

絨毯の上に座っている伊武が、手を挙げて口を挟む。

「すぐばれるからやめておいた方がいいわ」

湯気の立っている紅茶を口に運びながらフェルが言う。

「それにしても汁粉屋とは……」

ジョー・ヒュウガこと日向丈一郎が、お夕に宛《あ》てた手紙の内容を知っている八十吉としては、胸に痛いものが込み上げてくる。

そこには、『良ければまた一緒に住んで、汁粉屋でも古着屋でも何でもいい、何か商売でも始めて』……と綴られていた。

「きっと、そういうことでしょうね。お夕さんは今でも……」

紅茶の入ったカップを皿の上に置き、フェルはまた一つ、溜息をついた。

13

座毛崎港に足を踏み入れると、ちょうど巨大な汽船が離岸しようとしているところだった。

港に並んでいる水兵姿の音楽隊が奏《かな》でているのは、「わが祖国、その誇りは受難なり」《My country the pride is suffering》だった。するとこれは、新世界大陸に向かう船だろう。

七色の紙テープが、無数に船の甲板にいる人たちと、港に見送りに来た人たちの間で、風に揺れている。

少し離れた場所からそれを眺めながら、林田は少年時代のことを思い出す。

こんな風に、ふらりと港に足を向けるのはいつ以来だろうか。父が殺人鬼ではなかったと聞かされたせいで、どうも自分は感傷的になっている。

林田は懐中時計を取り出して時間を確認したが、中途半端に早く着いてしまった。

母親である、お夕こと林夕が営んでいる汁粉屋に向かっても、まだ閉店までは時間があるし、客がいたら商売の邪魔をしてしまう。

かといって華丹人街にある長屋に行き、勝手に上がり込んで待っているというのも気が引ける。ぶらぶらと港まで来たのは、時間を潰《つぶ》すためだった。

岸壁まで歩いて行き、林田が海面を覗《のぞ》き込むと、白い泡を浮かべて打ち寄せる波間に、千切れたテープの束が漂っていた。港湾の倉庫などから流れてきたのだろうか、船荷の木箱の破片と思しき木材も一緒に浮かんでいる。

懐から煙草《たばこ》を取り出すと、林田は燐寸《マッチ》を擦って火を点《つ》けた。

安煙草なので、あまり葉が詰まっておらず、数口も吸うと火が口元まで達してしまう。鼻からゆっくりと煙を吐くと、吸い殻を指で弾《はじ》いて海に捨てた。

ふとその時、殺気を感じて林田は振り返った。

知らぬ間に、男が一人、背後に立っていた。強く手を前に出せば、そのまま林田を海の中に突き落とせるような至近距離だった。

年齢は、林田と同い年くらいだろうか。チャコールグレイのスーツ姿だったが、血の色を思わせる胸元の赤いネクタイが、妙に浮き上がって見えた。

丸眼鏡を掛けており、一見すると草食動物のように温厚そうな風貌《ふうぼう》だったが、その目付きは鋭かった。

「何か？」

背筋にぞくりとしたものを感じながら、林田は男に向かって声を掛けた。

汽船が出て行ってしまったので、先ほどまでその辺りを埋め尽くしていた見送りの人たちは、もう三々五々散ってしまっていた。

周囲に他に人はいない。そう考えると、男の立ち位置は不自然なくらいに近かった。

「失礼。火をお借りしたいと思いましてね」

悪びれずに男はそう言うと、スーツの内ポケットから煙草の箱を取り出した。砂漠を行く駱駝《らくだ》がパッケージに描かれた、舶来の輸入煙草だった。

林田は無言で再び燐寸を手にすると、それを擦り、男が咥《くわ》えている煙草に火を点けてやった。

火をもらうために男が近づいてきたのでないことは明らかだった。直感だが、この男からは独特の匂《にお》いがする。敵の匂いだ。

最初は、新たに担当になった特高の刑事かもしれぬと思ったが、どうも今までの連中とは雰囲気が違う。すると思想係ではなく、同じ特高でも在日華丹人を専門に取り締まる内華係の刑事《ブタ》か。林田が座毛崎に来ると連絡があり、どこかで待ち伏せて尾行に付いたか。いや、そうだとしても……。

「そんなに睨まないでくださいよ」

口元に薄ら笑いを浮かべて男は言った。鼻と口の端から、ゆらゆらと煙がはみ出てきている。

「ご旅行ですか。それとも地元にお住まいで？」

「どちらでもない。誰だ、あんた」

白々しく世間話を振ってくる男に、林田は無下に返事をした。

「何を誤解しているのかわからないが、こう喧嘩腰《けんかごし》では……」

男は肩を竦《すく》めてみせる。

「火を貸していただいて助かりました。ご迷惑なようなので、私はこれで消えますよ」

そう言うと、男は踵《きびす》を返して林田から離れていく。

冷たい汗が、どっと額に浮かんできた。

こんな気分になったのは初めてだった。カフェー・ダゴンで会った轟八十吉からも気《け》圧《お》されるような迫力を感じたが、それともまた別種のものだ。

ポケットからハンカチーフを取り出して顔を拭《ぬぐ》い、辺りを見回すと、もう男の姿はなかった。考えてみれば、林田に顔を知られていない特高の刑事が内偵に入っているのなら、わざわざ向こうから話し掛けてくるような間の抜けた真似《まね》はしない筈《はず》だ。

岸壁から離れ、林田は港の外に出て、座毛崎の市街へと足を向けた。

そろそろ日が暮れかけてきている。

ホテル通りに足を踏み入れた林田を、火事羽織を着た点消方の少年が追い越して行く。背伸びをして、長さ六尺ほどの点火棒の先で瓦斯燈《ガスとう》のマントルに火を入れている。手際《てぎわ》よく小走りに、次から次へと通り沿いを明るく照らして行く。

見上げると、薄暮の空には白い満月が浮かんでおり、それを背景にしてグランド・ホテルの大きな建物が聳《そび》え立っていた。このホテルの上階にあるバーで、本場のバーテンが作るミリオン・ダラーを舐《な》めてみたいと思ったが、おそらく値段はカフェー・ダゴンの五倍はするだろう。

金はあったらあっただけ使うのが林田の主義だったが、今日は節約することにして、足は自然とお夕が切り盛りしている汁粉屋へと向いた。まだ時間は早かったが、先ほどの男のせいで気持ちがざわついて落ち着かず、一刻も早く、お夕の姿や、ナオミの顔が見たくなった。

ナオミ――。

ふと林田は、音を出さずに唇に形だけ作ってその名前を呼んでみる。

何で自分は、あの世間知らずの金髪碧眼《へきがん》の少女のことが、こんなにも気になるのか。

ホテル通りから小路へと入ると、林田は汁粉屋の手前で足を止めた。

蒸し暑いからか、引き戸になっている入口は開け放たれており、店の中が見えた。

着物にエプロン姿のナオミが、客の間を忙《せわ》しげに行ったり来たりしているのが見えた。

働くのが楽しくて仕方ないといった様子で、ナオミは客と何か言葉を交わしながら、輝くような笑顔を浮かべている。

それは何か神々《こうごう》しい光景のように、林田の目には映った。

14

「あまり根を詰めない方がいいんじゃないですか」

瓦燈《かとう》のぼんやりとした明かりを頼りに、恋文の文案を考えていたナオミに、そう声を掛けながら、お夕が部屋に入ってきた。

「あ、ごめんなさい。ご迷惑でしたか」

「そんなことはないけれど……」

部屋の隅には、豚の形をした蚊遣器《かやり》が置いてあり、蚊取り線香のゆらゆらとした煙が、部屋に除虫菊の香りを漂わせている。

「自分でも上手《うま》く書けているかどうか……見ていただけませんか」

ナオミは書きかけていたものをお夕に渡す。借りている文机《ふづくえ》の周りには、書き損じて丸めた便箋《びんせん》がいくつも転がっていた。

困ったような笑顔を浮かべてお夕はそれを受け取り、読み始める。

お夕が経営する汁粉屋に林田が姿を現したのは、その日の夕刻頃だった。

「やあ、調子はどうだい、ナオミお嬢様」

冗談めかしてそう言いながら、林田は垂れ下がっている暖簾《のれん》をくぐり、店に入ってきた。

「林田さん」

「似合っているじゃないか。可愛《かわい》らしいね」

林田にそう言われ、思わずナオミは頬が熱くなった。

「お夕さん、林田さんですよ」

赤くなった顔を林田に察せられないよう、誤魔化すようにナオミは店の奥にいるお夕を呼びに行った。

「勘助……」

髪を覆《おお》っている手拭いを取りながら厨房《ちゅうぼう》から出て来たお夕は、林田の顔を見てそう呟《つぶや》いた。

席に着いて煙草を取り出し、火を点けて一服しようとしていた林田が煙で噎《む》せる。

「その名前で呼ぶのはやめてくれって、前にも言ったじゃないか」

「いえ、勘助は勘助です」

有無を言わせぬ口調でお夕がきっぱりと言う。

「林田馨っていうのは、嘘の名前だったそうですね。吃驚《びっくり》しましたわ」

お夕から、林田の本名は日向勘助だと聞かされた時は、ずっと騙《だま》されていたのだと思い、少なからずナオミは傷ついた。そういえば初めて会った時、名前を聞いたナオミへの林田の返事の仕方は妙だった。

「嘘をついたつもりはないよ。世間ではそっちの名の方が通っている。僕のことを勘助と呼ぶのは母さんくらいだ」

「あなた、ちゃんと働いてるの？　まだ無政府主義運動になんて首を突っ込んでいるんじゃ……」

「大丈夫。母さんにだけは迷惑は掛けないよ」

「そんなことを言って……」

お夕は溜息をつき、それ以上、言葉を続けるのをやめた。

ナオミはお夕の家に寝泊まりしており、幼い頃から現在にかけての林田のことを聞いている。

林田には何度か逮捕歴があり、二年前までは獄中にいたことも知らされていた。その度に、お夕は身元の引き受けや面会、裁判などに足を運び、華丹人への容赦ない悪罵《あくば》や、息子を破落戸《ごろつき》の思想犯に育てたことを詰《なじ》る言葉に耐えてきた。

林田が初めて警察の厄介になったのは、父親である日向丈一郎という人物について調べている時だったという。その辺りの詳しいことは、お夕も教えてはくれなかったが、その丈一郎という人物は、まだ林田が小さかった頃に日下國を捨て、新世界大陸に渡ったまま、行方不明になっていたらしい。

事情はだいぶ違うが、物心ついた頃に父親と別れ、母親の手で育てられたという点では、ナオミは林田に共感するものがあった。

いや、それは何か無理にでも林田との共通項を見つけようと意識しているのだということに、ナオミは自分でも気づいている。

日向丈一郎が妻子を捨てた理由は知らないが、ナオミの父親である加納朔太郎が、どうして母親のマルグリット・フェルや自分を置いて家を出ていったのか、その事情もナオミは知らない。ただ、実際に会った朔太郎は、とても優しくて、母や自分を憎んだり嫌ったりしているようには見えなかった。

――マルグリットは元気か、ナオミ。

朔太郎からそう声を掛けられただけで、ナオミは胸がいっぱいになってしまい、「はい」と小さく答えただけで、急いで店を出てきてしまった。

それを少し悔いていたが、どちらにせよ近いうちに修理の済んだ時計を取りに行くことになる。その時こそ、きちんと娘として朔太郎と向かい合おうとナオミは思っていた。

「今日は母さんの顔を見に来るついでに、ナオミくんに仕事を持ってきたんだ」

不意に林田がそんなことを言い出し、手にしていた鞄《かばん》の中から、何やら書類らしきものを取り出した。

「仕事……ですか？」

「ああ。君、将来は文筆で生計を立てたいと思っているんだろう」

「ええ、まあ……」

「猩々社を手伝いたいと言っていたじゃないか」

確かに言ったが、それは例えば、事務所でお茶汲《く》みをしたり、誰かの原稿を取りに行ったりというような、お使い程度の仕事を想像してのことだった。編集や執筆に関わりたいというような大それた気持ちはナオミにはなかった。

「雑文なんだがね。大友に君のことを話したら、是非とも頼みたい仕事があるって言うから預かってきたんだ。あ、大友っていうのは、猩々社の大社主様のことだ」

冗談めかしてそう言い、林田は書類をナオミに差し出す。

「でも、私に雑誌に載るような文章が書けるかどうか……」

遠慮がちに言い、ナオミはそれを受け取ろうとした。お夕はすでに、奥の厨房に戻ってしまっている。

「いやいや、そういうのじゃないんだ。何と言おうか……」

林田が困ったような表情を浮かべる。

「たまに依頼があるんだけどね。恋文の代筆なんだ」

「え……」

自分の早合点に、ナオミは顔を真っ赤にする。

「ごめんごめん。先に言うべきだったかな。気が乗らないなら断ってもいいけど……」

「いえ、やります。やらせてください」

恥ずかしさを誤魔化すために、ナオミは強い口調で返事をした。

「いや、そんなに気負ってまでやるような仕事じゃないんだ。依頼者と、恋文を宛てる相手の大まかな人となりは、その紙に書いてあるから、想像を膨らませて書いてくれたまえ」

灰皿で煙草を揉《も》み消しながら林田は言う。

「僕は演説の台本とか論文みたいなのは得意なんだけどね。どうもこの手の文章は不得手なんだよな。僕が書くと、恋が成就《じょうじゅ》しないことが多いらしくて」

何と返事して良いのかわからず、ナオミは頷く。

「乙女心を貫くための文章なんだから、君のような女学生に頼んだ方がいいんじゃないかっていう寸法なんだ」

「私、頑張ります」

「いや、別に頑張らなくていいよ。成功報酬というわけではないからね。あまり張り切りなさんな」

肩を竦め、林田はそんな風に言っていた。

「どうですか、お夕さん」

お夕が恋文の文案を読んでいる間、ナオミはそんなことを思い出していたが、やがて、お夕が読み終えた恋文から目を上げた。

「とても良いと思うけど、もう少し肩の力を抜いて書いた方がいいんじゃないかしら」

そして言葉を選びながら、優しい笑みを浮かべて言う。

お気に入りの散文詩を思い出しながら、自分なりに韻律を調えて、相手の美しさを讃《たた》える文章にしたのだが、何度も書き直しているうちに、自分でもそれでいいのかどうかわからなくなってきていた。

人に伝えようと考えると、文章を書くという行為は途端に難しくなる。

「相手の顔や気持ちを思い浮かべて書いてる？」

「それは……」

端正な文章を、美しい韻律をとばかり腐心し、ナオミは手紙を読む相手を思い描くことをしていなかった。これでは、まるで自分に宛てて恋文を書いているようなものだ。

「ナオミさんは、恋をしたことがありますか」

単刀直入にそう聞かれて、ナオミは返事に窮した。

「好きな人はいる？」

「いえ、私はまだ……」

だが、どういうわけか、そう問われてナオミの頭に思い浮かんだのは林田の顔だった。

けた。
　ふっと頬を緩めて、お夕が笑みを浮かべる。何とも答えようがなく、ナオミは顔を俯《うつむ》
けた。
　奥さんや子供がいる人を好きになるなんてあり得ない。別に林田との間に何かあった
というわけでもないのに、ナオミは深い罪悪感を覚えた。
　猫地蔵坂ホテルで会った、林田の奥さんの般若《はんにゃ》のような顔が思い出される。林田は好
きになってはいけない人なのだ。
「その人を思い浮かべて書いてみたら？　そうしたら上手く書けると思うけど」
「はい……ありがとうございます」
　ナオミは頷いた。
　そうだ。林田に宛てるつもりで恋文を書いてみよう。どちらにせよ、代筆の恋文なの
だから、罪悪感を覚える必要はない。美文ではなく、できるだけ平易な文章で、自分の
言葉で。愛している……いや、憧《あこが》れていますと。あなたの自由さに。屈託のなさに。明
るさに。そして理想を思い描く瞳《ひとみ》に。
「そうそう。銭湯が閉ってしまわないうちに、一緒に入りに行きませんか」
　思い出したようにお夕が口を開いた。
「あ、はい」

きっとお夕は、そのためにナオミに声を掛けたのだろう。

店から、この華丹人街の片隅にある長屋に戻ってきた時に、すでに部屋着の浴衣《ゆかた》には着替えていたから、早速、ナオミはお夕から桶《おけ》と手拭いを借り、下駄を突っ掛けて一緒に表に出た。

最初、ナオミはお夕が住んでいる二間しかない長屋の狭さにも驚いたが、家の中に風《ふ》呂《ろ》がないことにも驚いた。お風呂が、わざわざ表に出掛けて行って入るものだとは、ナオミには思いも寄らなかった。

そんなナオミを、お夕は面白い子だと言って笑った。

お夕がナオミの分まで六銭ずつ風呂代を払い、華丹人街の片隅にある共同浴場に入ると、聞こえてくるのは華丹語の会話ばかりだった。

板張りの脱衣所の隅で、お夕と並んで籠の中に着ていた浴衣や下帯を脱ぐ。

初めて来た時は、女ばかりとはいえ人前で肌を晒《さら》したことのなかったナオミは、恥ずかしくて脱ぐのを躊躇《ちゅうちょ》したが、数日もすると慣れてしまった。

共同浴場には場違いな金髪碧眼の少女に、最初はじろじろと視線を向けていた他の客たちも、お夕が華丹語で、店を手伝ってくれている子だと次々に紹介してくれるものだから、すっかり打ち解けてしまった。ナオミは華丹語がわからず、風呂に入りに来ている、主におかみさん風の女たちも、日下語は片言の人が多かったが、やたらにナオミを可愛い可愛いと言って褒めてくれる。ナオミとしては、何とも面映《おもは》ゆい気分だった。

「お夕さん、お背中を流しますわ」

「本当？　嬉しいわ」

白く湯気の霞《かす》む浴場に入ると、ナオミは風呂椅子に腰掛けたお夕の背後に回り、手拭いを濡《ぬ》らして、その背中を流し始めた。

そういえば、母親のマルグリットとも、一緒にお風呂に入ったことはない。

お母様はあんなに胸が豊かなのに、何で私はいつまで経っても少女のような体つきをしているのだろう。自分の体を見下ろしながら、ナオミはそんなことを考えた。

桶に湯を掬《すく》ってお夕の体に掛けてやると、続けてナオミは手拭いで包んでいた自分の髪を解き、洗い始めた。お店でもガバレットに纏《まと》めているが、下げ髪にすると腰の辺りまである。忙しく働いていると蒸れるし、共同浴場では洗うのは手間に感じた。

いっそ、私も伊武さんのように短く切ってしまおうかしら。

ナオミはそんなことを考え、伊武のような切りすぎたお河童《かっぱ》頭になった自分の姿を思い描き、思わず口元が緩んだ。

共同浴場を出ると、再びナオミはお夕と肩を並べ、少しふざけてお互いにうちわで扇《あお》ぎ合いながら、長屋への道を歩いた。体は芯《しん》まで温まっており、浴衣の胸元の合わせからは、微《かす》かに湯気が上がっている。

顔を上げると、少し離れた場所に、月明かりで浮かび上がるグランド・ホテルの影が見えた。

こんな日がずっと続けばいいのに。

ナオミはふと、そんなことを思った。

15

八月も半ばを過ぎたが、今年は残暑が厳しく、座毛崎《ざもうさき》のホテル通りには陽炎《かげろう》が立っていた。

日傘を傾《かし》げた婦人や、西洋スーツ姿の紳士たちが行き交う中を、急ぎ足でナオミは歩いて行く。皆、扇子で顔を扇いだりハンカチーフで汗を拭ったりしている。道の中央を馬車や自動車、人力車が引っ切りなしに行き交っており、瓦斯燈《ガスとう》と並んで植えられているポプラの木の下には、地面に茣蓙《ござ》を敷いて桶を置いた冷や水売りが出ていた。

ホテル通りから少し外れ、ナオミは『クロノス加納《かのう》時計店』がある交差点に向かって歩いて行く。

以前に訪ねてから、すでに二週間が経っていた。依頼していた懐中時計の修理も、そろそろ終わっていてもいい頃合いだった。

時計店のある角地に辿《たど》り着くと、店先には加納朔太郎《さくたろう》が立っていた。前に来た時と違い、グランド・ホテルの影からは外れ、強い日射《ひざ》しが店の硝子《ガラス》張りの陳列棚に照り返して、眩《まぶ》しいくらいに輝いている。

朔太郎は桶に入った水に柄杓《ひしゃく》を突っ込んで、店の前に打ち水をしていた。自動車が通過するのを待ってから、小走りにナオミは交差点を横切った。息を切らしながら近づいてくるナオミに気づき、朔太郎が顔を上げた。

「やあ、いらっしゃい」

「あの、修理を依頼していた時計……」

「とっくに仕上がってるよ」

柔らかい笑みを浮かべて朔太郎はそう言うと、柄杓の入った桶を店の前に置き、ナオミを招じ入れるように店の入口のガラス扉を押し開いた。

古い時計や機巧の類《たぐ》いが、ごちゃごちゃと積み上げられている店内に入ると、朔太郎がカウンターの一部を押し上げ、その向こう側に回る。

そして棚から藍色《あいいろ》をした小さな箱を取り出した。

背の低いナオミは、身を乗り出すようにしてそれを見る。

箱の表面には『クロノス加納時計店』と飾り文字が印刷されており、小さな歯車を模したマークが描かれていた。

朔太郎はセーム革の切れ端を取り出すと、よく磨かれている銀無垢《ぎんむく》の懐中時計の表面に指紋をつけないよう気を付けながら包み、ナオミの方に示した。時計はすでに時刻が合わされており、秒針が動き始めていた。

「これでいいかな」

「はい……大丈夫です」

感激で、ナオミの胸がいっぱいになる。

「修理代を……」

そう言って巾着《きんちゃく》の手提げを探り始めたナオミに、困ったような表情を浮かべて朔太郎が言う。

「お金はいいよ。前にも言わなかったかな」

「そういうわけにはいきません」

取り出した封筒を、ナオミは朔太郎に差し出す。

「これは？」

「汁粉屋で給仕をしていただいたお給金です」

それは、つい昨日、これまで手伝ってくれたお礼だとお夕から渡されたものだった。

「私が生まれて初めて、自分で働いて稼いだお金です」

「そんな大事なお金なら、自分のためにとっておきなさい」

実際、ナオミには、その給金が多いのか少ないのかもわからなかった。

これまで買い物といえば、母がいないところでも、支払いは重五郎《しげごろう》に立て替えさせていたので、どんな品物がどのくらいの値段がするものなのかもよく知らない。

だが、お夕からもらったその金の重みは、他のどんなものにも代え難かった。だからこそ、お夕に喜んでもらえるような使い方をしたかった。

「足りないようなら、また来月にでも……」

林田《はやしだ》から依頼を受けた恋文の代筆の仕事もある。近く林田と一緒に猩々社《しょうじょうしゃ》にも顔を出す予定になっていた。

「いや、その気持ちで十分だよ。これはこのまま預っておこう」

封筒の中身を確認もせずに朔太郎は言う。

「困ったら、また訪ねてきなさい。私は何もできないが、時計や機巧の修理なら役に立てる」

朔太郎はそう言うと、懐中時計を箱に戻してナオミに手渡し、カウンターに背を向けて、奥の作業用の机に向かおうとした。

「あの、お父様……」

勇気を振り絞り、ナオミは朔太郎の背に向かってそう声を掛ける。

朔太郎が動きを止め、びくりと震えるのが見えた。

そしてゆっくりと振り向く。

「マルグリットに、そう呼ぶように言われたのか？」

朔太郎のその言葉は、ナオミの耳には突き放したものに響いた。

「いえ、あの……」

途端にナオミはしどろもどろな口調になる。

ここに来るまでは、朔太郎に聞きたいことや話したいことがたくさんあった筈なのだが、それらが頭から一気に吹き飛んでしまった。

「私がいなくても、マルグリットはもう十分にやっていける。君がこの店に姿を現した時、そうなのだとわかったよ」

朔太郎は机に向かうと、拡大鏡を片目に装着した。

「マルグリットにそう伝えてくれ」

そして何かの作業に没頭し始めた。

もう話し掛けられるような雰囲気ではなかった。いや、朔太郎がナオミの存在を拒絶しているのが感じられた。

少しの間だけ、ナオミは朔太郎の姿を見つめていたが、やがて懐中時計の入った箱を手にして店を出た。

外は相変わらず暑かった。油蟬《あぶらぜみ》がうるさいくらいに鳴いている。陽炎が、先ほどより一層強くなったようにナオミには感じられた。

もう一度だけと思い、ナオミは振り向くと、時計店の看板を見上げた。飾り文字の周りに、レリーフ状に天輪《てんわ》や歯車がデザインされている。硝子越しの陳列棚の向こう側は見えなかった。

「お父様」と呼ぶことを、朔太郎は許してくれなかった。それは何故なのだろう。こんな筈ではなかった。もっと温かい、父娘としての会話をナオミは期待していたのだ。朔太郎もきっとそうだと思っていた。

目元が熱くなってきたが、ナオミは涙が零《こぼ》れるのをぐっと堪《こら》える。自分は少し泣き虫すぎる。

母が、朔太郎についてナオミに詳しく語ったことはない。今の母が、朔太郎にどのような感情を抱いているのかもわからない。

自分が何を望んでいるのかもよくわからなかった。お母様とお父様が仲直りして、あの旧釘宮《くぎみや》邸で、ナオミと一緒に暮らすのを夢見ていたわけでもない。

もしかすると自分は、闇雲《やみくも》に朔太郎の心を掻《か》き乱しただけなのだろうか。

暗い気持ちのまま、ナオミはとぼとぼと歩いて店に戻った。

「お夕《ゆう》さん、すみません。今戻りました……」

暖簾《のれん》をくぐって店の中に入ると、奥まった場所のテーブルに座っている二人組が目に入った。

思わずナオミの動きが止まる。

伊武さん、あれでバレていないつもりなのかしら？

そこには伊武が座っていた。どこで準備したのか、書生風の男装で、付け髭《ひげ》に瓶底のような丸眼鏡を掛けている。

それに、重五郎さんまで……。

伊武の向かいには、フェル家のお抱え人力車夫である重五郎も座っていた。どうやら二人して、ナオミの様子を見に来たらしい。

重五郎の方は似合いもしない洋装だった。寸法の合うスーツがなかったのか、肩幅が広く胸板の厚い重五郎には明らかに小さく、背中や袖口《そでぐち》の縫い目が弾け飛びそうになっている。こちらも変装のためか、五分刈りの頭に七三の鬘《かつら》を着け、黒い衛生マスクをしていた。

ひと先ず二人を無視して店の奥に入り、厨房の壁に掛けてあった胸元まであるエプロンをナオミは着ける。

「お帰りなさい。あの仮装中のお客さん、注文がまだなのよ。お願いするわ」

くすくすと笑いながら、お夕が言う。

「わかりました」

店の入口や窓は全て開放しているが、扇風機などもないので中は暑かった。

他のテーブルに座っている、常連客の女学生たちや、グランド・ホテルの宿泊客と思《おぼ》しき外国人客は、この奇妙な二人連れを見て、何やらひそひそと言葉を交わしたり、失笑を浮かべたりしている。

「伊武さん、いらっしゃい。ご注文は？」

ナオミがそう声を掛けると、指先で髭をいじりながらテーブルの上に置いた品書きを見ていた伊武が、狼狽《うろた》えた様子でナオミを見上げた。どうやら本当に、それでバレないと思っていたらしい。

「な、何のことかね。私は見たとおりの通りすがりの紳士で……」

手にしている扇子で頻《しき》りに顔を扇ぎながら伊武が言う。

「声色を使っても無駄です。それに重五郎さんまで……」

「どうやってこの完璧《かんぺき》な変装を見破ったのです。奥様にだってバレなかったのに……」

重五郎が慌てた声を出す。どうもこの二人は、こういう点では似た者同士らしい。

「お生憎様《あいにくさま》ですけれど、私はお母様のような近眼ではありません。冷やかしならお帰りになってくださいまし。他のお客様にご迷惑ですわ」

「し、しかし、ナオミお嬢様が、こんな女給のような真似を……」

「それの何がいけないのです？　私はここで、お願いして働かせてもらっているのです。

無礼なことを言うのなら、重五郎さんでも許しませんよ」

少し強めにナオミが言うと、スーツ姿の重五郎は、小さく肩を縮こまらせてしまった。

その拍子にスーツの背縫いが音を立てて破れる。

「もうすぐ新学期が始まるから心配で……」

俯き加減に伊武が呟く。

それはナオミも少し気に掛かっていた。もう家出をして二か月近くが経つ。女学校はそのまま夏休みに入ってしまったが、欠席を続ければ、いずれ籍がなくなってしまう。

だが、ナオミは思い直した。それが何だというのだ。自分はやっと自立して、母の元から離れたのだ。

こうやって汁粉屋で働いているし、恋文の代筆の仕事も受けた。何ならもう女学校など辞めてしまってもいい。林田が関わっている猩々社の仕事や、社会主義活動とやらの手伝いをしてもいいとすら考えていた。

「奥様も心配しておられます」

重五郎が付け加える。

どうやってナオミが座毛崎にいることを突き止めたのかはわからないが、どうせお母様がお金を使って人を雇い、調べさせたに違いない。

だが、心配だというなら、何故、お母様本人が姿を現さないのだろう。自ら足を運び、ナオミや林田に不明を詫《わ》びるべきなのではないか。

そう思うと、少しばかり腹立たしい気持ちになった。お母様は、本当はナオミのことなど、どうでもいいに違いない。

つい先ほど、朔太郎に冷たくされたせいで、少しナオミは投げやりな気分になっていた。

「ご注文は？」

思わず冷たい口調になる。

「あの……おすすめは」

ナオミの機嫌を伺うような、怖々とした声で伊武が言う。

「今の季節の一番人気は、特製冷やし汁粉です」

「では、それを……」

「重五郎さんは」

「自分は甘い物は苦手で……」

「うちは甘味屋です」

思わず苛々《いらいら》した調子が口に出てしまう。重五郎は慌てて品書きの隅から隅まで目を走らせ、おずおずとメニューを指差しながら言った。

「では、ところてんを……」

「かしこまりました。食べたらすぐに帰ってくださいね」

ナオミは形ばかり頭を下げると、お盆を胸に抱いたまま、二人に背を向けて厨房に戻った。

「どうしたの」

ナオミの醸《かも》し出している空気が伝播《でんぱ》したのか、お夕が心配そうな表情を浮かべて問うてくる。

「すみません。あの二人、私のお友だちなのです。突然、訪ねて来てしまって……」

「まあ。だったら、あんな冷たい言い方をしてはいけないわ」

お夕はそう言って慌ててエプロンで手を拭《ふ》くと、厨房を出て伊武と重五郎が座っているテーブルに向かう。

冷やし汁粉なら椀《わん》によそって氷と白玉を浮かべるだけだし、ところてんも寒天を天突きで押し出して酢醤油《すじょうゆ》を掛け、辛子を添えるだけなのでナオミにもできる。

それらを用意し、盆に載せて店内に戻ると、お夕は笑顔で伊武や重五郎と言葉を交わしていた。重五郎は頻りに恐縮しており、付け髭と眼鏡を掛けたままの伊武は、感心したように何度も頷いている。

お夕の愛想の良さは、客商売で培《つちか》われたものではなく、おそらくは生来のものだ。周りにいる人間を和やかな気分にさせる雰囲気を、お夕は持っている。林田の父親である日向丈一郎《ひゅうがじょういちろう》という人も、きっとそんなところに惹《ひ》かれたのだろう。

伊武たちと楽しそうに話しているお夕の姿を見て、ナオミは先ほどまでの自分の態度を反省した。

伊武も重五郎も、ナオミのことが心配で、わざわざ遠い座毛崎まで来てくれたのだ。母がそうしろと言ったのかどうかはわからないが、二人のその気持ちを、もっと喜んでもいい筈なのだ。だが、素直になれない自分を、ナオミは少し歯痒《はがゆ》く感じる。

母と仲違《なかたが》いしたままなのも、心に引っ掛かっていた。こうなってしまうと、どう仲直りしたものかもわからなくなってくる。お母様は奔放な人なのに、何故、とナオミに関しては、あれこれと束縛しようとしてくるのだろう。

「おまちどおさま。さっきはごめんなさい」

注文の品をテーブルの上に置きながら、ナオミは素直な気持ちに戻って、そう言った。

「今はまだ、気持ちの整理がつきません。それに、こうやって働いてお金を得るのが、楽しくて仕方ないんです」

「お嬢様……」

「重五郎さんが責任を感じる必要はありませんわ。私は自分の意思でここにいるのです。でも、いつかはちゃんとお母様とも仲直りするつもりです」

それを聞いて安心したのか、重五郎が目元を潤《うる》ませる。手でそれを拭おうとした拍子に、今度はスーツの肩口の縫い目が音を立てて破れた。

「ナオミさんが学校に来てくれないと、私はすごく寂しいです」

俯き加減に、冷やし汁粉の入った椀を見つめながら伊武が言う。

「きっと帰ってきてくださいね」

「ええ。ありがとう」

伊武がそう言ってくれることに、胸が詰まりそうになりながらナオミは答えた。


とうとう変装は解かぬままに伊武と重五郎が帰った後、ナオミはいつものように店が終わるまで給仕の仕事を続けた。

日が暮れようかという頃に店を閉めると、ナオミは毎日そうしているように着物の袖を捲《まく》って襷掛《たすきが》けし、店内の掃除を始めた。

床を掃き清め、テーブルや椅子《いす》などをまめに雑巾で拭く。一方のお夕は、厨房で寸胴《ずんどう》鍋《なべ》や調理器具などを洗って乾かし、笊籬《ざる》で明日の分の小豆を研ぎ始めた。欠かさず毎日やっているこの作業で、閉店後も半刻《はんとき》ほどの時間が掛かる。

こんな当たり前のことも、ナオミにとっては新鮮だった。

最初のうちは、はたきを渡されても、それが何に使われる道具なのかすらもわからず呆然《ぼうぜん》としていたナオミに、お夕は根気よく、掃除の仕方を一から教えてくれた。

旧釘宮邸では、何もかも女中や使用人たちがやってくれていたので、ナオミはあまりにも何もできなかった。自分が何もできないということにすら、気づいていなかった。他にもお夕は、厨房での火の起こし方や皿の洗い方、包丁の使い方や簡単な料理なども教えてくれた。さぞや手間が掛かったことだろうが、お夕は小言の一つも言わず、丁寧に優しく教えてくれた。

「あの……お夕さん、これを」

ナオミが話を切り出したのは、片付けなどが終わり、お夕が襷掛けにしている紐《ひも》を外して帰り支度を始めた頃だった。

「あら、何かしら、ナオミさん」

髪の毛を直しながら厨房から出てきたお夕が、不思議そうに首を傾げる。外はもう、すっかり暗くなっていた。

椅子に腰掛けたナオミは、巾着袋から懐中時計の入った小さな箱を取り出すと、それをテーブルの上に置いた。

エプロンで手を拭き、お夕がナオミの正面に座る。

ナオミはお夕の方に向けて、箱の蓋《ふた》を開いた。

「まあ」

箱の内張りは別珍《べっちん》になっており、その真ん中には、午前中に引き取ってきたばかりの、綺麗《きれい》に磨かれた銀無垢の懐中時計が納められていた。

箱を受け取り、お夕はそれを取り出すと、文字盤の蓋を開いた。

「ちゃんと動いているのね……」

インダイヤルになっている秒針が、手の平にすっぽりと入ってしまうほど小さな婦人用懐中時計の文字盤の下方で、ゆっくりと時を刻んでいる。

感極まったのか、お夕は文字盤を見つめたまま口元に手を当て、目の端に涙を浮かべている。

「ありがとう。ナオミさん」

「いえ、そんな……」

思っていた以上に喜んでもらえたようで、ナオミは逆に気恥ずかしくなってしまい、俯いた。

16

「どうやら君、尾行されているね」

四軒町の停留所で市電を降り、肩を並べて歩きながら、林田は腰を屈《かが》めてナオミに耳打ちするように言った。

「えっ、私がですか。林田さんではなくて？」

ナオミが驚いて答える。

「あまりきょろきょろとしては駄目だよ」

林田は足を止め、歩道の端に寄って適当な建物の外壁に背を預けると、懐《ふところ》から紙巻き煙草《たばこ》の箱を取り出して一本咥《くわ》え、燐寸《マッチ》を擦って火を点《つ》けた。

一昨日、猩々社に連れて行くから天府《てんぷ》駅まで出てくるようにという旨《むね》の短い電報を、林田はナオミ宛《あ》てに打った。

ナオミがちゃんと一人で汽車に乗れるのか心配だったが、無事、天府駅で落ち合うことができ、こうして一緒に市電で移動してきた。

「天府駅を出てから、ずっと尾《つ》けてきているやつがいる。さっき、同じ停留所で降りた男だ」

そう呟きながら、林田は鼻からゆっくりと紫煙を吐き出した。

おそらく座毛崎から尾行されていたのに違いない。

「特高ではないな。だが、素人《しろうと》でもない。尾けられ慣れている僕じゃなければ、気がつかないんじゃないかな」

「何者かしら……」

ナオミが口元に手を添え、不安げな表情を見せる。

「おそらく、君の御母堂が雇った人じゃないかな」

確信はなかったが、十中八九、そうだろうと思った。

何しろ特高の連中が身に纏《まと》っているような悪意ある気配がない。監視しているというよりは、見守っているといった按配《あんばい》である。

「そうかもしれません。伊武さんや重五郎さんが、何故か私の居場所を知っていましたから……」

ナオミが頷《うなず》く。だとすると危険な相手ではなさそうだ。

林田は、人一倍、尾行を撒《ま》くのが上手かった。殆《ほとん》ど特技と言ってもいいほどで、仲間内からも、当の特高の連中からも、神出鬼没ならぬ神没鬼没と言われているくらいだ。

それは、こういう気配を察する勘に長《た》けているからである。

「猩々社はこのすぐ近くだが、少し遠回りしていくよ」

「撒くんですか」

「そうそう。君もだんだん慣れてきたね」

笑いながら林田はそう言った。放っておいても問題ない相手のようにも思えたが、念のためだ。

そこでふと、林田は以前に座毛崎港で煙草の火を借りにきた、丸眼鏡の温厚そうな雰囲気を装《よそお》った男のことを思い出した。

あれ以来、やつは姿を現さない。

本当にただの通りすがりだったとは考え難かった。今、こうしてナオミを見守ってい る連中とも雰囲気が異なる。特高でもないとするなら、何者であろうか。

「この先に食堂がある。猩々社の連中の行きつけでね。店主とも顔見知りだから、裏の 勝手口から表に出してもらえる」

「わかりました」

胸元で手を組み、目を輝かせてナオミが頷く。悪い遊びを覚えた子供のような、どこ か楽しげな表情だ。

吸い終わった煙草を足下に捨て、靴底で揉み消すと、林田は早速、歩き始めた。

フェル電器産業の関係者か、それとも探偵でも雇ったのかは知らないが、街燈の傍ら に立って新聞を読むふりをしていた男も歩き出す。

猩々社に連れて行くというのは、ナオミを天府に呼び寄せる口実で、社主である大友 磐夫《いわお》に紹介したら、家に帰るようナオミを説得するつもりだった。

家出をそそのかしたのは林田だったが、こんなに長引くとは思っていなかった。お嬢 様育ちだから、数日もすれば働くことの大変さや庶民の生活の不自由さに、家に帰りた いと言い出すと考えていた。母親に不満を持っていたようだから、少し反抗の手助けを し、社会見学でもさせてやろうかというつもりだったが、ナオミはすっかり座毛崎での生活に馴染《なじ》んでしまっていた。

それがいいことなのかどうかは林田にはわからない。だがやはり、女学校を途中で放校されてしまっては心が痛い。明日からは九月に入る。親元に帰る決心がつけば、新学期から新たな気持ちで登校できるだろう。

尾行しているのが、あのフェル電器産業の社主であるナオミの母親が雇った者であるなら、約束を破った林田に文句を言ってこないのは不思議だった。案外、あのマルグリットとかいう女も、ナオミを自由にさせてやろうと考えているのかもしれない。

だとすると、ナオミは母親からの干渉を逃れて好きにやっているつもりなのだろうが、掌《てのひら》の上ということになる。

暖簾をくぐって食堂に入ると、お午《ひる》には少し早かったが、店の中は混んでいた。

「やあ、おかみさん。今日も綺麗だね」

そして客の座っているテーブルと厨房の間を忙しげに行き来して給仕している割烹着《かっぽうぎ》姿の四十年輩の女に声を掛ける。

「あらやだ。林田さんじゃないの」

割烹着姿の女が嬉《うれ》しそうな声を上げた。

「ちょっと店の中を通らせてもらうよ。ああ、素通りじゃ悪いから、お午の忙しい時間帯が終わったら、猩々社におかめうどんを二人前、出前を頼む」

林田はそう言うと、板場で働いている男たちにも簡単に挨拶《あいさつ》し、そのまま厨房を横切って、ナオミを連れて店の裏口に出た。

「これで君を尾行していた男、暫《しばら》くは店の前に釘付けだ」

「あの……おかめうどんって何ですか？」

歩き出そうとした林田に、ナオミが問うてくる。

「食べたことない？」

「はい。あの……すみません、私、何も知らなくて……」

「亀《かめ》の肉が載ってるんだよ」

少し意地悪な気分になって、林田はそんな嘘《うそ》をつく。

「へえー、そうなのですか。珍しいですね」

「うむ。あの店の名物なんだ。君も後で、味わってみるといい」

素直に感心しているナオミに、林田は吹き出しそうになるのを我慢しながら言う。

裏の細い道を選んで歩いて行くと、やがて大友の自宅を兼ねた猩々社の家屋が見えてきた。仕立屋の店先に人がいないのを確認し、林田はドアの呼び鈴を鳴らす。

生憎《あいにく》、大友は所用で出掛けているようだった。事務の女の子が留守番をしていて、林田とナオミを中に招じ入れ、お茶を出してくれた。

「そうだ。依頼していた恋文の代筆原稿を見せてくれよ」

大友が戻ってくるまでの手持ち無沙汰《ぶさた》に、林田は応接用の古いソファの向かい側に座ったナオミにそう言った。

「あ、はい」

ナオミは慌《あわ》てた様子で手にしていた巾着の手提げを探り、中から折り畳まれた便箋《びんせん》を取り出した。

「綺麗な字だね」

煙草を取り出して火を点け、林田は便箋を開いて丁寧に文面を確かめる。

素直な文章だった。

――愛しています。いえ、憧れています。

恋文はそんな一文から始まっていた。文学少女だというから、奇を衒《てら》ったり美文を捻《ひね》り出してきたりするかもしれないと懸念していたが、わかりやすい言葉で、丁寧に心の内が綴《つづ》られている。だが、平易ではあるが、けして平凡な文章ではない。一つ一つの言葉が、十分に吟味されて選ばれていることが感じられる内容だった。

ちらりと見ると、ナオミは顔を真っ赤にして俯いている。目の前で他人に自分の文章を読まれることに慣れていないからだろう。

そう思ったが、文章の末尾まで来て、そうでないことに林田は気づいた。

困ったな。

それが林田の感想だった。

「とてもいいよ。よく書けている」

顔を上げ、ナオミがぱっと輝いたような表情を見せた。

「本当ですか」

「これなら堂々と大友に見せることができるよ。ただ、一か所だけ修正が必要だな」

「はい。どこがいけなかったのでしょうか」

「宛名を間違えているよ」

ナオミの方に向けて便箋を広げ、苦笑を浮かべて林田はその部分を指差す。

「依頼された相手ではなく、僕宛の恋文になってしまっている」

文末には、結びとして「林田馨《かおる》さまへ」と書かれていた。

たちまちナオミが動揺した様子を見せた。

わけもなくあたふたと周囲を見回し、あわあわと口を動かしている。

「どうしてこんな間違いを？」

「あっ、あのっ、お夕さんに、好きな人の顔を思い浮かべて書いた方がいいって言われて……」

「ただいま……。おっ、林田、来ていたのか」

その時、音を立てて玄関のドアを開け閉《あ》て《た》し、大友が入ってきた。

「よう。待たされたぞ」

ナオミが発した言葉は聞こえなかったふりをして、林田はソファの背凭《せもた》れ越しに大友の方を振り向く。

「じゃあ、すまんがついでにもう少し待っていてくれ」

大友は上着を脱ぎながらそう言うと、事務の女の子に声を掛け、何やら奥の方で書類仕事を始めた。

ナオミの方に視線を移すと、沸騰したように頭から湯気を出し、林田の顔を見られないのか、恥ずかしげに瞼をぎゅっと閉じて俯いている。

女学生とはいえ、まだ子供だと思っていたが、まさかそんな風に慕われているとは考えてもいなかった。

ナオミはたいへんなお嬢様育ちのようだから、林田のような人間と知り合い、新しい価値観に触れたことで、熱に浮かされたようになっているのだろう。

はしかに罹《かか》ったようなもので、彼女自身が書いたように、これは愛情ではなく憧れだ。そしてすぐに冷める類いのものだ。

自分に言い聞かせるように林田はそう考える。年齢だって二回り近く違う。自分には妻子もいる。自由恋愛《フリーラブ》を提唱している林田でも、ナオミは触れてはいけない相手のように思えた。何故そう思うのかは、自分でもわからない。ナオミはこれまで出会ったどんな女とも違う。神没鬼没と言われた勘が、林田に何かを訴えていたが、それが何なのかまではわからなかった。

「あの子、フェル電器産業社主の御令嬢なのか」

「ああ、そうだよ」

猩々社の机を借りて、せっせと恋文の清書をしているナオミを横目に見ながら、応接セットの向かい側に座った大友磐夫が、声を潜めて林田に話し掛けてくる。

「大丈夫なのか、そんな子を連れ回して。見たところ、まだ女学生くらいの年齢のようだが」

「天府高等女学校の五年生だそうだよ。家出中でずっと休んでいるがね」

「ううむ」

大友がソファに背中を預けて唸《うな》り声を上げる。

「これではまるで、御令嬢を人質にとって広告を出稿させたみたいじゃないか」

「そんなことはないよ。資金援助はフェル電器の方からの申し出だ」

もっとも、それは林田がナオミと関わらないことが条件だったが。

「林田、お前もそろそろ落ち着いたらどうだ。金髪碧眼《へきがん》の少女をホテルに連れ込んでいたとは聞いていたが……」

ナオミに聞こえないよう、さらに声を抑えながら大友が言う。

「それは早智子《さちこ》から聞いたのかい？」

林田の妻である早智子と、猫地蔵坂《ねこじぞうざか》ホテルの部屋でナオミは鉢合わせしている。

「まあな」

「義兄としての忠告でも聞き入れられないね。僕は自由だし、その信条を曲げる気もないよ」

早智子は大友の妹なので、大友は林田にとっては友人でもあり義兄でもある。

「今度は資本家の娘にまで手を出したと言われるぞ」

「言いたいやつには言わせておけだ。それに誤解しないでもらいたいが、僕は彼女とは何もない」

「あの……」

不意にナオミが声を出し、林田と大友はそちらを見た。

「これでよろしいでしょうか」

林田宛になってしまっていた便箋はそのままでは使えず、ナオミ自身の手で改めて書き写させていた。

「どれどれ」

大友がそれを受け取り、懐から丸眼鏡を取り出して掛けると、文面を改め始めた。

「うん。いいんじゃないか」

そう大友が言うと、ナオミはほっとしたように胸を撫《な》で下ろした。

「ところで大友、折り入って話があるんだが……」

それを見計らい、林田は口を開く。

「すぐに伝票を切って代筆の原稿料を払おう。ちょっと待っていてくれ」

林田が前借りの話を切り出そうとしたのを的確に察したのか、大友はソファから立ち上がると奥の部屋へと引っ込んでしまった。

「すぐ払ってくれるとさ。良かったじゃないか」

苦笑を浮かべ、林田はナオミに言う。

「やあ、すまんね。判子がどこにあるのかわからなくて……」

先ほどまでいた事務の女の子が、書類を手にお使いに出て行ってしまったからか、だいぶ待たされてから、大友が台帳のようなものを手に戻ってきた。

「ん？　どうした」

大友が声を上げる。

見ると、ナオミは机の上に重ねて置いてあった原稿用紙の束を熱心に捲《めく》っている。

「あの……これ、大友さんがお書きになったんですか」

やっと大友の気配に気づき、ナオミが原稿から顔を上げる。頬を紅潮させ、少しばかり興奮しているようだった。

「書きかけの原稿を読んでいたのかい？　人が悪いな」

「あっ、すみません」

苦笑を浮かべる大友に、ナオミが慌てたような声を上げる。

「勝手に読むつもりはなかったんです。でも、待っているうちに自然に目の中に入ってきてしまって、気がついたら夢中で……」

「残念ながら、それは僕の作品ではないよ」

肩を竦《すく》めて大友が言う。

「翻訳の仕事なんだ。海外の新しいタイプの讀物でね。探偵小説というんだ」

「何だそれは」

林田も初めて聞くものだ。

「この作品は泥棒が主人公でね。だが、空き巣やコソ泥の類いではない。美術品や宝石などを、厳重な警戒の元から華麗に盗み出すのが真骨頂だ。言うなれば怪盗といったところかな。探偵役との、ひいては読者との知恵比べ小説というわけだ」

「ふうん。小説でそんな真似《まね》をするわけか。妙なことを考えつく人もいるものだね」

「いや、案外こういうものが、これからの小説の主流になるかもしれないぞ」

大友が笑う。

「このお話、続きはどうなるんですか」

余程気に入ったのか、ナオミがそんなことを問う。

「目下翻訳中だから、僕にも先はわからない。なかなか楽しい仕事だよ。さて……」

そこで話を切り上げると、大友は開いた台帳をナオミの方に示した。

「支払い台帳のここに、サインをしてくれたまえ」

「あ、はい」

言われるままにナオミは机の上の筆立てからペンを取り、先端をインクで濡らして、サインを書き込んだ。

「よろしい。ではこれが原稿料だ」

大友が、手にしてきた封筒をナオミに手渡す。

「ああ、そうだ。大友、さっきも言い掛けたが、折り入って話が……」

どーん、どーんと、爆発したかのような音が連続して聞こえてきたのは、林田が口を開いた瞬間だった。

「な……」

林田が叫び声を上げる間もなく、地響きとともに下から突き上げるような激しい揺れが襲ってきた。

猩々社の事務所の壁一面を覆《おお》っている本棚から、外国語の辞書や資料などが、雪崩《なだれ》を打って落ちてくる。

ナオミが悲鳴を上げて椅子から転げ落ちた。

「危ないっ」

そのナオミに向かって、本棚が丸ごと倒れてくる。

間一髪で飛び込み、ナオミを抱え込むようにして林田は床に転がり、身を挺《てい》して庇《かば》った。

棚に収まっていた分厚い本が、林田の背中や肩口に落ちてきて打撃を与える。重い本棚自体は音を立てて先ほどまでナオミが座っていた机の上に倒れ、何とか林田とナオミはその間に挟まらずに済んだ。

震えているナオミを抱き締めたまま、林田は揺れが収まるのを待った。このような凄《すさ》まじい地震は経験したことがない。

大友が呻《うめ》き声を上げるのが聞こえる。だが、そちらに構っている余裕はなかった。

建物全体が、まるで大時化《しけ》の海原に浮かぶ船と化したかのようだった。外からは、往来を行く人の悲鳴や、何かが崩れ落ちる音が聞こえてくる。

まるで永遠のように感じられたが、実際には一分かそこらだったのだろうか。漸《しばら》くして揺れが収まると、倒れた本棚と机の間にできた僅《わず》かな隙間《すきま》から、何とか林田は這《は》い出した。

「大友っ、無事か！」

林田が叫び声を上げると、呻き声の後、すぐに返事があった。

「転んで頭を打った程度だ。そっちは」

「二人とも大丈夫だ。怪我《けが》も……」

言い掛けて、林田は何かが顔を伝い落ちるのを感じ、それを手の平で拭《ぬぐ》った。

血がべっとりとついている。どうやら頭から血が流れているようだ。

「は、林田さん、林田さん……」

それを見て、床に這いつくばったままのナオミが震えている。

「ただの切り傷だ。大したことはない」

林田はそう言うと、ナオミの手を握って引っ張り出す。

「椅子から転げ落ちたのが幸いしたな」

短くそう言うと、林田は事務所の中を見回した。まるで嵐《あらし》でも過ぎ去ったかのような惨状だった。家具調度が引っ繰り返っているだけでなく、漆喰《しっくい》壁は罅《ひび》が入って崩れ、窓は残らず割れている。木造の建物全体も、心なしか歪《ゆが》んで見えた。

「とにかく表に出よう」

みしみしと音を立てている建物に、倒壊の危機を感じたのか、大友が言った。

林田は頷き、大急ぎで靴を履いて玄関のドアを開けようとしたが、枠が歪んでしまっているのか、押しても引いても、びくともしない。

仕方なく、割れている窓の枠を蹴破《けやぶ》り、そこから這い出すようにして表に出た。

「これは……」

表に出ると、景色は一変していた。

石積みの門柱は崩れ落ちており、向かい側にあった、大友が「尾行刑事詰所」と呼んでいた仕立屋は、屋根瓦《やねがわら》の重みで丸ごと潰れてしまっていた。

大友と三人で、見附へと続く大通りに出ると、市電が横転しており、建物に突っ込んで大破した自動車が煙を上げていた。

午時《ひるどき》で人通りが多い時間帯だったからか、周囲には抱き合って震えている母子や、頭を抱えて蹲《うずくま》り、念仏を唱えている老人、わけもなく怒号を発しながら走り回る者の姿などがあった。

建物の上から落ちてきた看板や、滑り落ちてきた瓦に当たったのか、血を流して倒れている者も多くいた。

「僕はナオミくんを親元に送り届けてくる」

大災害が起こったのは明白だった。この周辺に限ったことなのか、それとも広範に渡って起こったことなのかもわからないが、とにかく先《ま》ずやるべきことはそれだと林田は思った。

「わかった」

大友が頷く。

「林田さん……」

ナオミが不安げな声を出した。

「安心しろ。御母堂にお返しするまでは、ずっと僕が一緒だ」

そう言うと、林田は着ている上着を脱ぎ捨てた。

17

「伊武さんなら、姫野《ひめの》先生のお部屋だと思いますが……」

突如現れた八十吉《やそきち》の迫力に気圧《けお》されたのか、帳場にいる娘は蚊の鳴くような声でそう答えた。

「部屋番号は」

「アトリエは二十九号室ですが……」

「ふむ。邪魔するぞ」

そう言うと八十吉は下駄を脱ぎ捨て、足袋跣《たびはだし》でホテルのロビーに上がり込んだ。

このところ、伊武の素振りには妙なところがあると感じていたが、このような胡乱《うろん》な連中の集まるホテルに通っていたとは。

階段を二階に上がりながら、八十吉は指の関節を一つ一つ鳴らして解《ほぐ》し、肩と首を動かして準備運動を始めた。

新学期が始まるのは明日からだというのに、今日も朝から自転車に乗って女学校の方角へと出掛けて行ったから、妙だとは思っていた。

それがこのような場所に入り浸っているとは、伊武め、いつの間にそのような不良娘に成り下がったのか。

ナオミがこの猫地蔵坂ホテルに通うようになったのは、姫野清児《せいじ》とかいう画家に会いに来たのがきっかけのようだとフェルから聞いていた。

ニュータイド探偵社の報告によると、姫野とやらは女学生に人気の絵師のようだが、言葉巧みに婦女子を部屋に連れ込み、絵のモデルなどをやらせているという。

そのような破廉恥漢《はれんちかん》は、日下《くさか》男児たる轟《とどろき》八十吉が許容せざる相手だった。

もし、伊武に何かいやらしいことなどしていようものなら、馬離衝《バリツ》の奥義《おうぎ》を尽くして体中の骨を粉々に砕いてやろうと考えていた。

教えられた二十九号室の前に立ち、八十吉は深呼吸をする。

まずは紳士的にノックすることにした。

数回繰り返して拳《こぶし》でドアを叩《たた》いたが、返事はない。

だが、確かに部屋の奥から、八十吉は人の気配を感じ取っていた。

面白い。居留守を使われたくらいで引き下がると思ったら大間違いだ。

そう考えると、八十吉はドアの把手《とって》を摑《つか》んで回そうとする。案の定、鍵《かぎ》が掛かっていた。

八十吉は気合いを込めて把手に掌底を叩き込む。これで開かなければドア自体を真っ二つにするつもりだったが、捻ってみると鍵は外れており、あっさりとドアが開いた。

内開きのドアを押し開き、八十吉は中に侵入する。

部屋の中は雑然としており、画板などが折り重ねて立て掛けてある。棚には各種の絵具が入った瓶や壺《つぼ》などが並んでいた。

「あれっ、八十吉さん」

部屋の奥から、耳慣れた伊武の声が聞こえてきた。

その姿を見て、八十吉は卒倒しそうになった。

薄手の浴衣《ゆかた》を一枚羽織っただけの姿で、肩口も顕《あら》わに、帯も裾《すそ》も乱れた格好の伊武が、椅子に凭れ掛かってポーズを取っている。

その手前には、木炭を手に、頻りに画板に素描をしている、何やらずんぐりむっくりとした男の姿があった。

「や、何だあんたは。勝手に人の部屋に……」

わなわなと震えている八十吉に向かって、男が口を開いた。

「何と非常識な。出て行ってくれたまえ。今、デッサンの最中なんだ」

横柄《おうへい》な男の物言いに、体中の血液が沸騰してくるのを八十吉は感じた。

「姫野さん、違うのです。この人は……」

そう言って伊武が立ち上がった瞬間、緩く締めていた帯が床に落ちた。

「あっ……」

浴衣の前がはだけ、伊武の薄い胸板と薄くそそ毛の生えた足の付け根が顕わになる。

怒りと、そして何か別なものが沸点に達し、八十吉は叫び声を上げた。

「けしからん！　けしからんぞ！」

その瞬間、どーんという地響きとともに、突き上げるように建物全体が縦に揺れた。

ガラス窓が割れ、絵具などの入った大きな棚が倒れてくる。

「ひいいっ、す、すみませんっ」

突然の出来事に、わけもわからぬまま姫野とかいうその男が叫び声を上げ、己が座っていた座布団《ざぶとん》を頭から被《かぶ》って床に蹲る。

ばたばたと立て掛けられていた画板やイーゼルが倒れ、天井にぶら下がっている笠付《かさ》きの白熱電球が激しく左右に揺れる。

脚を縺《もつ》れさせた伊武が、あわあわ言いながら倒れないように揺れに合わせて、半裸のまま踊るように動いている。

そちら側にも大きな棚があり、ぎっしりと絵具などの入った容器が並んでいた。

「ぬう」

素早くそちらに動き、倒れてこようとする棚を八十吉は摑むと、気合いとともに押し返した。

余計な力が入りすぎたか、棚は部屋の漆喰壁をぶち抜いて吹っ飛び、隣の部屋に仰向けに倒れた。割れた容器から絵具が飛び散り、複雑怪奇な色彩を床に描く。

八十吉は振り返ると、倒れそうになっている伊武を抱きすくめた。床には割れたガラスなどが散乱している。

これは何事だ。

やがて揺れが収まってくるとともに、八十吉も少し冷静さを取り戻した。

「こ、これは何ですか八十吉さん。馬離衝の奥義か何かですか」

これを八十吉の怒りが引き起こしたものだとでも思ったか、伊武が裏返った声を出す。

「違う。大地震か、それとも彗星《すいせい》でも激突したか……」

不安そうな面持ちで見上げている伊武を見ると、浴衣の前ははだけたままで、小さな乳房が八十吉の着物越しに腕に押し付けられている。

「伊武、帯を締めて前を隠しなさい。すぐにここから出よう」

「わかりました。でも八十吉さん、お怪我が……」

「何？」

どこかを打ったり切ったりした覚えはなかった。

「鼻から血が……」

慌てて八十吉は鼻の下を拭う。手の甲に、微《かす》かに血の痕《あと》がついていた。

「気にするな」

そう言って誤魔化すと、八十吉は座布団を頭から被って震えている姫野とかいう男に向かって言い放った。

「おい、お前」

「な、何卒《なにとぞ》ご勘弁を……」

「今日のところは許してやる。ぐずぐずするな。すぐに表に出るぞ」

建物自体が崩れてくるのを八十吉は懸念していた。さすがにそうなると伊武を守り切れない。

伊武が乱れた浴衣を直し、帯を締めたのを確認すると、八十吉は開きにくくなっている部屋のドアを蹴破った。

廊下に出ると、同じように何人かの宿泊客が慌てた様子で部屋から出てきている。

階下に降りると、ロビーも家具調度が残らず引っ繰り返り、ひどい有り様になっていた。

「菊子《きくこ》さん！」

伊武が声を上げる。帳場から、先ほど八十吉が言葉を交わした娘が這い出てきた。

「怪我は」

「大丈夫です」

菊子というらしいその娘が、震える声で返事をする。

そして八十吉に向かって懇願するように言った。

「部屋に閉じ込められたり怪我をして動けなくなっている人がいるかもしれません。手を貸してもらえませんか」

この状況で、自分よりも宿泊客の安否の方を気に掛けるとは、何と気丈なことか。

「わかった。君は降りてきた客たちを連れて、そうだな……天府高等女学校に避難しなさい」

この辺りなら、そこが一番の避難場所だろう。

「伊武、私も後で迎えに行く。頼んだよ」

「はい」

しっかりとした表情で伊武が頷く。

「あの、鍵を……」

階上に戻ろうとする八十吉に向かって、菊子が声を掛ける。

「いらぬ」

どうせ建物が歪んでいれば鍵があっても容易にはドアは開かない。片っ端からドアを叩き壊すつもりで、八十吉は階上へと駆け上がった。


「くそっ、これでは身動きが取れない」

四軒町から旧釘宮邸のある辺りに向かうには、天帝陵《てんていりょう》を大回りして、大川を越える必要があった。

地震が起こってから一刻以上が過ぎていたが、混乱は増すばかりだった。

主要な道は、家財道具を背負った者や、大八車を引いて避難しようとする人で溢《あふ》れ返り、行くことも戻ることもできぬほどになっていた。そこらじゅうで怒号が飛び交い、小競り合いが始まっている。

それでも人の流れに逆らい、林田はナオミと手を繋《つな》ぎながら旧釘宮邸を目指していた。

「おいっ、あんた、そっちはもう火の海だぞ！」

そんな林田に、誰かが声を掛ける。

「どこが火事だって」

林田も大声で怒鳴り返す。

「大川のところで火の手が止まっている。額田橋《ぬかた》も落ちた。行っても向こう岸には渡れないぞ」

風呂敷《ふろしき》に包んだ行李を背負ったその男は、そう言い捨てると、そのまま人混みに押されるように林田たちが来た方向へと去って行った。

「お母様……」

苦しげな表情でナオミが呻くように言う。

「この状況では、どこまで正確な話かはわからない。諦《あきら》めるな」

そう言って励ましはしたものの、まだ八ツ半(午後三時頃)にもならぬ時間の筈《はず》だが、東の空の地上に近いところは、日の入りのような濃い朱色に染まっており、上空は黒雲の如《ごと》き煙で覆われている。太陽の光が遮られ、日中だというのに薄暗いほどだった。

「私……お母様と仲違いしたまま……」

「いい加減にしろ！　めそめそするな」

はぐれないようにナオミの手を引きながら、強い口調で林田は言う。

また、ぐらりと足下が揺れた。何度目になるのかわからないが、また揺り返しだ。

「もう嫌っ、もう嫌っ」

ナオミが激しく頭を左右に振り、叫ぶ。周囲でも同様の悲鳴があちこちで上がっている。

どちらに向かえば安全なのかすらもわからない。風は東から吹いてくるが、天府市のどこで火の手が上がっているのかも不明だった。

やがて林田とナオミは、大川端に辿《たど》り着いた。

言われていた通り、額田橋は落ちていた。地震の揺れでそうなったのか、それとも一度に多くの人が逃げてきて押し合いへし合いになり、その重さに堪えられずに落ちたか。

土手沿いは桜並木となっており、その広い河川敷には行き場を失った人たちが溢れていた。

御維新前は火除地《ひよけち》となっていた場所だから、何とかこれ以上は火の手が広がるのを防いでいるようだ。

だが、大川のこちら側と向こう側では様相が違っていた。

川幅が広く、向こう岸の様子はよくは見えないが、火災は土手のすぐ向こう側まで迫っているようで、対岸のこちらにも風が吹くたびに熱風が届いてくる。

そして何よりも、川にはいくつもの死体が浮かんでいた。

上流で橋と一緒に川に落ちたか、それとも炎に追い立てられ、やむなく川に飛び込んで溺《おぼ》れたのか。

これはもう、向こう岸に渡るのは無理だ。

林田は観念した。仮に渡る方法があったとしても、わざわざ命を落としに行くだけかもしれない。

「お母様……お母様……」

ナオミは同じことばかり呟《つぶや》き、泣きじゃくっている。

もう叱咤《しった》することはやめ、林田はナオミを抱き締めた。

見上げると、火の粉を撒き散らしながら、遠くの空を布団やトタン板が飛んでいるのが見えた。

18

通天《つうてん》十二年八月三十一日、十三時十八分――。

座毛崎沖を震源地とした巨大地震が、天府市を含む一円を襲った。

地震と、その後に起こった大火災による死者は、五万人とも十万人とも噂《うわさ》されたが、正確な情報を得る手段は何もなかった。

火災は地震発生後、三日を経ても続いていた。地震によって地下水道が破裂し、消火活動を行おうにも、多くの場所で水が不足していたからだ。

余震は続いており、再び巨大な揺れが起こるという噂もあって、帰る家があっても、家屋が倒壊することを恐れて野宿を選ぶ者も少なくなかった。

人心は乱れ、多くのデマが巷《ちまた》には飛び交っている。

「新聞が手に入ったぞ」

そう言いながら部屋に入ってきたのは大友だった。

震災が起こった日から、もう五日ほどが経《た》っていた。

「そんなもの当てにならん」

息子の快人《かいと》を相手に、四角くて平べったいブリキの菓子の箱の中で、わらしべを茜草《せんそう》代わりに、その辺で獲《と》ってきた蟋蟀《こおろぎ》を闘わせて遊んでいた林田は、それを受け取った。

四軒町の辺りは、火災こそ免れたものの、大友の自宅を兼ねていた猩々社は何度かあった余震で結局は倒壊してしまった。

林田の妻であり、大友の妹でもある早智子と、息子の快人は、被害の少なかった天府市の北の外れ、平川町にある大友家の実家に身を寄せていて無事だった。

そこに、大友と林田が転がり込んだ形である。

林田は新聞を開く。

天府市内に本社を置いている新聞社は、被害甚大《じんだい》で軒並み発行を停止していた。

手に入るのは、上方などの遠く離れた地で発行されている新聞が持ち込まれた時だけだったが、それもきちんとした取材に基づいた記事を掲載しているとは言い難い。被害の大きかった天府市や座毛崎市から避難してきた者からの、聞き書きのような雑な記事が多かった。

大友から受け取ったその新聞も、一面には、地震の混乱に乗じて社会主義者たちが革命のために市民を煽動《せんどう》しているとか、政府要人の暗殺を企てているようだとの憶測記事が書かれていた。

林田はうんざりした気分になる。こちらだってすっかり疲弊している。そんな余力などあるものか。

「そこじゃない。次の面を開いてみろ」

大友が促すので、林田は一面の記事を読むのをやめ、新聞を捲った。

そこには天府市の大まかな被害地図が載っていた。

「旧釘宮邸の辺りは火災を免れているようだぞ」

確かに、大川の向こう側は広範に火災の被害を受けており、地図が黒く塗りつぶされているが、その一角は無事のようだった。だが、鵜呑《うの》みにはできない。

「それだけじゃない。その記事を読んでみろ」

林田の背後から、大友が身を乗り出すようにして記事を指差す。

そこには『フェル電器産業社主、私邸の敷地を開放し、炊《た》き出《だ》しを行う』と書かれていた。

「これは……」

近い事実がなければ、このような記事は載らない筈だ。

林田が顔を上げると、大友が頷いた。

「行ってこいよ。早智子の方は適当に俺が誤魔化しておいてやるから」

「恩に着る」

林田は早速、腰を上げた。

「父ちゃん、勝負は」

わらしべで箱の中の蟋蟀を弄《もてあそ》びながら、大友との会話が終わるのを大人しく待っていた快人が声を上げる。

「また今度、遊んでやる」

頭を摑むようにして撫でてやると、林田は早智子に見つからぬよう、こっそりと表に出た。

こんな状況だから文句こそ言ってこないが、早智子は難を逃れて転がり込んできた林田と口を利《き》こうともしない。

大友と早智子の両親も、林田のことは歓迎していない様子だった。無理もない。妻子を放ったらかしにして好き勝手にやっているような婿《むこ》だ。追い出されないだけ、まだマシといったところだが、居心地の悪さに、そろそろ林田の方の限界が来ているところだった。

あの後、大川を越えることを断念した林田は、ナオミを連れて猫地蔵坂ホテルまで戻った。

崩壊しているのではないかと心配していたが、ホテルは無事だった。

たまたま菊子が物を取りに戻っていて、宿泊客は天府高等女学校に避難していると聞いた。地震の発生時、たまたまナオミの学友である伊武と、その義父である轟八十吉もホテルにいて被災したと知った。

「ナオミさん！」

天府高等女学校に足を向けると、そこには伊武がいた。

「伊武さん、無事だったのね」

女学校の教室で、顔を合わせた二人は、ひしと抱き合った。

八十吉もおり、得意の馬離衝の活法で、骨折や捻挫《ねんざ》をした被災者に、次々と施術を行っている最中だった。

「勘助《かんすけ》じゃないか」

林田の姿を認め、八十吉は驚いたような声を上げた。

その名前で呼ばれることを、林田はあまり好まなかったが、そんなことを言っているような空気ではなかった。

「それにナオミくんも。座毛崎から逃げてきたのか」

「いえ、たまたま四軒町にいて、地震に遭いました」

「無事で良かった」

ナオミに向かってそう言ってから、八十吉は林田の方を見据え、手を差し出してくる。

「君もな。一応、そう言っておく」

躊躇《ためら》いながらも、林田は八十吉の手を握り返した。

「市内の様子はどうなっている」

「旧釘宮邸にナオミさんを送り届けるつもりでしたが、額田橋が落ちていて断念し、こちらまで引き返してきました。大川に架かる橋が何本残っているのかはわかりませんが、川向こうは火の海で……」

「本当ですか」

ナオミと無事を喜び合っていた伊武がそう言ったきり、重苦しい沈黙が起こった。

「考えても仕方ない。今はやれることをするのみ」

やがて頭を左右に振りながら、八十吉がそう言った。

「僕は妻子の安否を確かめに行かなければなりません。ナオミさんをお任せしてもよろしいですか」

「無論だ。よくやってくれた。フェル女史に代わって礼を言う」

「林田さん……」

会話を聞いていたナオミが、再び出発しようとする林田を呼び止める。

「どうかご無事で……」

「心配するな。いずれまた会おう」

ナオミとはそれっきりだった。

そんなことを思い出しながら、大友の実家を出た林田は、旧釘宮邸に行くか、それとも先にナオミを迎えに行くか少し迷ったが、旧釘宮邸に先に足を運ぶことにした。

まず第一に、ナオミの母親であるマルグリット・フェルの安否から確認しなければなるまい。新聞の情報がガセだったら、ナオミをがっかりさせるだけだ。

本数は少なかったが、すでに乗り合いバスは復旧しつつあった。

市電はまだ目処《めど》が立っていない。汽車は至る所で線路が寸断されており、途中、何度も乗り換えたり歩いたりしなければ目的地に達することができなかった。それでも天府駅から出る一日数本の列車は、地方の親類宅などへ避難しようという乗客で押し合いへし合いになっており、汽車の屋根に無理やり乗った客がトンネル内で窒息したり、窓からはみ出た客が振り落とされて死ぬ事故が多発しているという。

ナオミの母親の件よりも、林田には遥かに気に掛かっていることがあった。

座毛崎にいる、お夕こと林夕の安否についてである。

不確かな情報ではあるが、座毛崎は中央気象台が発表した震源地に近く、被害は天府市以上だと言われていた。西洋式の建築物が多かったホテル通り周辺は、地震に弱い煉《れん》瓦《が》造りの建物の殆《ほと》んどが崩壊し、俄《にわか》には信じられぬが、グランド・ホテルも倒壊したとの噂があった。

他にも気に掛かることがあった。天府市内では、華丹人《カタイ》たちが徒党を組んで暴行や略奪を繰り返し、井戸に毒を投げ込むなどしているとのデマが飛び交っている。地震直後に起こった火災も、華丹人による放火が原因だと、出鱈目《でたらめ》なことを言う輩《やから》もいた。

疑心暗鬼に駆られた者たちが、自警団なるものを結成し、見境なく華丹人や、林田のような無政府主義者や社会主義者を狩り出しているとの噂もあった。座毛崎でも同様のことが起こっているなら、一刻も早くお夕を捜し出し、安全な場所に連れて行かなければならない。

もちろん、今までも手をこまねいていたわけではなかった。天府駅まで足を運んでもみたが、座毛崎方面への汽車は復旧しておらず、そちらへ行く手立てがなかった。

やはり、歩いて行くしかないか。

いつ来るかもわからぬ乗り合いバスを待ちながら、林田はそう考える。停留所には、大荷物を背負った者たちが行列を成していた。これではバスが来ても、なかなか乗れそうにない。

座毛崎までは、休まず歩けば丸一日といったところであろうか。だがそれも、道の状態がまともであればの話だ。天府市と座毛崎市の境を流れている川も渡れるかどうかは不明だった。橋が落ちている可能性もあり、渡し船が出ているかもわからない。そしてこれは行ってみない限り、確かめようがなかった。

半日近く待たされて、やっとバスに乗ることができると、半刻ほど揺られて大川の向こう側に出た。

バスの中は人と荷物でぎゅうぎゅう詰めで、外の景色をじっくり眺めることはできなかったが、大川を渡る前と後では景色が一変した。

橋を渡る前は、道沿いには倒壊した家屋と瓦礫《がれき》の山が目立っていたが、川向こうに出ると、黒焦《くろこ》げの焼け野原となった。

バスを降りると、辺りにはまだ片付けきれずに倒れている死体がちらほらと見られ、残暑厳しい日射《ひざ》しの中、周囲には腐臭が漂っていた。

その中を、身内や友人を捜してか、彷徨《さまよ》い歩く人の姿が見て取れた。山の手の方の被害も相当だったが、大火災に見舞われた下町の様相は、それを凌《しの》ぐものだった。

自分が今、どの辺りに立っているのかも、林田にはよくわからなかった。道路の跡と、焼け焦げて半ば崩れた家屋の他に、何も目印になるものがなかったからだ。誰かに道を尋ねようにも、気軽に声を掛けられるような相手は一人もいなかった。

それでも何とか、方向の見当を付けて歩いて行くと、やがてちらほらと焼け残った家のある区画に出た。

新聞の記事によると、この辺りは天府城の堀割が埋め立てられずに残っており、それが火除けになったのと、かつて旗本屋敷や各藩の下屋敷だった敷地の広い家が多く、密集していなかったために延焼を免れたということらしい。

おそらくこの近くだろうが、考えてみると林田は一度も旧釘宮邸を訪ねたことがなかった。

その時、背後で自動車のエンジン音と警笛喇叭《ラッパ》を鳴らす音が聞こえた。

「勘助じゃないか」

林田が振り向くと、ゆっくりとした速度でボンネット自動車が近づいてきた。助手席から轟八十吉氏が身を乗り出す。

「こんなところで何をやっている」

「手に入った新聞に、この辺りが焼け残っていると書いてあって、様子を見に来たんですよ。旧釘宮邸で炊き出しをやっているという記事があって……」

「本当ですかっ」

後部座席から、今度はナオミが身を乗り出してきた。見ると、その隣には伊武も座っている。

フェル女史の安否を確認してからナオミのところに知らせに行くつもりだったが、どうやら気を回したのは無駄だったようだ。

「我々も、ようやっとこの辺りまで道が復旧したと聞いたから、タクシーを雇ってここまで来たところだ。君も乗っていくかね」

「席が空いているならそうしましょう」

林田は狭い後部座席に乗り込む。この状況で、よく営業しているタクシー会社があったものだ。

「伊武くんもわざわざ来たのか」

「私もフェルさんの家に大事なものを預けていて……」

旧釘宮邸が無事かもしれないと聞いて、伊武はナオミ以上にそわそわしている。

八十吉の指示で運転手が再びタクシーを発車させる。考えてみると、林田はタクシーに乗るのも初めてだった。

やがて道の先に、ひと際《きわ》大きな洋館が見えてきた。周囲は武家屋敷の名残がある家屋ばかりなので、余計に目立つ。

「ああ、お母様……」

「鯨《げい》さん……」

ナオミと伊武が、ほぼ同時に呟いた。

敷地は高い塀で囲まれていたが、門扉《もんぴ》は大きく開かれていた。

広い庭のそこかしこで炊《すい》さんの煙が上がっている。どうやら焼け出されて行き場を失った避難者たちを受け入れているらしい。ざっと見ただけでも数百名の人たちが、地面に茣蓙《ござ》を敷いたり布切れで庇《ひさし》を作るなどして、ひしめき合っていた。

タクシーはゆっくりと旧釘宮邸に進入すると、石畳の車回しを通って本館と思われる建物の前に着けた。

林田は呆《あき》れる思いだった。ナオミがお嬢様なのは知っていたが、これほどの大きな屋敷に住んでいたとは。下手をすると天府高等女学校の敷地より広い。

「重五郎さん！」

車回しには、フェル家所有の人力車が停まっていた。

タクシーが停車するのを待つのすらもどかしい様子でドアを開いて飛び降りたナオミは、早速、人力車の傍らにしゃがみ込んで修理らしき作業をしていた重五郎に向かって、そう声を上げた。

「えっ、お、お嬢様？」

重五郎が慌《あわ》てた声を上げ、手にしていた工具を放り出して立ち上がる。

「ご無事だったのですね、お嬢様！」

「重五郎さんこそ！」

洋館の入口付近にいた女中や使用人と思《おぼ》しき者たちが、大慌てで屋敷の中に走り込んで行く。おそらく、フェル女史を呼びに行ったのだろう。

林田や伊武、八十吉も、続けて車から降りた。

「座毛崎はたいへんな被害だと聞きました。お嬢様も巻き込まれたものだと……」

重五郎は手の甲を瞼《まぶた》に当て、男泣きしている。

「たまたま天府市に戻っていて、四軒町で被災したのです」

「そうだったのですか」

「それよりも、お母様は……」

その時、女中たちに案内されたフェルが、屋敷の中から姿を現した。

「ナオミ！」

フェルは抱きつかんばかりの勢いで真《ま》っ直《す》ぐ八十吉に向かって突進してくる。

「違う違う！　こっちじゃない、向こうだ！」

八十吉が声を張り上げ、ナオミのいる方向を指差す。

慌てた様子でフェルは胸元から眼鏡を取り出すと、それを装着し、おろおろとした様子で辺りを見回した。

そして、重五郎の傍らに立ち尽くしているナオミを見つけた。

「お母様……」

そわそわとした様子で、ナオミはフェルから目を逸《そ》らしている。

「あの……あの……心配をかけてごめんなさい……」

掠《かす》れるような声でそう言い、顔を上げたナオミに向かって、フェルが両手を広げる。

「お帰りなさい、ナオミ」

その言葉に安心したのか、ナオミは目の端に涙を浮かべ、フェルの方へと歩いて行くと、その胸の中に顔を埋《うず》めた。

フェルが、そっとナオミを抱き締める。

思わず林田は、八十吉と顔を見合わせて頷《うなず》き合った。


「鯨さん……うう……鯨さんもご無事で良かった……」

長須鯨の描かれた腰掛けの如きものに抱きついて伊武は泣いている。

そんなに大事な腰掛けなのかと、林田は不思議に思ったが、どういうわけか八十吉は不機嫌そうに腕を組み、そんな伊武の様子からは目を逸らしていた。

旧釘宮邸の応接間には、大理石の上に毛足の長い絨毯《じゅうたん》が敷かれており、舶来のテーブルとソファのセットが置いてあった。天井にはシャンデリアが吊《つ》り下がっている。

ここにいると、被災地のど真ん中にいることを忘れてしまいそうだった。

応接間のドアは全《すべ》て開け放たれており、廊下をひっきりなしに女中や使用人らが行き交っている。

ナオミは着替えるために自分の部屋に戻っていた。

「騒がしくてごめんなさいね。怪我をしている人や、老人や子供は屋敷の中に寝泊まりさせているのよ」

ソファに座って脚を組んだフェルが、何でもない様子で言う。

「炊き出しも行っているそうですね」

「ええ。上方にあるうちの支社から、取り急ぎ食料や日用品を送らせたところよ。新世界大陸《ムンドゥス・ノーヴス》の本社からは、物資を載せた船が二隻《せき》、一昨日、こちらへ向けて出航したって電文があったわ」

鼻持ちならない資本家だと勝手に思っていたが、林田は少しフェルを見直した。

「勘違いしないで欲しいんだけど……」

そんな林田の表情を読み取ったのか、眼鏡の位置を直しながらフェルが言う。

「これも自衛のうちなのよ。恐慌《きょうこう》や災害があると、資本家や商人は標的にされやすいのよ。だから早めに恩をばら撒《ま》いておいた方がいいの。まあ、あなたのような人にこんな話をしても釈迦《しゃか》に説法でしょうけど」

林田は苦笑いを浮かべる。どうにも食えない女だ。

「地震が起こった後、ナオミを無事に送り届けてくれたそうね。さっき八十吉くんから聞いたわ」

フェルは組んでいた脚を下ろすと、深々と林田に向かって頭を下げた。

「……ありがとう」

「調子が狂いますね。やめてくださいよ」

どう返したものやら、林田は困って咳払《せきばら》いした。

そもそもナオミがフェルの元から離れる原因を作ったのは自分なのだから、お礼を言われる筋合いがない。

「あなたのご家族は大丈夫だったの？」

「妻と子は無事で、怪我もありません。今は平川町の実家に避難しています」

少し躊躇ってから林田は続ける。

「ただ……」

「どうしたの？」

「座毛崎にいる母の安否が……」

不意に場の空気が重くなった。

「お夕さんのことですか？」

床に座っている伊武が呟く。

「汽車もまだ復旧していません。早い方がいいが、目処が立たないようなら、二、三日のうちに歩いて座毛崎を目指しますよ」

「ちょっと待って」

フェルが林田の言葉を遮る。

「それなら、重五郎に一緒に行かせるわ」

「は？」

思わず林田は裏返った声を出す。

「ナオミがお夕さんのお世話になっていたのは知っているわ」

するとやはり、ナオミに尾行を付けていたのはフェルか。

「私もナオミは座毛崎にいるものだとばかり思っていた。汽車が復旧せず、座毛崎に行く手段がなくて気を揉《も》んでいたのも同じよ」

「すると……」

フェルが頷く。

「一両日中に、私も座毛崎にナオミを捜しに行くつもりだったの」

それが本当だとするなら、女の身で、それもフェルのような立場の人間が、この不穏な状況で座毛崎に向かおうとするなど、余程の決心だ。人には任せられないという気持ちだったのだろう。

「重五郎もそのつもりで準備していたわ。すぐにでも出られる筈よ」

人力車の整備をしていたのはそのためか。

「だが……」

「重五郎は実直な男だ。頼りになるぞ」

話を聞いていた八十吉が、頷きながら言う。そういえば、重五郎はこの轟八十吉の弟子筋で、元は捔力《すまいとり》だと聞いていた。

「今日はもう遅いわね。そろそろ日が暮れるわ」

手首に嵌《は》められた腕時計《リストレット》を眺めながらフェルが言う。急いでいるとはいっても、さすがに外燈もない道を人力車で行くわけにはいかない。

「明朝、夜が明け次第、出発できるよう重五郎に命じておきます。今晩は泊まっていくといいわ。この状況だから、もてなしは期待しないでね」

「……恩に着ます」

少し迷ってから、林田は深くフェルに向かって頭を下げた。

資本家の助けを受けるのは本意ではなかったが、今はそんなことを言っていられるような場合ではなかった。

19

「お夕さん、無事だといいですけど……」

林田の膝《ひざ》の上にちょこんと座っているナオミが呟く。

旧釘宮邸を出てから、重五郎は二、三度、短い休憩を挟んだ他は、殆ど調子を崩さずに一定の速度で、林田とナオミの二人を乗せた人力車を引っ張って走り続けている。水もあまり飲んでいない筈なのに、驚くべき体力だった。

これは本当に、日が高いうちに座毛崎市に入れるかもしれないぞ。

唸《うな》るような気持ちで、林田はそう考える。

「よう、無政府主義者の旦那《だんな》、昨夜はよく眠れたか？」

まだ薄暗いうちから起き出し、屋敷の車回しに降りると、すでに重五郎が人力車を用意して待っていた。

「ぐっすりだ」

「よく寝過ぎて変なもの漏らしちゃいねえだろうな」

「それは無政府主義と夢精を掛けた皮肉か？　下品な」

「俺にとっちゃあ、どっちがどっちでも関係ねえよ」

重五郎はそう言って足下に唾《つば》を吐いた。

林田は肩を竦《すく》める。朝っぱらから随分と喧嘩《けんか》腰《ごし》だ。

「お前はカフェーで初めて会った時からいけすかない野郎だと思ってたんだ」

「その点はお互い様のようだな」

睨《にら》み合いになると、重五郎の方が背が高いので林田が見上げる形になる。

「本当なら、奥様のお言い付けでもお前に手なんか貸したかねえが、お夕さんは心配だ。だから座毛崎まで乗っけて行ってやる」

「母さんに会ったのか」

「ああ」

重五郎が頷く。

「ナオミお嬢様の様子を見に、伊武様と一緒にあの汁粉屋に行ったのさ。あんないいお袋さんに苦労かけやがって、お前は本当に親不孝者の破落戸《ごろつき》だな」

「それについては言葉もない」

「乗れよ」

足袋と手甲の小鉤《こはぜ》を確かめ、重五郎が腰を屈《かが》めて人力車の梶棒《かじぼう》を握る。

「おい、ちょっと待て」

座席の蹴込《けこ》みに足を載せようとして、思わず林田は声を上げた。

「先客がいるぞ」

見ると人力車の座席には、モスグリーンのワンピースに黒いタイツを穿《は》き、髪をリボンでひと纏《まと》めにしたナオミが、むっとした表情で、行儀良く膝を揃《そろ》えて座っていた。

「私も行きます」

「何だって」

しゃがんでいる重五郎の方を林田は見る。

「おい、いいのかよ」

背を向けたまま、重五郎は返事をしない。

「お母様に告げ口したり、私を置いて行ったりしたら、もう一生、重五郎さんとは口を利いてあげません。先ほどそうお伝えしました」

重五郎はナオミには頭が上がらないようだったから、二者択一を迫られてナオミの方を取ったのだろう。

「だが、この人力車は一人乗りでは……」

「私が林田さんの膝の上に座ります。それなら大丈夫でしょう」

「何でもいいから早くしてくれ。奥様が起きてきてしまう」

催促するように重五郎が言う。

仕方なくごそごそと座席で体勢を入れ替え、林田は膝の上にナオミを座らせた。

「落ちないように、後ろからお腹《なか》の周りに手を回していてくださいまし」

「いや、しかし……」

「これはお願いではなく言い付けです！」

見るとナオミの耳は真っ赤になっている。

何で自分まで使用人のように命令されなければならないのかと理不尽な気持ちに駆られたが、とにかく林田は言われた通りにした。

「もういいか？　だったら行くぞ」

重五郎が梶棒を握って車体を起こす。

「できるだけ休みはなしだ。お午になる前には座毛崎に入るぜ」

「馬鹿《ばか》な。そんなの無理に決まって……」

林田が言い終わらぬうちに、重五郎が韋駄天《いだてん》の如く走り出した。

良くて日暮れ前、道の状態によってはどこかで野宿し、夜を明かさなければならないかもしれぬと林田は思っていたが、本当に重五郎は、午《ひる》に差し掛かる頃には座毛崎まであとひと息というところまで来てしまった。

「林田の旦那、済まねえ。さすがにしんどくなってきた」

座毛崎市街に入る手前は高台になっており、急坂になっている。そこで初めて、重五郎が弱音を吐いた。

「悪いが、後ろから押してくれねえか」

「承知した」

ナオミを膝から下ろし、林田は人力車から降りる。

「あの、私も手伝った方が……？」

おずおずとナオミが口を開く。

「君は乗っていろ」

「お嬢様一人なら、鳥の羽根が乗っているようなもんですよ」

殆ど同時に、林田と重五郎は口を開いた。

人力車の後ろに回り、渾身《こんしん》の力を込めて林田は押し上げる。

「よう、それで力一杯か、旦那」

「うるさいっ、君のような怪物と一緒にするな」

お互いに悪態をつきながら、何とか急坂の上にまで辿り着く。

ほんの少しの間、力を込めて押していただけなのに、体中からびっしょりと汗が噴き出てくる。

この距離を一人で歩いていたら、辿り着くまで何日掛かっていたかわからない。後ろから人力車を押しながら、重五郎が手を貸してくれたことに心の底から林田は感謝した。

「少し休もうぜ、旦那。助かった。ありがとうよ」

「こっちの科白《せりふ》だ」

重五郎は手と両膝を地面に突いて息を切らしている。林田は草むらに仰向けに体を投げ出し、ぜいぜいと息を吐く。

「ひどい……」

その時、人力車の座席に座っているナオミが、苦しげな声を出した。

思わず林田も、息を整えるのも忘れて体を起こす。

「何てことだ……」

高台から望む座毛崎の景色を見て、林田も言葉を失う。

座毛崎の市街地の殆どを日陰にするとまで言われていたグランド・ホテルが、跡形もなく崩れ落ちている。

市内の至るところでは、まだ火災が続いており、黒煙が晴れた空に幾筋も棚引いていた。

「おいっ、待て、そこの連中」

林田たちの人力車が、行く手を塞《ふさ》がれるようにして止められたのは、高台を越えて坂を下り、市街への入口に差し掛かった時だった。

「どこから来た。怪しいやつらだ」

たちまち人力車が、手に手に鳶口《とびぐち》や鎌《かま》、刀などを持った十数人の男たちに囲まれる。

「通してくれ。座毛崎に身内の安否を確かめに行くところなんだ」

不穏な空気を感じながらも、林田はそう弁明する。

「貴様、パピプペポと言ってみろ」

男たちの頭領と思しき男が、刀の先を林田に向けながら言う。

「何だと？」

「日下人ならちゃんと言える筈だよな？」

これが噂に聞いていた、華丹人狩りの連中か。

どうする？　といった様子で重五郎が目配せしてくる。何かきっかけがあれば、重五郎の方が先に暴れ出しかねない雰囲気だった。

「待て、わかった」

屈辱的だったが、心を落ち着かせるために深呼吸し、林田は明瞭《めいりょう》な発音で「パピプペポ」と口にした。

「お前もだ」

先ほどの男が、今度は刀の切っ先を重五郎に向ける。

お願いだから短気を起こしてくれるなよ——。

林田は祈るような気持ちで重五郎の背中を見つめる。不満そうながらも、重五郎は大人しく男たちに従い、発音してみせた。

「そっちの女は……」

言い掛けて、男が苦笑いを浮かべる。

「……華丹人なわけがないな」

金髪碧眼《へきがん》のナオミの姿を見て、そう言った。

林田の膝の上で、ナオミは小刻みに震えていた。怒りからくるものか、それとも男たちへの恐怖からくる震えなのかは、背後からでは表情が見えず、わからない。

男たちが一斉に武器を下ろす。どうやら最悪の事態は避けられたようだ。

「身内を捜しているのなら、市民たちの多くは座毛崎丘陵の公園と港の埋め立て地に避難しているから、そちらを捜すといい」

刀を鞘《さや》に収めながら、親切めかして男が言った。

「市内は殆ど焼け野原だ。不逞《ふてい》なる華丹人どもが彷徨《うろつ》き、強奪や殺人を繰り広げているから気をつけろ。社会主義者がそれを煽動するため座毛崎に立ち入ろうとしているという噂もある」

自分はその社会主義者で、華丹人の血が半分流れていると、その場で叫び出したい衝動に林田は駆られたが、何とかぎりぎりで我慢した。こんなつまらない連中に殺されては犬死にだ。

「それから、華丹人街にはくれぐれも近づかぬよう。連中、武装して近づく者らを捕らえているらしい」

「華丹人街は焼け残っているのか」

思わぬ場面で、思わぬ情報が手に入った。

「ああ。それこそ連中が街中に火を放って回っている証拠だ。自分たちの住処《すみか》に火を放つほど、やつらも愚かではないだろうからな」

男の言葉に、周りにいた者たちも下卑た笑い声を上げる。

「行こう」

林田は重五郎に促した。

「気をつけろよ！」

掛けられたその言葉を林田は無視する。

「よく我慢してくれた」

暫《しばら》く行ってから、林田は重五郎に声を掛けた。

「旦那こそ。これから華丹人街までひとっ走りしますよ。それでいいですね」

「ああ。道案内は僕がする」

林田の腕の中で、ナオミはまだ震えていた。

「大丈夫か」

「はい……」

やはりナオミは連れて来るべきではなかったか。

地震が人々を狂わせてしまっている。こんなものはナオミには見せたくなかった。

天府市内とは違い、座毛崎の街路は瓦礫もあまり撤去されておらず、人力車で移動するのは苦労を要した。

辺りに腐臭が漂っている点は天府《てんぷ》市の下町と同様だったが、こちらは木造の建物よりも、崩れて煉瓦の山のようになった建物が多く目についた。おそらくその下敷きになったまま、掘り起こされていない死体が無数にあるに違いない。

先ほど坂道を登った時のように、何度か林田が人力車から降りて後ろから押し、道を塞いでいる瓦礫を乗り越えて行く。

そしてやっと、座毛崎市の外れにある華丹人街の入口に辿り着いた。

先ほどの連中が言っていたような、武装して待ち構えている者の姿はない。

だが、突如として人力車で現れた林田らを警戒し、港湾労働者風の体格の良い男たちや、背に赤ん坊を負ったり子供の手を引いたりしている女房連中と思われる者たちが、数人ずつ集まって遠巻きに警戒するような眼差《まなざ》しで林田たちを見ている。

町の入口に人力車を停め、林田たち三人は連れ立って華丹人街に足を踏み入れた。

女たちが怯《おび》えたように子供の手を引いて家屋の中に逃げ込み、たちまち男たちが林田らを取り囲む。

胸倉を摑《つか》まんばかりの凄《すさ》まじい剣幕で華丹語で何か捲《まく》し立て、町の外に林田らを押し出そうとする。困ったことに林田は華丹語が殆どわからなかった。片言で何とか、自分たちは人を捜しに来ただけだと伝えようとしたが、まったく通じている様子がない。

だが、男たちを掻《か》き分けるように、一人の女が前に出てきたことで流れが変わった。

髪がかなり白くなっている五十年輩のその女は、周りの者たちに向かって何か声を張り上げると、林田と重五郎の間に立っているナオミの手首を掴み、どこかに連れて行くために引っ張り始めた。

慌てて重五郎がそれを追おうとする。詰め寄っていた男が間に割って入ろうとしたが、ナオミの手を引いている女の一喝で引き下がった。

明らかに場の空気に変化が起こっていた。華丹人街の奥へ入って行こうとする林田らを止めようとする者は、もういなかった。

「知り合いか？」

足を縺《もつ》れさせながら引っ張られていくナオミに向かって、林田は問うた。

「はい。銭湯で何度か……」

華丹人街の中央にある井戸の辺りには、人がたくさん集まり、地面に茣蓙などを敷いて座っていた。どうやら元から住んでいた者たち以外にも、華丹人街の外で生活していた同胞たちが、ここに避難してきている様子だった。

女は林夕《リンシー》、林夕と名前を連呼している。

やがて他の女房連中に連れられて、避難民たちの奥からお夕が姿を現した。

「お夕さん！」

「ナオミさん！　それに勘助も」

　思わずナオミは駆け出し、お夕に抱きつく。

「無事だったのね」

「こっちも心配した……」

　言い掛けて、林田は言葉を詰まらせた。

　よく見ると、お夕は左手を包帯でぐるぐる巻きにしていた。碌《ろく》に薬も塗っておらず包帯も替えていないのか、血膿《ちうみ》が滲《にじ》んでいる。

「その手、どうしたんだ」

「店にいる時に地震に遭ったの。落ちてきた梁《はり》と倒れてきた棚に挟まれて……」

　手首から先は殆ど潰《つぶ》れてしまっているように見えた。

　不意にぐらりとお夕がその場に倒れそうになる。

　咄嗟《とっさ》にそれを林田は支えた。体はひどく熱く、じっとりと汗を掻いていた。これは怪《け》我《が》が元で発熱しているのではないか。

「あなたは……前にお店に来てくれた、ナオミさんのお友だちね」

　だが、お夕は気丈に笑みを浮かべ、立ち尽くしている重五郎の方を見る。

　額に巻いていた鉢巻きを取り、重五郎は困惑したような表情で頭を下げた。

　話からすると、店は倒壊してしまったのだろう。いつか父が新世界大陸から帰ってきた時のためにと始めた汁粉屋。父が彼の地で死刑に処されたことを知ってからも、大事に店を守ってきた。お夕にとって、店は生き甲斐《がい》だった筈《はず》だ。

「天府市は少しずつだが復興が始まっている。物資も入ってきている。早智子や快人が、今、平川町の大友の実家に避難している。母さんも……」

「でも……」

お夕が少し迷うような表情を見せた。

「私だけ、ここを出て行くわけには……」

それだけが理由でないことはすぐにわかった。林田がこの調子だから、林田の妻である早智子とお夕は不仲で、大友の両親ともあまり仲が良いとは言えない。何よりも、母親が華丹人だという理由で、向こうの両親からは結婚する際に強く反対されていた。

「避難できる場所がある人は、そちらに移った方がいい。ここだって水や食料や日用品は不足しているんだろう？　一人減れば、その分、それが誰かに行き渡る」

「もしお夕さんが良ければ、私の家に来ていただいても構いません」

続けてナオミも口を開く。

「食料も十分にあります。薬も一両日中に届くと母が言っていました。その怪我、一刻も早く手当てをした方が……」

「ああ、それがいい」

近く上方や新世界大陸から届けられると言っていた物資の中に、薬やガーゼ、包帯などの医療品も含まれているだろう。

むしろ林田と二人して大友家の居候《いそうろう》になるよりも、旧釘宮邸に向かった方が、お夕にとっては良いかもしれない。

「母に窮状を伝えれば、きっとここにも物資を届ける手配をしてくれる筈です」

ナオミにそこまで言われて、お夕もやっと決心がついたようだった。

「わかりました。ご近所の皆さんに挨拶《あいさつ》してきます」

お夕はそう言うと、ひと先《ま》ず林田たちの元から離れ、ふらふらとした足取りで去って行った。気丈に振る舞ってはいるが、怪我をした手が化膿《かのう》してその毒が体に回り、かなりまずい状態にあるのではないか。

問題は、体の弱っているお夕を、どうやって旧釘宮邸まで送り届けるかだった。林田とナオミの二人だけでも、人力車の座席は一杯だった。重五郎の体力も、折り返しでは来た時ほどのものは期待できない。

「重五郎くん」

地面に胡座《あぐら》をかいて休み始めた重五郎に向かって、林田は言う。

「殆ど飲まず食わず休まずでここまで来てくれた君に、こんなことを頼むのは心苦しいが……」

「帰りは三人乗りかい？　人使いが荒いぜ」

「いや……」

口元に笑みを浮かべて答える重五郎に向かって、林田は頭を横に振る。

「気張るなよ。君がもう体力の限界なのくらいはわかる」

重五郎は、へへ、と短く笑ったきりで、それを否定しなかった。

「だが、母さん一人だけなら何とか旧釘宮邸まで送り届けられないか」

ナオミが驚いたような表情を浮かべて林田を見た。

「冗談言っちゃいけねえや。お嬢様をここに置いて行けって？」

「私からもお願いします、重五郎さん」

服の裾《すそ》が汚れるのも構わず、ナオミは座っている重五郎の前に跪《ひざまず》いた。

「林田さんが付いていますから、私は大丈夫です」

「それは言い付けですかい」

「いえ、お願いですわ」

暫くの間、重五郎はじっと無言のまま考えているようだった。

「ナオミお嬢様、俺ね」

「ええ」

「お嬢様が俺のことをお夕さんに、使用人ではなくお友だちだって言ってくれていたこと、一生忘れませんよ。とても嬉《うれ》しかった」

そう言うと、重五郎は気合いを入れて立ち上がった。

「さて、もうひと頑張りだな」

「せめて小半刻《こはんとき》でも休んでいったらどうだ」

「休めばその分、到着が遅くなる。今すぐ出発して、ぎりぎり日が落ちてしまう前に何としても天府に入る」

「座毛崎から出るまでは一緒に行こう。また後ろから押さないと、越えられない瓦礫があるだろうからな」

「お嬢様を頼んだぞ、林田の旦那」

重五郎はそう言うと拳《こぶし》を握り締め、軽く林田の胸元を叩《たた》いた。

「わかっている。歩き通してでも、必ず旧釘宮邸まで送り届ける」

林田はそう言って頷いた。

20

「ここまでだな」

ナオミと二人で人力車を後ろから押していた林田は、座毛崎市の外れまで来ると、重五郎にそう言った。

「旦那たちはどうするんだ」

「どこかで一夜を明かして、明朝から天府市を目指すことにする」

「その方がいいだろうな」

重五郎が頷いた。

林田もナオミも、重五郎ほどの健脚ではない。中途半端な場所で夜を明かすよりは、朝から動き出して行けるところまで行った方がいい。そう考えた。

「母さん」

林田は、人力車の座席にいるお夕《ゆう》に声を掛ける。

「後から必ず行く」

何故、そのようなことをわざわざ言ったのか、林田自身にもよくわからなかった。他に掛ける言葉を思い付かなかったからか。それとも——。

「ナオミさん、これを……」

お夕は手にしていた缶詰をナオミに渡そうとする。

華丹《カタイ》人街を出てくる時に、餞別《せんべつ》として近隣の人からもらったものだった。中身は黄桃のシロップ漬けか何からしい。古い缶詰なのでラベルは剝《は》がれており、うっすらと錆《さび》で汚れていたが、それでもこの状況下では貴重な食料品だった。

「いただけません。道中でお夕さんが食べてください」

座席から身を乗り出して缶詰を差し出してくるお夕に、慌てた様子でナオミが言う。

「でも……」

「どうしてもというなら、重五郎さんに譲ります。ずっと飲まず食わずで天府から走ってきてくれたのです」

「それがいい。僕たちは何とでもなる」

林田は頷く。

「暫《しば》しのお別れの挨拶はもういいかい？　そろそろ行くぜ。日が暮れるまで時間がないんだ」

「ああ、頼む」

梶棒を握り、重五郎が人力車を起こす。

「お願いします、重五郎さん」

「任せておいてください、お嬢様。お夕さんは必ず無事に天府まで送り届けます」

胸元で手を組んで見上げるナオミに向かって、重五郎が強く頷いた。

「行くぜ。お夕さん、しっかり摑まっていてくれ」

そして足を踏み出し、どこにまだそんな力が残っていたのかというようなしっかりとした足取りで、重五郎は一気に走り出した。

重五郎がいてくれて助かった。

心底、林田はそう思った。この状況では、一人で座毛崎入りしても八方塞がりでどうにもならないところだった。

「私たちはどうしますか、林田さん」

人力車が見えなくなったところで、傍らに立っているナオミが口を開いた。

ナオミが着ている仕立ての良いモスグリーンのワンピースは、ほんの半日ほどの間に煤《すす》と埃《ほこり》ですっかり汚れてしまっていた。鼻の頭も黒くなっている。

「夜中に座毛崎の市内をうろつくのは避けた方が良さそうだな」

この惨状では、天府市内と同様、電力は一切、断たれているだろう。瓦斯燈《ガスとう》が点《つ》くとも思えない。夕闇《ゆうやみ》が迫り来る前に、今晩を過ごす安全な場所を探すべきだった。

そういえば自警団の連中は、市民は座毛崎丘陵の公園か、港の埋め立て地に避難していると言っていた。

すでに人でいっぱいだろうが、他に行く当ても思い付かない。

港湾の埋め立て地というのがどの辺りなのかわからなかったので、林田はナオミの手を引き、焼け落ちて崩れたグランド・ホテルの瓦礫の遥《はる》か向こうに見える座毛崎丘陵に向けて歩き始めた。

少年だった頃、母親のお夕と二人、日向《ひゅうが》家の親戚《しんせき》の家から追い出され、座毛崎の華丹人街に住み始めた時のことを思い出す。

学校が終わると、林田はよくこの丘陵に登った。遠くから見下ろす座毛崎の風景と、その先に広がる海を眺めるのが好きだった。そして、海の遙か向こうにある新世界大陸《ムンドゥス・ノーヴス》に思いを馳《は》せた。自分もいつか、そこに行ってみたいと。

坂道の途中でふと足を止めて振り向き、林田は街を見下ろす。昨日、高台から見た時と同様、街は焼け野原になっていたが、こちらの丘陵からは海がよく見えた。

港には数隻の軍艦が浮かんでいた。陸路は殆《ほと》ど寸断されていて物資を運べず、市内の電信電話局は残らず壊滅しており、港に浮かぶ外国籍の軍艦の無線を借りて、天府にある中央政府と連絡を取っていると、手に入れた地方新聞に書かれていたことを林田は思い出す。

この街が再び、かつてのようなモダンな姿を取り戻す日は来るのだろうか。

目の前に広がる惨状を見ると、そんな日は想像することができなかった。

丘陵の頂上は皿状に広い敷地になっており、そこが公園になっていた。

ただ広くて眺めがいいのだけが取り柄の公園だったが、今はそこに、身動きも取れないほどの人と荷物が溢《あふ》れかえっていた。布団《ふとん》や搔巻《かいまき》などの寝具や行李の他、こんなものをどうやって丘陵の上まで担《かつ》いできたのかと思うような大きな簞笥《たんす》が置いてあるのも見える。

人々は一様に疲れ、苛々《いらいら》しているように見えた。そこら中で怒鳴り声や小競《こぜ》り合いが起こっており、子供の泣き声が聞こえてくる。

だが、ここにいるのは運が良かった人たちだ。

天府市にあった軍の被服工場跡では、地震の直後に二万坪あまりの土地に四万人近くもの人が避難のために雪崩《なだ》れ込み、その殆どが犠牲となった。多くが衣類や寝具、家財道具を一緒に持ち込んだため、工場跡を囲むように炎が迫ってくると、それに火が付き、一気に燃え上がった。熱によって巻き起こったつむじ風は、大八車や人を丸ごと吹き上げるほどの勢いだったと林田は聞いていた。

丘陵の頂にあるこの公園の様子は、きっとそれと似た状況だった。だが、風向きが味方したのだろう。震災当時、座毛崎は天府市内ほど強い風は吹いておらず、方向も違っていて、炎が丘陵の樹木に燃え移り、這《は》い上がってくるような事態にはならなかった。人と人、荷物と荷物の間に、やっと入り込める隙間《すきま》を見つけ、漸《ようや》く林田とナオミは座ることができた。

「今はよく休んでおこう。明日は夜が明けたら、すぐに天府に発《た》つ。丸一日歩けば、何とか旧釘宮《くぎみや》邸の近くまで辿《たど》り着けるだろう」

「はい」

林田に体を寄せて座っているナオミが短く返事をする。

歩いて帰る以外の方法を林田は思い付かなかった。天府駅と座毛崎駅を行き来する汽車は、少なくとも昨日までの段階では一便も出ていなかった。

仮に動いていたとしても、天府駅での状況と同様、座毛崎駅も避難しようとする者たちで溢れかえり、そう簡単には乗車できないだろう。

食べるものもなく、空腹で胃が痛くなってきたが、それよりも喉《のど》の渇きの方がひどかった。だが、我慢するより他ない。

やがて日が暮れてきた。ナオミの肩に手を回して目を閉じ、少しでもいいから林田は眠っておこうと思ったが、まだどこかで気持ちが昂《たかぶ》っているのか、一向に眠くならなかった。

「林田さん」

やがてナオミが小さな声で、林田の耳元に向かって呟《つぶや》いた。

夜明け前から続いていた怒濤《どとう》のような出来事が、ひと息ついたため、ナオミの心にも少し不安が生じてきたのかもしれない。

「本当は、私が恋文の宛名《あてな》を間違えた理由、わかっているのでしょう」

林田は返事をしない。どう答えたらいいか、今、そのような話をするべきか、何もかもわからなかった。

「林田さん……笑わないでくださいね」

「ああ」

「ずっと気がつかずにいたけれど、きっとこれは恋なのだと思います……」

林田の心がざわついた。ナオミの口調は、恋する乙女のそれというよりは、別れを覚悟した者の告白のように聞こえた。

「僕はいい加減な男だよ。妻も子もいるが、放ったらかし。他にもあれこれと好き勝手に浮気している」

「でも……」

「君は良い子だ。きっとそのうち、心から愛し合える男性と巡り会える日がくる。今の君のその気持ちは、ただの迷いだよ。僕のことが好きだなんて、それは思い過ごしだ」

ナオミは声を立てないようにして泣いている。初めて失恋の重さを知り、きっと深く傷付いている。だが、優しい言葉を掛けてやるわけにもいかない。

君のことを大事に思うからこそ、僕は僕を君にお勧めできないのだ。そんな言葉が喉まで出掛かる。

こんな時でも、夜空に広がった星は明るく輝いていた。

まだ九月に入って間もなく、寒くはなかったが、さすがに吹きっ晒《さら》しの中で眠るのは辛《つら》かった。風は様々な臭《にお》いを運んでくる。公園の急拵《きゅうごしら》えの便所から溢れ出た屎尿《しにょう》の臭い、街中から吹き上げてくる風に乗って漂ってくる死体の臭いと、焦《こ》げた瓦礫《がれき》の臭い。そんな胸を悪くさせる臭いの中に、微《かす》かに林田は、座毛崎港の海の匂《にお》いを感じた。

ぴったりと身を寄せてくるナオミの小さな体を抱き締めながら、やっと林田は微睡《まどろ》み始める。

思い出されるのは少年だった頃の自分の姿。

日傘を差したお夕の手を、急《せ》かすように引っ張り、月に一度、座毛崎に入港してくる新世界大陸からの船を出迎えに行ったあの日。

――お父さん。

自分の心にも少し隙ができたのだろうか。不覚にも林田は、目頭に涙が込み上げてくるのを感じた。

お父さん。僕は今も、小さかった子供の頃、あなたの大きな手で頭を撫《な》でてもらった時のように、あなたに誉《ほ》めてもらいたいと思っているのかもしれません。

あなたが送ってくれた手紙には、こう書かれていました。『勘助《かんすけ》、父はいつも、君の成長した姿を思い浮かべている』と。

僕はお父さんが思い浮かべたような大人になっているのでしょうか。

お父さんが苦しめられた戦争や軍と、そして国家というわけのわからないものと、僕は今、戦っています。その行いは、子鼠《こねずみ》が象に挑んでいくような滑稽《こっけい》さに他者の目には映るでしょう。人は本当は、強い他者に支配されるのを望んでいるのです。その一員であると嘯《うそぶ》いて、肩を怒らせて威張りたいのです。だから、無政府主義なんて思想は世迷《よま》い言《ごと》だと人は言うでしょう。でも僕は、何かの一員だなんて、まっぴらなのです。一人の女性を愛するように国家を愛するなんてことは、僕には到底、不可能なのです。お父さん、僕は間違っているでしょうか。お父さんの背負っていた闇や孤独を、僕は理解できるでしょうか。

新世界大陸からの客船のタラップを、父親の日向丈一郎《じょういちろう》が、外国の珍しいお土産をいっぱい抱えて降りてくる。

お夕が思わず手にしていた日傘を取り落とし、父がその大きい腕で、母と自分を同時に抱き締める。

そんな日は、とうとう来なかった。

ふとその時、林田の脳裏に閃光《せんこう》のようなものが走った。

父ではなく、その代わりに船のタラップを降りてきた若い男女の二人連れ。

一人は轟八十吉《とどろきやそきち》氏だ。職人風の裾の詰まった袴《はかま》に、真新しいハンチングを頭に被《かぶ》っている。見るからに跳ねっ返りで生意気そうな風貌《ふうぼう》をしているが、どこか今の轟氏の雰囲気と同じ面影があった。

問題は、一緒にいる女だった。地味な色合いの小袖《こそで》に、簡単に髪を簪《かんざし》で結っている。瞳《ひとみ》は瑪瑙《めのう》を思わせる緑色をしていた。

やはりあれは、伊武だったのではないか。

林田の背筋が粟立《あわだ》つ。

そういえば、伊武は轟氏の実の娘ではなく、養女だと聞いたことがある。

よく似ているだけか。それとも――。

どこからか、歯車が時を刻むが如《ごと》き一定の律動と、バネや撥条《ぜんまい》が軋むような音、天輪《てんわ》が回転し、振り石にぶつかるような微かな振動と金属音が伝わってくるような気がした。

思わず林田は寝息を立てているナオミの顔を見る。

それらの振動は、まだ微かに感じられ、音は耳の奥に響いていた。

21

座毛崎市の境に差し掛かると、そこには手に手に得物を持った自警団の連中が待ち構えていた。

林田やナオミと別れて、まだほんの小半刻も経《た》っていない。

人力車を引いていた重五郎は、徐々に走る速度を下げる。

「何かしら、あれ……」

「自警団の連中ですよ。行きにも出くわしました」

声を潜めて重五郎は言う。

「いいですか、お夕さん。やつらは華丹人を良く思っていません。日下《くさか》人のふりをしていてください」

「……わかりました」

口惜しげな様子でお夕が言う。華丹人街でも、こういう連中が跋扈《ばっこ》していることは耳にしているのだろう。

お夕の日下語は、生粋の日下人並みだ。こちらでの生活も長いから、何を聞かれても大丈夫だろう。

道を塞ぐようにして立っている連中のところまで、重五郎はゆっくりと人力車を引いて行く。

「止まれ」

連中の頭領と思《おぼ》しき男が前に出た。

座毛崎入りした時、林田や重五郎に刀の切っ先を突き付けてきた男だった。

天府方面へと越えていく高台への坂道は目の前だった。この辺りは市街地からは離れており、幅二間ほどしかない道の周囲には、田畑とその畔《あぜ》しかない。見通しも良く、これでは逃げようがなかった。

自警団の連中は二十人ほどおり、中には猟銃を手にしている者もいた。重五郎が足を止めると、人力車の前後左右を囲むように近づいてくる。

「通してくれ。急いでいるんだ」

「さっきと乗っている御仁が違うようだが」

自警団の頭領が言う。

「捜していた身内が見つかったんだ。怪我をしているから、先に天府にいる身寄りのところへ届けようと……」

「ふうん。どこで見つけたんだ？」

周りにいる連中が殺気立っていることに重五郎は気がついた。

「それは……」

嘘《うそ》をつけない性分の重五郎は、一瞬、口籠《くちご》もってしまった。

「お前たちが通過した後、軍の関係者が現れてね。華丹人たちの暴動を煽《あお》る目的で、林田某という無政府主義者が、この座毛崎に入ろうとしているとの情報をくれた」

重五郎は無言を返す。

「まわりくどい！　さっさとやっちまおう」

人力車を囲んでいる連中のうちの一人が勢い込んで声を張り上げる。

「まあ待て」

頭領と思しき男が、それを制す。

「先ほど、この人力車に乗っていた男、教えてもらった林田某とかいう主義者と、あれこれと特徴が一致するのだが……」

「あの人は違う。あの人の名は……」

「日向勘助です。私の息子です」

座席に乗っているお夕が、流暢《りゅうちょう》な日下語でそう言った。

囲んでいる者たちの間に、困惑した空気が流れる。

「人力車が華丹人街に向かったという知らせが入ってきている」

お夕の毅然《きぜん》とした態度に、頭領と思しきこの男も、少し戸惑っているようだった。

「悪いが、身の回りの品を調べさせてもらう」

男がそう言って手を伸ばし、強引にお夕を人力車から引きずり下ろそうとした、その時だった。

無理に引っ張られたお夕が、手にしていた缶詰を地面に落とした。

「何だ！」

地面に落ちたラベルの剝がれた缶詰を見て、一人が叫び声を上げた。

「危ない！」

泡を食ったような声に、囲んでいた連中が一気に混乱をきたす。

ここしかない。そう思って重五郎は一気に走り出した。

「あっ、待て！」

人力車に追い縋《すが》るように、何人かが追いかけてくる。

その時、銃声が鳴り響いた。

高台を越える坂道を一気に上ろうとしていた重五郎は、斜めに傾いた人力車の重量を支えきれず、勢い込んだまま横倒しになる。

どうやら連中の一人が放った猟銃の散弾が人力車の車軸に当たり、片輪が外れたらしい。

倒れた拍子に、お夕の体が座席から外に放り出された。

「お夕さん！」

素早く重五郎は立ち上がり、お夕の傍らに駆け寄る。

投げ出された拍子に頭を打ったのか、お夕は額から血を流していた。脚にも散弾が当ったらしく、着物の裾が血で濡《ぬ》れ始めている。

追ってきた自警団の連中に向き直り、重五郎は覚悟を決めた。

最初に辿り着いたやつが、問答無用に大上段から角材を振り下ろしてくる。

本来なら余計な怪我を避けて躱《かわ》すべきところだが、重五郎の背後にはお夕がいた。

重五郎は、気合いとともにそれを前腕部で受けた。角材が中ほどから真っ二つに折れ、先端部が飛んでいく。

そのまま重五郎は腰を屈めて低く仕切りの構えを取ると、頭頂部でその男の下顎《したあご》を目掛けてぶちかましていった。

顎の割れる感触があり、男が二、三歩よろめいて、後ろ向きに倒れる。

さらに別方向から突き出された竹槍《たけやり》を、重五郎は脇《わき》によけた。

竹槍を腋《わき》の下に抱え込んで奪い、よろめいた相手の首を喉輪で摑むと、そのまま思い切り後頭部を地面に叩き付ける。

そして重五郎は奪った竹槍を構え、地面に倒れているお夕を守るように自警団の前に立ちはだかる。

「やめろ！　何もしていない婦女子に向かって、寄ってたかって、貴様らそれでも日下男児か！」

「その女、爆弾を投げて俺たちを殺そうとしたぞ」

「そうだ！　不発で生憎《あいにく》だったたな」

重五郎には、この連中が何を言っているのか、一瞬、わからなかった。

そしてふと、お夕がラベルの剝がれた缶詰を手から取り落としたことを思い出す。

「あれはただの黄桃の缶詰だ」

「そんな嘘に引っ掛かるか！」

だが、恐慌を来《きた》している男たちには何を言っても通じなかった。

「お前も華丹人なんじゃないのか」

　誰かが声を上げる。

「もしそうだとしたら何なんだ！」

　重五郎も負けじと怒鳴り返す。

　見ると、先ほど重五郎のぶちかましによって顎を割られた男が、鼻と口から大量に血を滴《したた》らせながら、仲間に抱え起こされるところだった。

「華丹人に肩入れして、同胞に手を出すやつが日下人であるものか！」

　もはや話が通じるような状況ではなかった。

　重五郎を囲んでいる連中は、怒りで爛々《らんらん》と目を輝かせており、手にした得物を握り直して、少しずつその輪を狭めてくる。

「お願いだ！　少し冷静になってくれ」

　奪った竹槍を横に薙《な》ぎ払い、近づいてくる連中を何とか追い払いながら、重五郎は声を上げる。人力車は壊れてしまった。投げ出されて地面に倒れたお夕は動けそうにない。

　このままでは、ナオミお嬢様と交わした、お夕を必ず無事に天府まで送り届けるという約束を果たすことができない。

　何とか、お夕の命だけでも守れないものか。そう思ったが、相手の数が多すぎた。

「大人しくしていれば、警察に突き出すだけで済ませてやったものを……」

「もう容赦しねえぞ。殺してやる」

鳶口を手にした男が、そう叫び声を上げながら襲い掛かってきた。

重五郎は、太腿《ふともも》に向かって突き出されてきた鳶口を何とかよけたが、男がそれを引いた拍子に、鉤状《かぎじょう》になった尖端《せんたん》が、重五郎の膝裏《ひざうら》にがっきと突き刺さった。

うっと呻《うめ》いて、重五郎は崩れる。続けてまた別の男が、重五郎の頭に向けて丸太を振り下ろしてきた。

強《したた》かにそれが重五郎の頭に打ち付けられる。目の前に火花が散り、重五郎はその場に倒れた。

それからは一方的だった。靴の爪先《つまさき》や下駄で散々に踏みつけられ、蹴《け》られ、刃物の切っ先や鈍器などで散々に突かれ、叩かれた。

だが、重五郎の意識は、そんな肉体的な苦痛よりも、視線の先にあるお夕の姿の方に釘付けにされていた。

連中のうちの一人が、俯《うつぶ》せになったお夕を踏みつけにして、竹槍で何度も何度も、その背中を突いている。

やめろ、と口にしようにも、重五郎も声を出せなくなっていた。

重五郎が弱ってきたと見て、漸く男たちの手が止まった。体中の骨が粉々に砕かれ、全身から血が滲んでいるような気がしたが、それでも重五郎は地面に爪を立て、お夕のいる方へと這って行こうとした。

「お夕さん……お夕さん」

喉の奥から絞り出そうとしても、声が音にならない。

やがて、お夕の元に辿り着く前に、重五郎の視界も徐々にぼんやりとしてきた。

意識を失うその前に、重五郎の耳に、男たちの会話が聞こえてくる。

「おい、この女、銀無垢《ぎんむく》の懐中時計なんか持っているぞ」

「どうせ死体から奪った盗品に決まっている。取り返してやれ」

ナオミお嬢様、申し訳ありません。自分は何もできなかった。

そして重五郎の視界は、暗いものに遮られた。

22

「何とか日が暮れる前に天府市に入れたな」

ナオミと手を繋《つな》いで歩きながら、林田はそう呟いた。

夜が明けると同時に座毛崎丘陵の公園を発ち、ずっと歩き続けてきた。

よく考えると、昨日、華丹人街で少量の水を飲んでから、殆ど何も口にしていない。

空腹に加え、あまりゆっくりと眠ることもできなかったので体の疲れも取れておらず、林田の体力も限界に近くなっていた。

ナオミの方は、華奢《きゃしゃ》なわりには、しっかりと林田に付いてきている。音《ね》を上げるような様子もない。

「もう、お夕さんと重五郎さんは、到着しているでしょうか……」

昨晩の告白の後から、ナオミはすっかり言葉少なになっていた。

座毛崎からの道中も、林田の方から話し掛けない限り、口を開こうともしない。

旧釘宮邸にナオミを送り届けたら、ナオミとはもうお別れだと林田は思っていた。

これまでは少しばかり迷いがあったが、やはり、この子は自分のような人間とは合わない。どちらがいいとか悪いとかではなく、馴染まないのだ。

猩々社《しょうじょうしゃ》が、これからも以前のような商売を続けられるかどうかもわからない。荒野のようになってしまった天府市の惨状を見ても、これが元通りに復旧する日は、当分来ないように思われた。

「林田さん、あれ……」

不意にナオミが口を開く。見ると、道端に行商の屋台が出ていた。

座毛崎に比べれば、天府市は徐々に北部との交通も復活しつつあり、物資も入り込んで来ている。ひと儲《もう》けを企《たく》んで、天府市の外から入り込み、食料や日用品などを相場より高い値段で売り歩く者の姿もちらほらと見られ始めていた。

その屋台では桃を並べて売っていた。ところどころ茶色く変色して傷《いた》んでおり、ひと目で質の悪いものだというのがわかる。

値札を見ると、地震が起こる前の数倍の値段が付いていた。

林田はナオミと顔を見合わせる。

「腹は減っているか」

「いえ……」

ナオミは痩《や》せ我慢しているのだろうと思い、林田は行商の男に声を掛けた。

「少し負けてくれないか」

「勉強はできませんよ」

茣蓙《ござ》の上に胡座《あぐら》をかいて座っているその男は、断固たる口調でそう返事をする。

舌打ちしながら、林田は上着のポケットから札入れを取り出し、中から一圓札を取り出して、男に向かって差し出した。

「これで買えるだけくれ」

男が紙袋を取り出し、その中に桃を四つ入れる。

「たった四つか」

「嫌なら買わなくてもいいんだぜ」

「足下を見やがって」

文句を言いながらも、林田は一圓札と引き換えにその紙袋を受け取った。今の状況では、金はいくら持っていてもあまり意味がない。

紙袋を抱えて、林田は再び歩き始める。後ろからナオミが付いてくる。

「くそっ、そういえばナイフも持っていなかった」

桃の皮を剝《む》いて切り分けたかったが、そうするための道具がない。

仕方なく林田はそのままかぶりつく。乾いた口の中に、じんわりと甘い果汁が広がる。

それだけで生き返ったような心地がした。

「ナオミくん、君も……」

そう言って林田が振り返った時である。

ナオミの背後に、数名の部下を引き連れた男が立っているのが見えた。

チャコールグレイのスーツに、血の色を思わせる胸元の赤いネクタイ。

一見すると草食動物のように温厚そうな風貌と、丸眼鏡。

一か月と少し前、座毛崎港で、煙草《たばこ》の火をもらいに林田に話し掛けてきた男だった。

「林田馨《かおる》くんだね」

男が口を開く。

「私のことを覚えているかな」

「何の用だ」

背後にいる数名の者たちが、林田とナオミの二人を囲むように動く。いずれも、目立たない色をしたスーツか、書生風の格好をしていた。

「憲兵司令部まで同行願いたい。私は陸軍憲兵大尉の遊佐《ゆさ》泰三《やすみ》という者だ」

「なるほど、あんた軍の人間だったのか。道理で特高の連中とは、ちょっと雰囲気が違うと思っていたよ」

　吐き捨てるように林田は言う。

　だが、この男があっさりと身分を名乗ったのは、おそらく強引に林田を連行しようと考えているからだ。憲兵というわりには制服も着ていない。人目を避けて秘密裡《ひみつり》に拘束するつもりだろう。これは危険な状態だった。

「またにしてくれないか。僕は疲れているんだ」

　探りを入れるために、林田は冷静にそう口にする。

「我々は特高の連中ほど甘くないよ」

「特高のやつらが聞いたら怒り出すぜ。とにかく一度、この娘を送り届けさせてくれ。それからなら……」

　林田が言い終わらないうちに、遊佐は仕立てのいいスーツの内ポケットから自動式拳銃を取り出すと、林田に向けて構えた。

「今言ったばかりだがね。我々は甘くない」

「そんな脅しなど……」

遊佐が、あっさりと引き金を引く。

「うっ」

周囲に鳴り響く銃声とともに、林田の右の太腿に血の花が開いた。

手にしていた紙袋を、林田は取り落とす。中に入っていた残りの桃が転がり出す。

「林田さんっ！」

ナオミが声を上げる。

「私は駆け引きなどする気はないよ。次は心臓か頭だ。どっちがいい」

「……わかった。参ったよ」

片脚で体重を支えたまま、林田は両手を挙げた。

「ナオミくん、ここからは一人だが、帰れるね」

「林田さん……」

「縛り上げろ」

遊佐の指示で、部下たちが手際《てぎわ》よく林田を後ろ手にして手錠を嵌《は》め、縄で縛った。

手を挙げて遊佐が合図をすると、少し先の路上に二台連なって停まっていた黒塗りの車が動き出し、林田のすぐ脇に停まった。道に転がっていた、林田の買った桃が、タイヤに潰されるのが見えた。

「そっちの女もだ」

林田が身動き取れなくなったのを確認すると、遊佐は顎でナオミの方を示した。

車の後部座席に乗せられようとしていた林田は、遊佐のその声を聞いて色を失った。

「待てっ、彼女は僕や運動とは無関係だ」

「憲兵隊が君を連れ去ったなんて言いふらされては困るからね」

「嫌っ」

抵抗するナオミを、男たちが二人がかりで取り押さえようとする。

「ふざけるなっ」

「連れて行くのが嫌なら、ここで撃ち殺しても構わないが」

遊佐が、今度はナオミに銃口を向けた。

先ほどの様子から、遊佐は簡単に引き金を引くだろうと林田は直感した。

仕方なく暴れるのをやめ、強く下唇を噛《か》みながら、林田は押し込められるがままに車の後部座席に入り込む。

ナオミを待たずに、林田を乗せた自動車が走り出した。

自分だけならまだしも、ナオミまで……。

己の身に何が差し迫っているかよりも、そのことばかりが気に掛かった。

やがて暴れないようにするためか、林田は頭からすっぽりと麻袋らしきものを被せられた。

23

ナオミと重五郎、それに林田が座毛崎へと出発してから、丸三日ほどが経っていた。

マルグリット・フェルは、部屋に残されていたナオミの書き置きを見つめる。

――お母様へ。私も一緒に座毛崎へ向かいます。我が儘《まま》を許してくださいまし。

溜息《ためいき》をつき、フェルは『葵屋《あおいや》絵草紙店』の絵入り便箋《びんせん》に書かれたそれを、そっとナオミの机の上に置いた。

白いレースのカーテンが掛けられたガラス窓の外には、旧釘宮邸の広い庭が見えた。

噂《うわさ》を聞きつけて、日に日に避難する人が増えてきている。

フェルは振り向いて、ナオミの部屋を眺めた。豪華な天蓋《てんがい》付きのベッドに敷かれた皺《しわ》一つない白いシーツが、余計に主の不在を感じさせた。

お夕さんの捜索が難航しているのだろうか。

それだけだったらまだいいが、どうも胸騒ぎがした。

巷《ちまた》では、林田馨を含む数名の無政府主義者や社会主義者たちが、何者かによって拉致《らち》され、消息を絶ったとの噂が流れていた。

但《ただ》し、これはあまり鵜呑《うの》みにできない。大震災当初から行方がわからなくなっている者もおり、憶測によるただのデマだということもあり得た。何しろ、入ってくる情報の何が正しくて何が間違っているかを確かめる術《すべ》すらないのだ。

そんなフェルの不安を決定づけたのは、八十吉の訪問だった。

「フェルさん、誠に残念だが……」

旧釘宮邸には私設の電話機があったが、中央電話局を初めとする多くの電話所や交換局が被災焼失しており、街中にある自働電話も殆どが機能していない。通信網は未《いま》だに一部しか復旧しておらず、電報では済まない用事だったのか、八十吉は一人、わざわざ辻待《つじま》ちの人力車を使って旧釘宮邸を訪れた。

「重五郎が座毛崎で暴漢の群れに襲われて死んだ」

「何ですって」

応接間に通した八十吉の口からそう告げられ、思わずフェルは声を上げた。

「警視庁に、私の弟子だった土屋《つちや》という男がいる。重五郎とも何度も一緒に稽古《けいこ》で汗を流した仲だ。その彼から連絡があった。間違いないそうだ」

「どうして……」

「座毛崎で自警団を結成している連中が、不遜《ふそん》なる華丹人を制裁したとして警察署に届けた二遺体のうちの一体が重五郎だったそうだ」

「二遺体？」

「もう一体は、女性だそうだ」

「まさか……」

フェルの頭にナオミの顔が思い浮かぶ。

「いや、ナオミくんではない。五十過ぎの御婦人だそうだ」

「お夕さんだということ？」

苦しげに呻きながら、八十吉が頭を左右に振る。

「まだわからぬが、おそらくは……。遺体を運ぶ手段がないため、亡骸《なきがら》は向こうで荼毘《だび》に付されたそうです。座毛崎駅への鉄道が復旧次第、お骨と遺品を受け取りに行かないと……」

フェルはもう何も声が出て来なかった。

重五郎とお夕が会えていたのだとすると、ナオミと林田はどこに行ってしまったのだ。

「ここだけの話だが……」

八十吉が身を乗り出して言う。

「憲兵隊が、社会主義者の身柄を拘束しているという噂がある」

「それは、警察から……？」

八十吉が頷《うなず》く。

「ご存じないかもしれないが、警察を所管している内務省と、陸軍省とは犬猿の仲だ。勘助……林田らを担当していた特高の刑事が、震災のどさくさで憲兵に出し抜かれたと地団駄を踏んでいたらしい」

「だとすると、林田くんは……」

「新御所の大手門前にある憲兵司令部に拘束されている可能性がある。ナオミくんが勘助……林田と一緒にいたのなら、もしかすると……」

八十吉が言い終わらないうちに、フェルは立ち上がった。

「逓信《ていしん》大臣に電話して、陸軍省に問い合わせてみるわ」

「その経路では、おそらく相手にされませんぞ」

「それなら、本社に連絡して、新世界大陸政府から……」

「国際問題にするおつもりか」

「だったら、どうしろというの！」

フェルは思わず声を荒らげた。

「……冷静におなりなさい。まだそうと決まったわけではない。私も土屋くんを通じて、内務省から問い合わせをするよう、働きかけてみる。ナオミくんがフェル電器産業の御令嬢だと知れれば、憲兵隊もおいそれと手は出せまい。とにかく行動を起こすだけで抑止力にはなるでしょう」

「ナオミ……」

力が抜けたように、どさりとソファに腰を下ろし、フェルは顔を覆《おお》う。

一度ならず、二度までもナオミを失うことになるのか――。

己の無力さに、フェルはもはや、何を呪《のろ》ったらよいのかもわからなくなっていた。


「内務省が嗅《か》ぎ付けたようです。報道機関にも情報を流しているらしく……」

まずいことになったな。

憲兵司令部庁舎の自室の窓際に立ち、コーヒーを啜《すす》りながら、遊佐泰三は案外冷静にそう考えていた。

丸い眼鏡越しに見る司令部庁舎の敷地内は避難民で溢れている。まさか庁舎内でこのような不法が行われているとは、誰も思うまい。

「間違いないのか」

「はい、おそらくは……」

取り調べを任せていた部下が、困惑したように答える。

林田の拘束は、遊佐以下、私服着用の上、人気《ひとけ》のない場所を選んで実行に及んだが、どうやら誰かに見られていたらしい。

「そもそも何故に、フェル電器産業の御令嬢が、林田のような破落戸《ごろつき》と一緒にいるのだ」

「わかりませんが、どうやら座毛崎に住んでいた林田の母親の絡《から》みらしく……」

林田の拘束と暗殺は、上滬《じょうこ》市であった国際共産主義者同盟の大会から林田が帰国した直後から秘密裡に命じられていたことだが、最後の最後で、このような事態になるとは思わなかった。場合によっては、己がスケープゴートになるしかあるまい。陸軍省からの指令ではなく、己の正義感による独断で行ったことだと。

「君は腹を括《くく》れるか」

遊佐が独《ひと》り言《ご》つような口調で問うと、傍らに立っていた部下は緊張した面持ちで唾《つば》を飲み込み、敬礼をした。そのひと言で、遊佐の考えを察したのだろう。

机の上に置かれた箱から、紙巻き煙草を一本、つまみ上げると、遊佐は燐寸《マッチ》を擦ってそれに火を点け、ゆっくりと紫煙をくゆらせた。

天井に向かって漂うように昇っていく煙を見ながら、遊佐は座毛崎で内偵を続けていた時のことを思い出す。

一度、座毛崎の港で林田に声を掛けたことがあった。

普通ならあり得ないことだが、『猩々』に書かれた林田の論文などを読み、少々、本人の人となりに興味があった。

計算違いだったのは、通りすがりに煙草の火を借りるふりをしたものが、すぐに怪しまれ、警戒されてしまったことだ。さすがに特高の尾行を受けていただけあり、林田は勘が働くようだった。

詳しいことは遊佐も知らされていなかったが、林田には、他の主義者たちとは違う、何か特別な事情があるらしい。

林田の父親は日向丈一郎といい、華丹戦役に於《お》いて軍事探偵として幡子《まんじ》半島の奥地に潜入していたことがある。表向きは軍籍ではなく、そのこと自体が機密なのだが、丈一郎と一緒に諜報活動をしていた仲間たちは全員が幡子で戦死していた。これも建前では戦死ではなく行方不明ということになっている。

遊佐はこれに関して陸軍省に資料を請求したが、直接、命令を受けている遊佐でも、何があったのか知ることはできなかった。

日向丈一郎は、いろいろと言い含められた上で軍事探偵としての任務を解かれたが、日下國への帰国後、エドガー・ポートマンなる人物が、座毛崎で発行されていた外国語新聞で華丹戦役での虐殺事件《マサカ》を記事にしたため、少し事情が変わった。

新聞は発行される前に押収され、巷に出回ることはなかったが、漏洩《ろうえい》を恐れた陸軍上層部は、この記事を書いたポートマンの暗殺を画策した。ところがポートマンは、いち早く身の危険を察して帰国してしまい、日向丈一郎も新世界大陸に渡ったきり、消息不明となってしまった。

そして日向丈一郎は、彼の地で殺人罪などで逮捕され、死刑に処された。

一方、丈一郎の息子である林田馨こと日向勘助の方は、華丹戦役で父親の身に起こった事件を調べており、先のポートマンが書いた記事や、その他の資料を手に入れていた。ここで警視庁が林田を逮捕したのは勇み足だった。林田が摑《つか》んでいるだろうと思われた、陸軍の「恥部」について知ろうとしたのだ。

警視庁を所管する内務省と、陸軍省とは犬猿の仲である。その陸軍省の弱味と思われるものを警視庁が知りたがるのは当然だろう。

だが、警察は林田が集めた資料や写真、彼が持っていた日向丈一郎からの手紙などを押収するに留まった。その段階では、厳しく取り調べても林田は何も知らなかったからだ。

その後、林田は別件で投獄されることになったが、服役後、華丹の上滬市で開催された国際共産主義者同盟の大会に、どういうわけか日下代表として参加している。

林田が上滬市に向かった本当の理由は、大会への参加ではなく、『日華貿易商会』という、日向丈一郎が所属していた貿易会社について調べるためだと考えられた。実際、林田は現地で貿易商会の入っていたビルに赴いており、軍が隠そうとしている「何か」を摑んできている可能性は高い。

こういう考え方は不埒《ふらち》ではあったが、大震災があったのは、軍部や遊佐にとっては僥《ぎょう》倖《こう》だった。

常に林田には特高の尾行刑事が付き纏っており、林田の身柄をこっそりと拘束するには、その目を盗む必要があった。

林田は特高を撒《ま》くのが上手《うま》かったが、それがいつ起こるのかはわからない。大人の男を一人拘束するには、抵抗されることを考えると、最低でも数人は必要だ。加えて、昼日中の往来などでそれを行うことも難しい。震災は、それらの懸念を一気に取り払ってくれた。

林田の身柄を拘束したという件は、すでに上層部には報告済みだった。

一応、父親の丈一郎について、どの程度まで知っているのか、知っているとして、誰かにそれを話しているかについて取り調べを行っているが、最終的には殺すように指示が下されている。もちろん秘密裏に、軍が関わっているとは知られないようにだ。

「ひと先《ま》ず、私も会ってみよう」

遊佐は煙草を灰皿で揉《も》み消す。

林田の連れ去りに目撃者がいてはまずいので、一緒にいた娘も拘束したが、まさかそんな面倒な相手だとは思っていなかった。林田の母親であるお夕こと林夕が経営していた汁粉屋で、外国人らしき娘が働いているという情報は得ていたが、どうせ女好きの林田が、座毛崎付近で暮らす外国人の娘でも引っ掛けたのだろうと考えていた。

迂闊《うかつ》だった。こういうところは、さすがに特高とは違い、尾行や内偵を専門にしているわけではないこちらは脇が甘かった。

フェル電器産業は、天府や座毛崎、または上方などを初めとする、日下國の殆《ほとん》どの電力事業を牛耳っている。その娘を憲兵隊が不法に拘束したことが明らかになれば、事は軍部や日下政府の内々では済まなくなる。

可哀そうだが、こちらも秘かに殺すしかないな。

九月にしては冷たく感じられる廊下を歩きながら、遊佐は溜息をつく。

先ほど、部下に「腹を括れるか」と問うたのは、これが発覚した場合、遊佐とその部下たちの独断専行で行ったということにして、軍に責任が及ばぬようにしなければならぬということだ。

女子供を手に掛けるのは気が進まないが、それだけに部下にやらせるわけにもいかない。

遊佐は二階にある部屋のドアをノックすると、それを開いた。

中は何の変哲もない応接室である。広い部屋の真ん中に、舶来のソファが向かい合わせに置いてあった。

その手前側に座っていた部下の曹長が立ち上がり、遊佐に向かって敬礼してくる。

「ご苦労」

遊佐はそう返事をし、部屋の奥のソファを見た。

その娘は、三人掛けのソファの中央に、行儀良く座っていた。

薄汚れてはいるが、仕立ての良いモスグリーンのワンピースに黒いタイツを穿《は》き、髪はリボンで結んである。

顔立ちや、その佇《たたず》まいから、育ちの良さが感じられた。膝の上に両手を添えて不安げに体を縮こまらせている。

金髪に青い瞳。年齢は十七か十八か、その辺りだろう。

名前は確か、ナオミ・フェルといったか。

「腹は減っていないか？」

立ち上がった曹長の代わりに、遊佐はテーブルを挟んだ向かい側のソファに腰掛けた。

怯《おび》えさせないよう、できるだけ紳士的な口調で話し掛ける。

ナオミは口も開かず、首を縦横に振ろうともしない。

「君、特別高等室に紅茶があるから持ってきてくれ」

傍らにいる曹長に、遊佐は声を掛ける。

「いりません」

そこでやっとナオミが口を開いた。

「強情な娘でしてね。先ほどからずっとこの調子です」

曹長が困ったような口調で言う。

「私も林田さんも、何も悪いことはしていません。早く帰してください」

それには答えず、遊佐は質問を浴びせた。

「……君はフェル電器産業社主の御令嬢だそうだね」

「そうです。お母様も今、私の消息を探している筈《はず》です」

「だろうね。逓信省と内務省から、陸軍省に問い合わせがあったそうだ。大変なことになったと慌《あわ》てていたよ。私もずいぶん怒られた。林田と一緒に君を拘束したのは、まったくのミスだった。何故《なにゆえ》に資本家のお嬢様が、林田のような男と一緒にいたのかな」

ナオミは無言を返す。

「だんまりか」

遊佐は苦笑いを浮かべた。

「君だけなら、家に帰してあげてもいい」

そんなつもりはなかったが、鎌《かま》をかけるつもりで遊佐は言った。

だが、この娘の表情には何も迷いのようなものは見られなかった。

「君が林田の母親が経営していた汁粉屋で働いていたことは知っている。何か聞いているかね？　林田か、その母親から」

「何かって、何をですか」

唇を噛むようにしながら、ナオミが答えた。

そんなものは遊佐だって知らない。送られてきた資料にも、肝心なことは書いていなかった。遊佐自身が、興味があったのだ。

「何も知らないなら、いいんだ」

とぼけているのか、それとも本当に何も知らないのかは、半分半分だなと思った。

林田の方は、だいぶ痛めつけているが、この娘にあまり痛い思いをさせるのは可哀そうに思えた。

傍らにいる曹長と、遊佐は目を合わせる。

曹長は少し視線を逸《そ》らした。遊佐から、この少女の始末を言い付けられるのを嫌がっているのだろう。気持ちはわかる。

指先でゆっくりと顎を掻《か》きながら、遊佐はどうするべきか考えた。

ナオミはソファに座っているだけで、手足は拘束していない。

殴り殺したり剣で突いたりしたのでは、こちらの後味が悪い。大きな音は立てたくないから、拳銃で撃ち殺すのも駄目だ。騙《だま》して砒《ひ》素《そ》などを飲ませるのも難儀そうだ。するとやはり扼殺《やくさつ》か絞殺しかないか。

遊佐はナオミの白い首筋を見る。後ろから裸絞めにしたら、簡単に折れそうなくらい、華奢な首だった。

「私がやる。終わったら呼ぶから、君は出て行ってくれ」

そう遊佐が言うと、傍らに立っていた曹長はほっとした様子で頭を下げ、部屋から出て行った。

そして遊佐は、このナオミという娘と部屋の中で二人きりになった。

「昨夜はよく眠れたかな？」

椅子《いす》から立ち上がり、部屋の中をうろうろと歩き回るようなふりをしながら、遊佐はナオミに言葉を掛ける。

やはりナオミは答えない。林田と別々に庁舎に連れ込み、この部屋に閉じ込めてから、ずっと監視をつけているから、ろくに眠れていない筈だ。

「もう少しだけ我慢すれば、ゆっくり眠らせてあげよう」

もちろん、永遠にという意味だ。

さりげない様子を装《よそお》って、遊佐はナオミが座っているソファの背後に回った。

「君はすっかり林田に感化されているのかな」

油断しているのか、ナオミは遊佐の方を見ようともしない。

「社会主義運動に身を投じる者の中には、君のような資本家の子や、素封家の跡取りなどが意外と少なくない」

遊佐はナオミの背後で足を止めた。頭の高い位置で髪を纏《まと》めているため、その白い項《うなじ》が目に入る。

「苦労知らずな分、夢見がちな理想に簡単に転んでしまうんだろうな。そしていずれ、それを大きく後悔する日がくる」

「私は、林田さんと出会えて良かったと思っています」

振り向きもせず、ナオミは言った。

「以前の私だったら、この状況には、怖くて不安で泣きじゃくっていたと思いますが、今は不思議と落ち着いています。きっと近くに林田さんがいるからです」

「君の母親は、新世界大陸に本拠を持つ大企業の資本家じゃないか。矛盾しているね。君は母親とも闘うつもりかい？」

「母のことは尊敬しています。それとこれとは別です」

「都合の良い話だ」

遊佐は深呼吸をする。何だかんだ言っても、やはり手を下す遊佐の方も緊張した。

後ろから、一気に抱きつくように遊佐はナオミの首に腕を回す。

そして右腕の前腕部をナオミの喉に強く押し当て、自分の体の方に引き込んだ。ナオミの足が床から浮き、黒いタイツを穿いた脚をばたつかせる。

声も出せず、ナオミはきつく瞼《まぶた》を閉じながら、首に回されている遊佐の制服の袖を激しく爪で引っ掻いた。

だが、あまりにもナオミは非力だった。一分ばかり絞め続けると、やがて力尽きたのか脚の動きは止まり、搔《か》き毟《むし》っていた手も力が抜けてだらりと垂れ下がった。

そのまま念を入れてもう一分ほど絞め続け、ナオミが一切の動きを止めたのを確認し、遊佐は腕を離した。

ナオミが座っているソファの正面に戻って腰掛け、ポケットからハンカチーフを取り出すと、遊佐は眼鏡を外し、額と顔に浮かんだ汗を拭《ぬぐ》った。

部屋の外で待たせている曹長を呼ぶ前に、遊佐は深呼吸をしてナオミの姿を見つめる。青い瞳をかっと見開き、舌を出したまま、ナオミは脱力して床に視線を向けている。失禁などはしていないようだ。

可哀そうなことをした。遊佐は少しだけ胸を痛め、せめてと思い、立ち上がるとナオミの瞼を閉じてやった。

「終わったぞ。入れ」

部屋のドアの向こうに声を掛けると、先ほどの曹長が再び中に入ってきた。

ソファに座ったまま、ぴくりとも動かなくなっているナオミの姿を見て、微かに頭を横に振る。

「身に着けているものは、全部脱がして焼却してしまってくれ」

ハンカチーフで手を拭いながら遊佐は言う。

「死体の方は？」

「処分の仕方は後で考えよう。貴様、変な真似はするなよ」

裸にした死体に、何か悪戯《いたずら》などはするなという意味だった。

「わかっております」

返事をする曹長のその声音には暗い響きがあり、目元には涙すら浮かべているようだった。ずっとナオミを監視させていたから情が移り、死体に成り果てた姿を見て、切ない気持ちに駆られているのかもしれない。これなら妙な気は起こさないだろう。

遊佐は、軽く曹長の肩を叩くと、そのまま部屋を出た。

やはり女子供を殺すのは後味が悪い。この鬱憤《うっぷん》は、あの林田とかいう破落戸にぶつけるしかない。林田がナオミを連れ回していなければ、こちらも罪もない少女を殺害するような嫌な真似はしなくて済んだのだ。

林田を監禁しているのは、同じ二階にある憲兵隊長室だった。

ドアをノックすると、内側から鍵を外す音がした。

中に入ると、こちらはナオミを拘束していた部屋の倍くらいの広さがあった。監視している部下も常に三人ずつで交替させている。ナオミの部屋にあったような、座り心地の良いソファもない。

ナオミとは違い、林田は後ろ手に縛られ、脚も束ねて、膝と足首のところでしっかりと細紐《ほそひも》で縛り付けられ、床に転がされていた。足先は、血が巡らずにすっかり鬱血している。暴れて抵抗しようとするのを何度も殴ったため、瞼は腫《は》れて膨れ上がり、青黒く変色している。

部屋の隅にあるテーブルの上には、気付けのブランデーの瓶があった。

遊佐は、そこに置いてあったショットグラスに少量のブランデーを注いだ。

「君たちから見たら、我々はきっとくだらない人間に映るんだろうな」

林田は、床に転がったまま答えようとしない。

傍らに立つ部下に、遊佐はブランデーを林田に飲ませるように促す。

「君たちは混乱を喜んでいるんだろう？　そして、より一層の混乱を望んでいる」

部下が林田の傍らにしゃがみ、その口にブランデーを含ませようとした。

林田はそれを、血の混じった唾と一緒に吐き出す。

「悪いが、この酒は不味《まず》くて僕の口には合わない」

「それはお生憎様だったな。ルテティア産の高級ブランデーなんだがね」

テーブルの上にもう一つあるグラスにブランデーを注ぎ、遊佐はそれを一気に呷《あお》る。

ナオミを手に掛けたことで、胸がむかむかしていた。

「君は物書きだそうだね。今度の震災による混乱を題材にして原稿を書けば、よく売れて儲かるだろう」

「ああ、そうだな。この僕や仲間たちが政府要人の暗殺でも企んでいると思ったかい？　それとも混乱している市民を煽動《せんどう》して打ち壊しや政府転覆を狙《ねら》っているとでも？　特高の連中もそうだが、君たち憲兵諸君の間抜けっぷりも、抱腹絶倒の面白記事になりそうだ」

「何だと」

部屋にいる部下のうちの一人が色めき立ち、靴の爪先で強く林田の横腹を蹴り上げる。林田は小さく呻いただけだった。もう散々やられており、痛みも感じなくなってきているのだろう。

「いちいち腹を立てるな」

尚《なお》も林田を蹴り上げようとする部下に向かって、うんざりした気分で遊佐は言う。

「実際問題、拍子抜けだよ」

訥々《とつとつ》とした口調で、遊佐は林田に向かって言う。

「君の他にも、何人か拘束して締め上げたが、まったくそのような企みは浮上してこない。この混乱に乗じようとは思わなかったのか？」

「人心の乱れに乗じて何かしようったって、本当の意味では人の心は摑めない」

「なるほど、理想主義者らしい答えだ。だがそれは、我々が君を拘束した理由の建前に過ぎない」

「どういうことだ」

「無論、君の父上である日向丈一郎の一件だよ。華丹戦役であったことを、どうやら陸軍上層部は、どうしても世間に知られたくないらしい」

自分で言いながらも、どうも遊佐はそのことが引っ掛かった。

華丹戦役に軍事探偵として潜入し、丈一郎を除く全員が戦死に至った事件。軍が「恥部」と認識し、華丹幡子での虐殺事件に発展したという、その隠されている事実が何なのか、知りたいという衝動に遊佐は駆られていた。この世には知りすぎない方が良いことがいくらでもあると、わかってはいたが。

「まあ、どちらにせよ、君が上滬から帰国して以来、私はずっとこうして君の身柄を特高の連中に知られぬように拘束する機会を狙っていた」

「上滬には何もなかった。僕が知りたかったようなものは、何も……」

林田のその言葉に嘘はないだろうと、遊佐は直感した。

だが、だからといって解放するわけにはいかない。

その時、部屋をノックする音がした。

遊佐が目で促し、部下が鍵を外してドアを開く。

するとそこには、先ほどナオミの部屋にいた曹長が立っていた。

「済んだのか」

曹長の様子は少しおかしかった。

青ざめており、何やらそわそわとしている。

「それが……」

「何だ、どうした」

尋常ではない様子に、遊佐は立ち上がる。

ドアのところまで行き、曹長と一緒に薄暗い廊下へ出た。

「……何か問題でもあったのか」

そして小声で問うた。

「あのナオミという娘、人間ではありません」

「は？」

遊佐は耳を疑った。そして思わず裏返った声が出る。

「貴様、何を言っているんだ」

だが、曹長は、困惑しながらも、しっかりとした声で言った。

「……あれは機械仕掛けの人形です」

後編

方宜《ほうぎ》八（一九二八）年、如洲《にょしゅう》・新天《しんてん》特別市

1

「それでは行ってきます」

弁当のお重を包んだ風呂敷《ふろしき》を手に、川越鈴子《かわごえすずこ》は長屋造りの社宅を出た。

表に出ると、空は薄暗く曇っていた。寒さで吐く息が白く染まる。

思わず鈴子は、先月の給金で買ったばかりのシューバの襟を搔《か》き合わせた。冬用の毛皮のコートだ。

撮影所の編集室の見習い技師から編集助手に昇進して、少しだけ給金が上がり、たまには自分の欲しいものを買ったらと母に勧められて手に入れた。本当は狐《フォックス》毛皮が欲しかったが、高価で手が出なかった。そこで安い兎《うさぎ》皮を縫い合わせたものを選んだのだが、鈴子はこの茶色いシューバをとても気に入っている。

これでも、如洲では暖かくなってきた方だった。如洲電影協会の撮影所がある新天特別市郊外の北部は、厳冬期には零下二十度まで下がる。

周辺に建つ社宅からは、鈴子と同じ如洲電影で働く職員たちが、三々五々、「撮影所通り」と誰かが名付けた道に出てきていた。何もないところに作った道路だから、道幅は十間ほどあり、無駄に広かった。

朝のこんな光景は、以前には見られなかった。

如洲電影に理事長として赴任してきた遊佐泰三《ゆさやすみ》という人は、いかにも憲兵出身らしく、物事に厳格だった。

赴任早々、最初に彼が如洲電影の職員たちに下したのは、毎朝、同じ時間に遅刻せずに出社するようにという指示だった。映画に関わる人たちは、軍人出身の遊佐の目には、いかにもだらしなく見えるらしい。

欠伸《あくび》を堪《こら》えながら顔見知りの職員たちと挨拶《あいさつ》を交わし、鈴子は撮影所までの二十分ほどの道のりを歩いて行く。

撮影所通りの周囲には田畑もなく、ただ枯れた草の生える不毛の荒野が広がっているだけだ。

道の先のずっと向こうに、高い塀に囲まれた巨大な如洲電影の撮影所の建物が見えた。大きさを比較するものが山くらいしかないので、遠目に見ると、その建物群は実際以上に大きく見えた。

いずれ撮影所に隣接して大規模なコンクリート造の社宅を建設し、如洲電影の職員たちは全員、そこに入る予定になっていた。だが、今のところ職員の多くは新天特別市から通勤してくるか、鉄道駅近くに借り上げられた社宅を住まいにしていた。

「あっ、桜香《おうか》さん」

長袖の旗袍《チーパオ》に洋靴を履き、赤い和傘を差してちょこちょこと歩いて行く張《ちょう》桜香の後ろ姿を見つけ、思わず鈴子はそう声を掛けた。

「あら、鈴子さん、おはようございます」

足を止めて振り向き、桜香が鈴子の姿を見てにっこりと微笑《ほほえ》む。

鈴子も足を止め、思わず、ぼうっとした気持ちで桜香の姿を見た。

瑪瑙《めのう》のような深い緑色をした瞳《ひとみ》、白磁のような色合いの透き通った肌。長い黒髪は後頭部でざっくりと纏《まと》められ、リボンが飾られている。

思わず鈴子は恥ずかしくなって俯《うつむ》いた。桜香は自分と同じ十九歳だと聞いていたが、女優というのは自分とは違う人種のように思えた。

桜香は細身で背も高かった。一方の鈴子は、眼鏡にお下げ髪でずんぐりむっくりした体形をしており、シューバの下は母からのお下がりである洗い晒《ざら》しの着物に兵児帯《へこおび》を締めていた。そんな垢抜《あかぬ》けない自分とは、比べるべくもない。

「わあ、今日も大きなお弁当ですね」

鈴子が手に提げているお重を見て、桜香が朗らかな声を上げる。

「おかずは芋の煮っ転がしばかりです。あとはコーリャン飯のおにぎりと……」

「また編集室に遊びに行ってもいいですか」

「いいですけど……」

「スタジオは雰囲気が何だか張り詰めていて息苦しくて」

「そんなこと言って、こっそり撮影を抜け出したりしたら、また監督や技師さんたちに怒られますよ」

桜香の目当てはわかっていた。鈴子と一緒に編集室で働いている、大友快人《おおともかいと》という若い編集技師補の男性だ。

スタジオや楽屋以外の場所を殆《ほとん》ど出歩くことのない女優さんが、同じく編集室から殆ど出ることのないフィルムの編集者と、どうやって知り合ったのかはわからないが、このところ桜香は、暇を見つけると足繁《あししげ》く編集室に顔を出し、よく快人とひそひそ話などをしている。

桜香が快人に惹《ひ》かれる気持ちは、鈴子にはよくわかる。快人は俳優さんかと思うほど整った顔立ちをしていて、仕事もできて真面目《まじめ》だった。そしてとても優しい。飲み込みの悪い鈴子に、足踏み式のフィルム接合機《スプライサー》や、閲覧用のムヴィオラの使い方のコツなどを、嫌な顔一つせずに根気よく教えてくれたのも快人だった。実を言うと、鈴子は仄かに快人への恋心を抱いていたが、相手が桜香ではとても敵《かな》わないと思い、諦《あきら》めることにした。

桜香は、鈴子とその母が住む社宅の、隣の部屋に一人で暮らしていた。

如洲電影では、監督や技師だけでなく、俳優たちも全員が社員だった。無論、日下人《くさか》もいれば華丹人《カタイ》もいる。

新進女優の桜香は、つい先頃、デビュー作で演じた「小英《しょうえい》」という役が大当たりで、如洲電影では期待の新星と言われていた。

お隣さんの誼《よし》みなのか、それとも年齢が近かったからか、桜香は鈴子とも仲良くしてくれる。

桜香が引っ越してくる少し前、鈴子がムヴィオラで見たポジフィルムの中の桜香は、美人だが冷たそうな人だというのが最初の印象だった。

女優さんの中には、会社の幹部や監督や、他の俳優さんたちには愛想が良いけれど、鈴子のような技師たち相手には挨拶も返さないようなお高く止まった人もいる。だが、殆ど身ひとつで、家具らしきものは長須鯨《ながすくじら》の絵が入った腰掛けの如《ごと》きものだけを大事そうに抱えて隣に引っ越してきた桜香は、その容姿から受ける印象とは裏腹に、とても人当たりが好《よ》かった。

「桜香さん、寒くないんですか？」

鈴子の方はシューバを着ていても身震いするほどだというのに、桜香は薄着なのに、ちっとも寒さがこたえている様子がない。

「鍛えているから大丈夫です！」

そう言って桜香は、戯《ふざ》けて力こぶを作り、白い歯を見せて笑ってみせた。

「こう見えても私、馬離衝《バリツ》の黒帯なんですよ」

「へえー、そうなんですか。すごいですね」

桜香の頓珍漢《とんちんかん》な受け答えに、思わず鈴子は顔を綻《ほころ》ばせる。

ラジオでの歌声や、銀幕越しにしか桜香を見たことがない人は、あまりに雰囲気が違い過ぎて、むしろがっかりするかもしれない。

二人並んでお喋《しゃべ》りしながら、鈴子は桜香と一緒に撮影所へと出勤した。

ところで、「張桜香」というのは芸名である。

これは如洲電影の職員なら誰でも知っていることだが、華丹人への啓蒙《けいもう》のために、華丹語も日下語も、また噂《うわさ》では新世界大陸《ムンドゥス・ノーヴス》の言葉にも堪能《たんのう》だという彼女を、華丹人として売り出すという如洲電影の方針に従って付けられたものだった。

桜香の本当の名前は、轟《とどろき》伊武という。

それを聞いた時は、まるで軍艦のような勇ましい名前だと鈴子は感じ、思わず可笑《おか》しくなってしまったが、聞けば本国でも名の通った轟工務店の社主の御令嬢らしく、ほんの数か月前に如洲に移り住んだばかりの、生粋の日下人らしい。

「また、見ていますね」

如洲電影撮影所の門の前に着くと、桜香がそっと鈴子に耳打ちしてきた。

鈴子は頷《うなず》いて、そちらに目を向ける。

しかつめらしい協和服に身を包み、撮影所本館のバルコニーに立って、じっと丸眼鏡越しに門を見下ろしている男がいた。

如洲電影協会の理事長である遊佐泰三である。

遊佐は新天特別市にあるクサカホテルの一室を住まいにしており、毎朝、運転手付きの自動車で、誰よりも早く撮影所に出勤してくる。そして遅刻してくる者がいないか、こうしてバルコニーで見張っていることが多かった。

そんな遊佐の姿を、鈴子は少し不気味に感じることがあった。編集室に勤務している鈴子は、理事長である遊佐と口を利《き》いたことは一度もない。鈴子がお使いで現像部と編集室の間を行き来している時に、廊下で擦れ違ったことは何度かあったが、いつもむっとした表情をしていて、笑っているところを見たことがなかった。

鈴子はよく知らないが、母の話によると、この遊佐という人は、十年ほど前に起こった天府《てんぷ》での大震災の際に、無政府主義者の林田馨《はやしだかおる》という人を攫《さら》って拷問《ごうもん》し、死に至らしめた殺人者だということだった。

　地方の出身である鈴子は大震災を経験しておらず、林田というのがどんな人物なのかも知らない。どうして人を殺して監獄に入っていたような人が、如洲電影の理事長に納まっているのかもわからなかった。赴任に当たっては、如洲電影で働いている多くの人の反発があった。映画に関わる技師たちの中には、林田と同じような社会主義者や労働運動出身の者も少なくなく、そういう人たちの間では、遊佐が起こした虐殺事件は有名なものだったらしい。

　門を通過する時、桜香は少しだけ足を止め、遊佐の立っている遠く離れたバルコニーの方を見つめた。

　その視線は鋭く、まるで睨《にら》みつけているかのように見えた。先ほどまでの朗らかな様子はなく、見たままの冷たい雰囲気が漂っている。

　そのためというわけではないだろうが、バルコニーに立っていた遊佐が、すっと背を向け、理事長室へと姿を消した。

「じゃあ、また後で」

　桜香の方も、それを見届けると、元のように朗らかな表情を浮かべ、編集室へと向かう鈴子とは別の、本日の撮影予定が書き出されているスタジオ前の黒板の方へと、いそいそと歩いて行った。

2

その一年ほど前——。

新天特別市の大街中央通りを、ゆっくりとした速度で走って行く、車体の長い一台の白いリムジンがあった。

度の強い、分厚い眼鏡を掛けたマルグリット・フェルは、結露して白く曇った窓を手の平で拭《ぬぐ》い、如洲國の首都の街並みを眺める。

上下水道や幹線道路、官庁街の建築物だけでなく、公園や緑地に至るまで計画的に整備された新天の街は、機能的な美しさに満ちていたが、どこか箱庭めいた印象をフェルに与えた。

道幅は二百メートル以上あり、通りというよりは、まるで広場のようだった。自動車だけでなく、馬車や人力車、徒歩で行き交う人たちでごった返しており、道の端には露店が並んでいる。西洋スーツ姿の白人も、和装の日下人も、人足姿や野良着姿の華丹人らしき者たちもいた。

あらゆる人種や階層の者がごった返している雑然とした様子は、かつて万博景気に沸いていた頃のゴダム市を思い出させた。あれはもう何十年前の出来事か。フェルの胸裡《きょうり》に隔世の気持ちが浮かんでくる。

やがてリムジンは、官庁街の一角にある「新天クサカホテル」の車回しに入った。

重厚な石造りの建物の入口には、現地に先乗りしていたフェル電器産業日下法人の社員たちが数名と、支配人らしき人物を含むホテルの従業員たちが十数名、待ち構えていた。

派手な出迎えは控えるようにと伝えておいたが、このくらいはまあ、仕方あるまい。

如洲國政府や南如洲鉄道の関係者との商談は明日からの予定だった。公費の投入を受けて如洲國の電力事業を担《にな》っている南如洲鉄道の電力部門を、民間企業であるフェル電器産業が買収する話である。

重化学工業の発展に伴い、如洲の電力事業は急速な規模拡大を迫られていた。だが、如洲に於《お》ける電力の年間供給量は需要の半分以下である四億キロワット時程度であり、火力発電に必要な石炭の採掘すらも間に合っていないような状況だった。

実質的に如洲國政府の管理下にある南如洲鉄道の電力部門は、採算は独立しているとはいえ、経営状態は完全な赤字であり、同社の経営の足枷《あしかせ》になっているといっても過言ではなかった。

誕生して間もない「如洲國」には、早急に片付けなければならない問題が山積みで、そのためには素早い電力供給基盤の整備が必須となっていたが、一方で資金面や技術面で足踏みせざるを得ないというジレンマに陥っている。

そこに、民間企業として電力事業の買収に動き出したのがフェル電器産業だった。

ビジネスとして見た場合、これはまったく無謀な企てだった。

まず第一に、フェル電器産業側には殆ど何のメリットもない。大量の資金を投入して事業を発展させても、如洲での電力事業は、結局は電業管理局の規制を受ける。借金の肩代わりをして面倒を見てやっても、いずれ事業が黒字に転じた時には、この小国家においしいところだけを持っていかれる可能性は捨て切れなかった。

メリットがあるとすれば、それは、「如洲國」で政治的に強い影響力を持つ足掛かりになるという点くらいだ。

だが、フェルが欲しかったのは、こんなちっぽけな国の、ちっぽけな利権ではない。

もっと大事なものだ。

震災の後、座毛崎《ざもうさき》に出掛けて行ったまま行方不明になっているナオミの居場所を探すこと、そして、その身柄を取り戻すことである。

ホテルの従業員によってリムジンのドアが開かれ、フェルは地面に足を下ろした。聞いていた通り、この時期の新天は凍えるような寒さだった。思わずフェルは身震いし、最高級の黒いミンクのコートの前を搔き合わせる。

車回し周辺の植え込みにある木々は、水滴が凍って樹氷と化しており、枝には細かな氷の花が満開に咲いているように見えた。これでも氷点下二十度に達する厳冬期に比べればましだというのだから恐れ入る。

「長旅で疲れているの。すぐ部屋に案内してくれるかしら」

歓迎の花束を渡しに来た支配人を適当にあしらい、フェルはそう言った。

リムジンに積まれた大量の荷物は、社員たちとベルボーイに任せ、フェルは支配人の案内で客室へと向かう。

なるべく目立ちたくなかった。このホテルは如洲電影の幹部たちも定宿にしているからだ。

理事長である遊佐泰三も、このクサカホテル住まいで、新天の北にある如洲電影撮影所に、毎日社用車で出勤していると聞いていた。なるべく顔を合わせたくない。

ナオミを助け出すのに必要なら、フェルは蚤《のみ》だらけの藁《わら》のベッドしかない貧民窟《ひんみんくつ》の安宿に泊まるのも躊躇《ちゅうちょ》しないが、フェルのような人物が、新天では最高級であるクサカホテルを避けて滞在するのは、却《かえ》って不自然だろう。

ナオミを誘拐した憎き宿敵と、同じホテル内で壁や床を隔てて寝起きするのは妙な気分だったが、仕方あるまい。

ホテルの玄関前は、ルテティア調の円柱に支えられた屋根に覆《おお》われていた。そこを通過してエントランスの広いホールに入ると、床は大理石が敷きつめられており、己の姿が鏡面のように映り込むほどに磨き上げられていた。天井には巨大なシャンデリアがぶら下がっている。

支配人に案内されるまま奥の方に行くと、エレベーターがあった。蛇腹状の扉を開き、支配人がフェルに乗るようにと促す。

昇降カゴに乗ると、続けて支配人も乗り込んできて、器用に操作盤を動かし始めた。外側と同じく蛇腹状になっている内扉を閉めると、ベルが大きく三回鳴り響き、エレベーターが上階に向かってゆっくりと動き出す。

客室は三階だと聞いていたが、エレベーターの動きはじれったいほど遅く、ひとつ上のフロアに行くまでに、一、二分はかかりそうな按配《あんばい》だった。この調子だと、荷物を運ぶベルボーイたちの方が先に客室まで到着しそうだ。

ふと、フェルの視線の高さに、上階の床が降りてきた。

格子《こうし》の向こう側に男物の革靴が見え、続けてズボンの裾《すそ》が、ベストで隠れた腰の辺りが見えてくる。

そしてフェルが乗っている昇降カゴの床と、二階の床の高さがぴったりと合った時、エレベーター前に立っているその男と視線が合った。

遊佐泰三だ。

実物を見るのは初めてだったが、新聞などに掲載されていたものや、独自に入手したいくつかの写真《しゃしん》で、その容姿は知っていた。

フェルが見た写真は、いずれも遊佐の憲兵時代のもので、軍服に身を包んでいるものばかりだった。

今、目の前にいる遊佐は、三つ揃《ぞろ》いのチャコールグレイのスーツに身を包んでおり、真っ赤なネクタイをしていた。手持ち無沙汰《ぶさた》な様子で紙巻き煙草《たばこ》をふかしている。

一見すると、草食動物のように温厚そうな容姿をしていた。その丸眼鏡の向こう側で、遊佐がこちらに一瞥《いちべつ》をくれる。顔には何の表情も浮かんでいない。

一方のフェルも無視を決め込み、昇降カゴの上にある階数を示す半円状の盤に目を向ける。フェル電器産業の社主が、このクサカホテルに宿泊することは遊佐も知っているかもしれないが、こちらの顔まで知っているとは限らない。かつて新世界大陸で発明王として名を馳《は》せたM・フェルが、女であるということすら知らない可能性もある。

やがてエレベーターは二階を通過し、徐々に遊佐の姿は足下へと消えて行った。

遊佐が定宿にしている部屋は二階にあり、外に出掛けるためにエレベーターを待っていたのだろう。

三階に到着すると、再びベルが三回鳴って昇降カゴが止まった。

そこに待っていたエレベーター係の従業員が蛇腹状の扉を開き、フェルは支配人とともに降りる。

金色の刺繡《ししゅう》糸で柄の入った臙脂《えんじ》色《いろ》のカーペットが敷き詰められた廊下の先を見ると、従業員たちがフェルの荷物を部屋に運び込んでいる最中だった。リムジンに積んできた大小のハットボックスや衣装ケースの他にも、予《あらかじ》め船便で送り届けておいた木箱入りの荷物などが、大量に廊下に並べられている。

「荷物を解くのはうちの社員にやらせるから、ホテルの従業員には不用意に触らせないで」

ひと通り荷物が運び込まれると、フェルは支配人にそう伝え、一人きりになって休みたいと告げて、他の者たちを部屋から追い出した。

スイートルームの広いリビングの中央にあるソファに腰を下ろし、フェルは深く背凭《せもた》れに体を預ける。

長旅だった。天府駅発の旅客列車に乗り、海峡を越える連絡船に乗り換えて、幡子《まんじ》半島の端にある太輪《たいりん》港に到着したのが昨日の朝。それからまた列車に乗り換え、数時間かけて新天特別市に辿《たど》り着いた。天府を出発してから、丸二日の旅程である。

当分の間、フェルはこの新天に滞在する予定だった。半年になるか、それとも一年になるか。

フェルは瞼《まぶた》を閉じる。年を取ったせいか、このところはずいぶんと疲れやすくなった。若い頃には、こんな自分の姿を想像することもなかった。伊武のように、いつまでも若いままでいられるような錯覚を持っていた。

瞼の裏で、遠く過ぎ去った日のことをフェルは思い出す。

「ママ、このお人形は？」

「そうね……あなたのお姉さんか、それとも妹になるか……」

まだ三つになったばかりの小さかったナオミを胸に抱き、フェルは一体の機巧人形《オートマタ》を見下ろしていた。

旧釘宮《くぎみや》邸の地下室で、その機巧人形は、見たところ生身の若い娘と寸分変わらぬ裸体を横たえている。今は両腕だけが肩から外され、別の台に置かれていた。

ゴダム市から持ち帰った、比嘉恵庵《ひがけいあん》の著した『其機巧巧之如何を了知するに能ず《そのきこうこうのいかんをりょうちするにあたわず》』の書物と、そして伊武の体を参考にして、フェルが一から製作した機巧人形だった。

フェルの設計と仕様を元に、伊武の体に使われている素材不明の部品や、再現不能と思われた部分まで、加納朔太郎《かのうさくたろう》が工夫に工夫を重ねて仕上げたものだった。

「お母さんにそっくりだろう」

台の傍らに座り、片目に嵌《は》め込んだ拡大鏡を調整しながら、機巧人形の肩口を覗《のぞ》き込んでいた加納が、作業をしていた手を止めて顔を上げ、フェルの腕の中に抱かれているナオミに笑いかける。

その機巧人形の意匠を、若き日のフェルに似せようと言い出したのは加納だった。

ナオミと同じく、この機巧人形も二人で作り出した娘も同然なのだから、フェルの姿に似ていた方がいいと言い出したのだ。

新世界大陸から持ってきた古いアルバムの写真を元に、加納は驚くべき器用さで、若き日のフェルとそっくりの、金髪碧眼《へきがん》の少女を再現した。

「ママと髪の毛の色が一緒ね」

胸に抱いたナオミが、手を伸ばしてフェルの髪に触れる。何だか羨《うらや》ましそうな口調だった。日下人である朔太郎との混血であるナオミは、濃い栗色の髪の毛に鳶色の瞳をしていた。

娘時代の自分がどう見られていたのかはわからないが、己の分身がそこに横たわっているのは、どうも妙な感じがした。

ナオミを片腕に抱いたまま、フェルは横たわっている機巧人形――まだ名前も考えていなかった――の頬に手を伸ばす。

まるで死体のように肌は冷たかった。フェルは機巧人形の髪を撫《な》でる。金色の髪は、数年に亘《わた》って集めたフェル自身の髪を植毛したものだった。

続けて、機巧人形の首筋から胸元にかけてフェルは手で撫でていく。自分の胸が膨らみ始めたのは、十三の時だったか、それとも十四か。この機巧人形は、見ようによってはハイティーンにもローティーンにも見える。

フェルがそんなふうにしている間も、加納は黙々と作業を続けていた。指先は殆ど動いているように見えないが、それは作業の内容があまりにも細かすぎるからだ。美しい手。釘宮久蔵《きゅうぞう》や田《た》坂甚内《さかじんない》も、きっと同じような手をしていたに違いない。みっしりと隙間《すきま》なく仕込まれたバネや撥条《ぜんまい》や歯車は、いつこの機巧人形が動き出してもおかしくないほどに作り込まれていた。

だが、動かなかった。

こんな経験は、フェルにとっては初めてのことではない。

かつて鉄道王ジェイソン・ゴーラムの豪邸に泊まり込み、『スリーパー』と呼ばれていた機巧人形の修繕に携わっていた時のことをフェルは思い出す。

あの時もまったく同じだった。あらゆる手を尽くし、もはや動かない理由が見つからぬほどに手を加えたが、それだけではスリーパーは動かなかった。

機巧人形が動くには、何かのきっかけが必要なのはわかっていた。動力という意味ではなく、人形の中に、何か魂のようなものが宿るか、入り込む瞬間があるのだ。だが、その魂らしきものの正体が何で、どういうきっかけで起こるのかは、フェルにはわからない。

その頃のフェルは、機巧人形の開発に少し身が入らなくなっていた。

理由は簡単だ。加納との間にナオミが生まれたからだった。

ナオミはフェルにとって、機巧人形よりも興味深く、謎《なぞ》めいていて、そして愛らしかった。自分がこのような気持ちに支配されるとは思ってもみなかった。

自らの手で、生きて動く機巧人形を誕生させようという、狂ったような欲求が、ナオミの成長とともに急速に萎《しぼ》んで行くのをフェルは自覚していた。そんな神のような技を追求するまでもなく、自分はあっさりと新しい命を手に入れてしまった。

それでもいいと思っていた。

――ナオミが死ぬまでは。

その時、部屋をノックする音が聞こえた。

フェルは、いつの間にか目元から流れ出していた涙を慌《あわ》てて拭うと、眼鏡を掛け直した。

そのままドアの方に向かって歩いて行き、覗き窓の蓋《ふた》を開く。

「何？」

ドアの向こう側の廊下には、ホテルの部屋付き執事《バトラー》が立っていた。

「フロントにお客様がお見えになっています。大友様と名乗っておられますが、お約束は？」

執事は華丹人のようだったが、流暢《りゅうちょう》な新世界大陸《ムンドゥス・ノーヴス》の言葉……MN語でフェルに言った。

「お通しして」

フェルは短く答える。

「かしこまりました」

執事がそう言ってドアの前から去って行く。

落ち着かない気持ちでフェルは部屋の中をうろうろと行き来しながら待った。

数分が経《た》ち、再び部屋のドアがノックされた。いそいそとフェルはドアを開く。そこには、黒いコートにトップハットを被り、丸眼鏡と嘴《くちばし》のような形をした黒い衛生マスクを付けた人物が立っていた。

「マルグリット・フェル女史ですね。お目に掛かれて光栄です」

「こちらこそ」

フェルは差し出された手を握り返す。

「このような格好で失礼。クサカホテルには如洲電影の幹部も出入りしていますからね。顔を見られてはいけないと思いまして」

大友磐夫《いわお》は部屋に入ってくると、頭の上に載せているトップハットを帽子掛けに掛け、顔の下半分を覆っているマスクを取った。

「大友磐夫です。よろしく」

息苦しかったのか、二、三度、深呼吸をしてから、大友は名乗った。丸顔の、人懐《ひとなつ》こそうな風貌《ふうぼう》の男だった。

「直接、お話をするのは初めてですな」

「そうね」

大友に座るよう勧めながら、フェルもテーブルを挟んでソファに腰掛けた。

「ずっと以前に、私が発行していた雑誌に広告を出していただいたことがありましたね」

フェルは頷く。『猩々《しょうじょう》』のことだ。林田馨との取り引きで、資金援助として通常より割高のお金を払い、その雑誌に広告を出したことがあった。

「猩々社では、お嬢様にも、一度、原稿を書いてもらったことがあります」

「ナオミに……？」

「林田を通じて、恋文の代筆の仕事を……。情感のある、とてもいい文章を書く子でした」

ナオミが、猩々社に出入りしていたのは知らなかった。

そういえばあの子は、詩や小説を書く仕事に就きたいという夢を持っていた。

「……ありがとう」

不思議と、そんな言葉が出た。ナオミのことを誉《ほ》めてくれたことが、素直に嬉《うれ》しかった。

「そのナオミさんの件ですが……順を追って話した方が良さそうですな」

咳払《せきばら》いをして大友が言う。

「大友さんは、今は如洲電影で働いてらっしゃるのよね？」

「そうです」

大友が頷く。

「大震災後に猩々社は倒産し、私も食い詰めましてね。知り合いに映画会社を紹介してもらい、脚本を書いて何とか糊口を凌《しの》いでいました」

「それから如洲電影に？」

「ええ。如洲電影が設立される時に、やはり知り合いに誘われて、こちらに移り住みました。給料も良かったですしね。意外に思うかもしれませんが、如洲電影には活動家崩れが多いんですよ。活動家から活動屋へ……というわけです」

半ば自嘲《じちょう》気味に大友が言う。すると、遊佐が如洲電影の理事長になる以前から、大友はこちらに来ていたということだ。

「今は如洲電影の脚本部に勤めています。ちなみに快人も編集室で働いていますよ。こちらは私が誘って如洲に連れてきたんですが……」

「快人って誰？」

「息子ですよ、林田の」

そういえば、すっかり忘れていたが、あの男は妻子持ちだった。

「林田の嫁は、私の妹でしてね。だから今は、私の甥《おい》として快人も大友姓を名乗っています」

「そう……」

水を一杯飲みたかったが、そのためにホテルの従業員を呼ぶのも面倒だった。

「二人とも、遊佐が理事長をやっている会社で働いていて大丈夫なの」

「先に如洲電影で働いていたのはこっちの方です。知ったこっちゃありませんよ。それに快人には、当初から己の素性は隠すように言ってありました。如洲電影で働く者で、あの事件のことを知らない者はいませんが、快人が林田馨の息子だということを知っているのは私だけです。幸いでしたよ。まさか遊佐が如洲電影の理事長として協和会から赴任してくるとは思っていませんでしたから」

「遊佐や、如洲電影の幹部に、大友さんや、その……快人くん？　の素性を摑《つか》まれている可能性は？」

「知られていたとしても、遊佐は理由もなく私や快人を解雇することはできません。そんなことをしたら、撮影所中の猛反発を食らうことになる。さっきも言ったように、如洲電影には活動家崩れが多いんだ。もし知っていたとしても、知らないふりをしているしかないでしょうね、遊佐は」

その見通しは少し甘いのではないかとフェルは思ったが、口にはしないでおいた。

「まあ、私も快人もスタジオ内勤務ではないから、撮影所にいても遊佐と顔を合わすことは滅多にありませんが……」

そう言いながら、大友は持参してきた大きな鞄《かばん》を、床からテーブルの上に置き直した。

「これが、件《くだん》のフィルムです」

大友は鞄を開き、中から銀色のフィルム缶を取り出した。

「廃棄する筈《はず》だったポジフィルムを集め、編集室の他の職員たちの目を盗んで快人がラッシュ編集したものです。ここに映写機は？」

「ないわ」

必要なら取り寄せなければならない。

「最近は劇映画を撮ることが多くなったが、元々、如洲電影の仕事の半分以上はニュース映画と啓民映画です。中には没になったフィルムや、編集はしたが、どこか上の方で待ったのかかった映像もある。その中に……」

「林田くんの映像があるのね」

「ええ、それにナオミさんのも……」

テーブルの上に置かれたフィルム缶をフェルは見つめる。

ナオミが生きていることを信じて、ずっとその行方を捜し続けていたが、芳《かん》しい情報は得られずにいた。せめてナオミの部品の残骸《ざんがい》だけでも見つけられれば諦めもつくと思っていたが、そこに届いたのが、大友磐夫が如洲から送ってきた手紙だった。

「いつ、どこで撮影されたものかはわかりませんが、如洲國の周辺で、ここ数年の間に撮られたものである可能性が高い。いや……」

「何？」

首を捻《ひね》る大友に、フェルは問い掛ける。

「はっきりと言いましょう。このフィルムを如洲電影に持ち込んだのは、遊佐か、その周辺の人物です。やつらが協和会から持ってきたニュース映像の中に、これらの機密フィルムが紛れ込んでいた。連中が慌てて回収しに来た時には、すでに快人がこのラッシュを作製し、自宅に持ち帰った後だった。大部分は持って帰られましたが、やつらは未回収のフィルムがあることに気づいていません。何しろ映画に関しては素人ですからね」

となると、このフィルムを持ち出した快人や、フェルに見せようとしている大友は、かなり危ない橋を渡っていることになる。

「それで快人から私に相談がありました。どうも父の林田によく似た男の映像があると。それで私が確認したところ……」

「ナオミの姿も映っていたのね？」

大友が頷く。

「私がお嬢様と会ったのは一回きりだが、すぐにわかりました。実のところ遊佐が如洲電影の理事長になると知った時、私も辞表を出して日下國に帰るべきか、だいぶ悩んだのですよ。だが、友人の命を奪ったやつの顔を、直接この目で見てやろう、何か機会があれば、ひと泡吹かせてやろうと思って踏み止まりました。私や快人の身分が明らかになれば、首になる可能性もなくはない。だったら居座れるだけ居座ってやれってね。どうやら正解だったようだ」

口元に狡猾《こうかつ》な笑みを大友は浮かべた。温厚そうな男だと思っていたが、やはり過去に何度も逮捕されたり、猩々社のような会社を経営していただけあって、一筋縄で括《くく》れる男ではないようだ。

「林田とは義兄弟である前に、親友でした。やつが生きているのなら……いや、そうでないにしても、せめて遺髪か遺骨の一つも拾ってやりたい」

フェルは頷く。

「だが、私には資金も権力もない。だからあなたに協力を仰ごうと、手紙を書いたのです」

「私も、ナオミはどこかで生きていると信じているわ」

そして、やっと見つけた小さな手掛かりだった。

フェル電器産業日下法人の本社に、手紙と一緒に送られてきたのは、たった一齣《ひとこま》のポジフィルムだった。そこに映っていた、全裸で台の上に寝そべっている少女……ナオミの姿だけで、如洲國まで来る理由は十分だった。ナオミを助け出すためなら、如洲國政府や南如洲鉄道に影響力を持つために、電力事業の一つや二つ買収するのは、安い買い物だった。

「今日はこの辺にしておきましょう。そのフィルムは置いて行きます」

顔を隠すための衛生マスクを再び装着しながら、大友が言う。

「一つ忠告しておきますが、ご覧になるときはお覚悟を」

帽子掛けにぶら下がっているトップハットを頭に載せると、そう言い残して大友はスイートルームから出て行く。

大友が去ると、どっと体中から疲れが溢《あふ》れ出し、フェルは寝室に入って、ベッドの上に俯《うつぶ》せに倒れた。

とりあえず、映写機を取り寄せなければ。

そう思いながら、徐々に微睡《まどろ》んでいく。

フェルが大友と会ったのは、結局はそれが最初で最後になった。

3

心を閉ざしたいと考えても、それは叶《かな》わなかった。

ナオミは瞬きもせず、冷たい鉄製の作業台に横たわっている自分の体を、ただ見下ろしている。

両腕と両脚は胴体から切り離され、それぞれ別の台の上に置いてあった。胴体との間には、束になった鋼線や管などが数十本、垂れ下がっている。首と胴体の間も同様で、ナオミは少し高い場所に置かれた台から、己の体の惨状を眺めているような状況だった。

部屋には窓もなく、鉄製の扉が一つある他は、床も壁も天井も、灰色のコンクリート造だった。明かりは、何か所かにぶら下がっている白熱電球《マツダ・ランプ》だけである。

この場所に連れて来られてから、どれくらいの時間が経ったのか見当もつかない。

最初のうちは自分の体を調べられることに強く抵抗していたが、やがて諦めた。名前も知らぬ男たちに、表も裏もナオミの体は隅々まで調べ尽くされ、手垢が付けられている。

私はずっと、夢でも見ていたのではないだろうか。

時々、ナオミはそんなことを考える。

重五郎《しげごろう》の引く人力車に揺られて通った、天府高等女学校。

仲の良かった伊武との思い出。結局、自転車を貸してもらう約束は果たされなかった。

憧れの姫野《ひめの》画伯に会いに行った猫地蔵坂《ねこじぞうざか》ホテル。そこで出会った林田のこと。

初めて林田と一緒に入ったカフェーでの出来事。

母親のマルグリットに反発し、家出して働いていた、お夕《ゆう》さんの汁粉屋での充実した日々。重五郎は、無事にお夕さんを送り届けられたのだろうか。

座毛崎で会った、父の加納朔太郎のこと。お夕さんが大事にしていた銀無垢《ぎんむく》の懐中時計――。

断片的な思い出が、次から次へと頭の中を過《よ》ぎる。

それはナオミがこの場所に連れて来られてから、繰り返し繰り返し何万回も、いや、何十万回も反芻《はんすう》し続けている美しく楽しい記憶の数々だった。

林田さん。

ナオミはその中でも、特に大事にしている記憶を取り出す。かけがえのない初恋の思い出。

どうしているのだろう。憲兵司令部の建物に連行された日から、一度も会っていないけれど、今でもナオミは林田が生きているのではないかと微《かす》かに信じている。

それも比較的近い場所にいるのではないかと思っていた。何故そう思うのかはわからないが、自分がずっと意識を保ち続けている理由が、そこにあるのではないかと思うのだ。

そう、自分は一度、死んだ筈なのだ。

それなのに、今もこうやって自分の意識は、機巧人形の体の中に宿っている。これは何なのだろう。もしかすると自分は、『居眠り病《ナルコレプシー》』の最中にいて、ひどい悪夢に魘《うな》されているのではないか。そう思うこともあった。

作業台の上に横たえられている自分の体の正中線には大きな開腹の痕《あと》があり、乱雑にそれが縫われている。

例えば己の体が、堪えがたい恥辱に晒されている時も、ナオミはどこか他人事《ひとごと》のようにそれを感じ、眺めることができた。

自分の体が、このような金属を削り出した骨格や、鋼の束で作られた筋肉、バネや撥条や歯車などの集合体なわけがない。実際に分解され、腹を割かれた己の体の中身を見ることになっても、ずっとそう思っていた。自分の体の内側には血潮が流れており、腸《はらわた》が詰まっており、胸の奥では心臓が脈打っている。そうでないと考えたことすらないのに、ナオミの心と体は遠く乖離《かいり》してしまっていた。

私はいったい何なのだろう。

機巧に満ちた自分の体を見下ろしながら、冷めた気持ちでナオミは考える。もうずっと考えていて、答えの出ない問いだった。

自分はどうやら、人ではなかったらしいということは理解できる。では今、考えているナオミという自己はどこにいるのか。考えている何かがいる。でもその何かの正体がわからない。ただ、あるのだ。今ここに、考えている何かが。ナオミが。

そういえば、母が尊敬している釘宮久蔵という機巧師の作った人形に、己が機巧だということを忘れてしまった機巧人形《オートマタ》がいたという話を聞いたことがあった。その機巧人形は遊女に恋をし、身請けして助けようとし、そして最期《さいご》はその遊女に斬《き》り付けてしまったという。

ナオミの身に起こっていたのも、同じようなことだったのだろうか。

そんなことを考えている最中、不意に部屋の中に人が入ってくる気配があった。

再びナオミは心を閉ざす。ここに連れて来られてすぐの頃を除き、ナオミはもう誰とも口を利かず、指先ひとつ動かそうとしなかった。

ナオミの体をあれこれと調べている連中も、すでに機能は停止しているものと考えているようだった。ナオミ自身に見られているとも知らずに、こっそりとナオミの体にいやらしい真似《まね》をしている者も、一人や二人ではない。

それすらも悲しいと思わぬほどに、ナオミの心は冷めきっている。詩や小説の中に、恋への憧《あこが》れや将来の夢を見ていた頃の自分は、もうそこにはいなかった。

いっそ心など消えてなくなってしまえばいいのに。

再び、ナオミはそう思った。

4

「ごーかーてぃーに明かりをおーともっすフェル電器」

遊佐の要望に応えて、正面に座っている桜香が唄《うた》い出す。

確かにそれは、新天放送局による『如洲新歌曲』という午後のラジオ番組から聞こえてくる声と同じだった。

華丹人への啓蒙《けいもう》のため、最近、放送が始まったものだ。その番組冒頭で必ず唄われる、フェル電器産業の広告歌である。新天放送局は如洲の国営放送局だったが、娯楽番組に関しては、実験的に広告放送を取り入れていた。

「あの広告歌を唄っているのは君なのか」

部屋の真ん中にある椅子《いす》に腰掛け、瑪瑙を思わせる緑色の瞳でこちらをじっと見つめている娘に向かって、遊佐は理事長室の黒檀《こくたん》のデスク越しに声を掛けた。

「はい」

「三か国語とも、全部か」

「そうです」

『如洲新歌曲』では、主に日下國の童謡や民謡、新世界大陸《ムンドゥス・ノーヴス》の流行歌などを華丹語に訳して編曲したものを放送している。

桜香は、それら三か国の言葉に堪能な才媛《さいえん》で、歌が上手《うま》いだけでなく、たいへんな美女だという評判だった。

無論、ラジオ放送なので、それは噂に過ぎなかったが、実際に目の前にいる桜香は、これが本当に桜香本人であるなら、噂通りと言って差し支えない容姿だと言えた。

「君の評判は私も聞いている」

見たところ桜香は、二十歳そこそこの小娘といった感じだった。三か国語に通じているとは俄《にわか》には信じ難く、試しに遊佐は新世界大陸《ムンドゥス・ノーヴス》の言語……MN語で話し掛けてみることにした。

「お芝居や映画に興味があるのかい？　演技の経験は」

「短い映画には出演したことがあります。演技を習ったことはありませんが、歌は好きです。踊りはあまり得意ではありませんが……」

驚くほど流暢なMN語で桜香は受け答えする。

「どこでMN語を習った？」

今度はわざと華丹語で話し掛けてみた。

「少しの間、ゴダム市に住んでいたことがあるので、その時に覚えました」

「今、君が使っている華丹語はこちらに来てから？」

「はい」

遊佐は唸《うな》る。その受け答えも完璧《かんぺき》だった。

片言以上に華丹語を扱える日下人は少ない。その上、ＭＮ語も使えて、歌を唄うことができ、そして容姿も良く、若い。

新天放送局から売り込みがあった時は、会うのも面倒だと思っていたが、これはなるほど、遊佐が理事長を務める如洲電影協会にとっても、喉《のど》から手が出るほど欲しい逸材だった。

「君は日下人だそうだね」

「はい」

「すると、張桜香というのは芸名か」

「そうです」

「何故、華丹人のような名を？」

「新天放送局の偉い人から、そうするように言われました」

それで納得がいった。ラジオの放送局も考えることは同じだ。

啓民が目的だから、それを説くのは日下人よりも華丹人の方がいい。如洲電影でも日下語が堪能な華丹人女優を探していたが、遊佐の眼鏡に適《かな》う人材はなかなか現れなかった。美人であっても、言葉や歌が下手だったり、一方で日下語が堪能であっても、容姿がまずかったりと、必ずどこか気に入らないところがある。

この桜香ほどの人材なら、華丹人だと偽ってデビューさせても、それを疑う者はおるまい。

「本名は？」

「轟伊武です」

遊佐は、新天放送局から送られてきた資料に目を落とす。そこにも桜香の本名が書かれていた。

「ずいぶんと勇ましい名前だな」

「父が馬離衝師範なので」

「む……するともしや君は、轟八十吉《やそきち》氏のご息女か？」

「はい」

桜香が……いや、伊武が笑顔で頷く。

フェル電器産業が、南如洲鉄道の電力部門を買収して民営化することになった。今後、新天特別市を中心とした如洲國一円の電力網は、急速に発展するだろう。

いくつか新規の発電所の建設も決まっており、その工事を主に請け負うのは、日下國でもフェル電器の下請けを担い、電力事業の工事の技術にも実績のある轟工務店だと聞いていた。

遊佐自身は轟氏と面識はないが、裸一貫から会社を起《た》ち上げた立志伝中の人物であり、同時に武道の大師範でもあることから、軍人の中でも轟氏を尊敬している者は多く、もちろん遊佐も名前は知っている。

経営者である轟氏が、自ら陣頭指揮を執るため如洲入りしているというのは聞いてはいたが、伊武が高い教養を持っているらしいのは、良家の子女だったからか。

「お父上は反対されていないのか？　人前で歌ったり、華丹人を名乗ることを……」

「むしろ応援してくれています」

伊武は、自信満々にそう答えた。

身元もしっかりしている。非の打ち所がない人材だった。

「……『如洲新歌曲』の放送は、うちの職員たちも楽しみにしている」

採用は決まったようなものだったが、もったいぶって遊佐はそう言った。

「本当ですか」

嬉しそうに伊武が相好を崩す。黙っていると、どこか冷酷そうな雰囲気もあるが、表情が豊かで、時に幼女のように見えることもあった。

「放送の時刻が来ると、みんな撮影を中断して、君の歌声に耳を傾けるために手を休めてしまう。スタジオに鉱石ラジオを持ち込むのを禁止しようと思ったが、組合の議長に、休憩も労働者の権利だと抗議を受けて、結局、黙認させられたよ」

遊佐は肩を竦《すく》める。

憲兵隊長時代に起こした事件のせいで、遊佐は国内の社会主義者や共産主義者たちからは目の敵にされていたが、一方で、本国で食い詰めた映画人や技術者を大量に如洲電影では雇い入れており、その中には活動家出身の者も、けして少なくはなかった。

何か罪滅ぼしのような気持ちがあって、それらの連中を首にせず如洲電影で雇い続けているわけではない。映画は新しい技術で、確かな腕を持つ技師は少なく、選り好みをしていては優秀な人材の確保がままならないからだ。

職員たちが、桜香はどんな容姿をしているのだろうかと、あれこれと想像を巡らせている会話を聞いたことが何度かあるが、本人が来ているとなったら、撮影所は大騒ぎになるだろう。

「短い映画に出たことがあると言ったね」

「はい」

「この撮影所の奥にある湖畔会館には、資料のフィルムがいろいろとあるが、映画が発明されたばかりの頃に、ゴダム万博に出品されたキネトスコープのフィルムもある。その中に、『踊る機巧人形《オートマタ》』という奇妙な作品があってね。頭に月桂冠《げっけいかん》を載せてドレスを着た若い娘が、盆踊りみたいな動きをしているという滑稽《こっけい》なフィルムだ。君はどこか、そのフィルムに映っている娘に似ている……」

「そそそれは、わわわ私ではございません！」

突然、伊武は顔を真っ赤にし、わかりやすいほどに狼狽《うろた》えた様子を見せた。顔の前で両手を激しく振り、裏返った声を出す。

「わかっているとも。三十年以上も昔のフィルムだ。君であるわけがない」

遊佐は苦笑を浮かべる。伊武は胸の前で手の平を組み合わせ、ほっとしたように息を吐いた。

「君はユーモアのセンスもあるようだね」

音楽映画《ミュージカル》だけでなく、ドタバタ喜劇《スラップスティック・コメディ》に出演させるのも悪くなさそうだ。いや、そちらの方がもしかすると向いているかもしれない。

笑いは万国共通で、人の心を開かせる。啓蒙には最適のジャンルだ。

きっと大評判になるだろう。遊佐はそう確信した。『如洲新歌曲』で人気の張桜香の姿を銀幕で見られるというだけで、劇場には人が殺到するに違いない。すぐに企画を練らなければ。

だが、何か引っ掛かるものがあった――。

「役員たちと相談して、数日以内に返事をする。期待していてくれていい」

念のため、この娘の素性をもう少し詳しく探った方がいい。そう考えた。

ただの直感だったが、遊佐はこういう時の自分の感覚を信じている。それで何度か、危ないところを救われたことがあるからだ。

「撮影所を見学していくかね？」

「是非」

桜香は座っていた椅子から立ち上がる。

立ち居振る舞いには品があった。これなら社交界にも紹介できそうだ。

エスコートするように理事長室のドアを開いて遊佐は言う。

「一つ、お願いがある」

「何ですか」

「君が、張桜香だということは黙っていてくれ。撮影所に新天放送局のスターが来ているなんて知れたら、みんな仕事が手に付かなくなるからね」

「わかりました」

桜香は頷《うなず》き、それからまじまじと遊佐の顔を見つめた。

「何か？」

その緑色の瞳に、吸い込まれそうな気持ちになりながら、遊佐は声を発する。

「……もっと怖い方だと思っていました」

「私が……？」

「ええ」

「どんな人物だと聞いていたんだい」

「天府での大震災の時、無政府主義者を誘拐して殺したと伺っています。それで逮捕されて、監獄に入っていたと……」

「その通りだ」

遊佐は肩を竦める。面と向かってこんなにはっきりと聞いてきた相手は、如洲に来てからはこの女が初めてだった。

無論、如洲電影で働いている職員たちは、おそらく全員が、遊佐が起こした林田馨の誘拐殺害事件を知っている。如洲電影の理事長として就任した時も、明らかに職員たちは遊佐を恐れ、警戒していた。

「君は率直な性格をしているようだね。ここでは誰もがその事実を知っているが、私の前で口にしようとはしない。私が気分を損ねたり、怒り出したりするのではないかと思っているんだ」

「怒らないのですか？」

「怒る必要もない。勇み足だったとはいえ、あれは祖国のためにやったことだ。私は正式に裁判も受けているし、罪も償っている。あるとすれば……」

遊佐の脳裏に、林田と一緒にいた金髪碧眼の少女の姿が思い出される。

「あるとすれば？」

「後悔かな」

そう言うと、遊佐は伊武を促して廊下に出た。

「さあ、案内しよう。まずはこの建物の中にある録音室からだ」

5

「伊武は上手くやっているかしら……」

「心配ですな」

「ええ、心配ね。すごく心配」

クサカホテルの客室で、向かい合ってソファに座りながら、マルグリット・フェルと轟八十吉は、どちらからともなく溜息《ためいき》をついた。

「して、その後の大友磐夫氏の行方は？」

「わからないわ。華丹軍との紛争地域に駆り出されたらしいっていうことだけ……」

ニュース映画の撮影隊に加わるため、大友が辞令を受けて撮影所から離れたということを知ったのは、このホテルで顔を合わせてから、わずか一週間ほど後のことだった。

如洲電影の人事がどうなっているのかはわからない。脚本部で働いていた大友が、危険の伴う前線での撮影隊に配属されたというのは、何か意図がありそうにも思えた。だが、一方の大友快人は、今も編集室に勤務している。

フェルに続いて、八十吉や伊武も如洲に移ってきていたが、肝心の大友が姿を消してから、もう数か月が過ぎていた。

一応、表向きはフェル電器も轟工務店も、如洲での電力事業に邁進《まいしん》しているように見せているが、肝心の林田やナオミの行方については、何も進展がなかった。

「私が如洲電影に入社して、探りを入れてみます」

そんなことを言い出したのは、伊武の方からだった。

ついふた月ほど前の話である。

場所は同じこのスイートルームで、ちょうど伊武は向かい側のソファに、八十吉と並んで座っていた。

伊武の方を一瞥した後、フェルは八十吉と目を合わせた。

「何か他にいい方法はないかしら」

「……思い付きませんな」

八十吉は頭を横に振る。

「だから、私が如洲電影に……」

「社交界を利用して遊佐に近づくというのはどうですかな」

「私が？　フェル電器の社主である私と、遊佐が会いたがると思うの」

「なるほど。遊佐のやつがナオミくんに関して何か知っているなら、避けるに決まっているか……」

「ですから、私が如洲電影に潜り込んで……」

「その、林田の息子とやらに連絡を取るのは？」

「大友磐夫氏と同じように撮影所から姿を消すことになっては困るわ。お互いに面識もないし、そこは慎重にならないと……」

「そこで名案が。遊佐にも誰にも顔や立場を知られていない私が、密偵として……」

「どの案も現実的ではないわね」

「ですな」

「私の話も聞いてください！」

とうとう、伊武が声を張り上げてフェルと八十吉の話を遮った。

「私は遊佐に顔を知られていません。ナオミさんと学友だったことも知らないでしょうし、今、如洲電影では華丹語と日下語に堪能な女優を探していると聞きました」

「えっ、女優として入社するつもりなの」

「いけませんか。理事長である遊佐や、如洲電影の幹部と交流する機会も多い筈です」

「まあ……ねえ」

八十吉の方を見ると、腕組みして頭を横に振っている。

一方のフェルも、伊武にそんな役が務まるとは思っていなかった。不安要素しかない。

「ええ、ええ……。わかっていますとも。八十吉さんもフェルさんも、私のことをポンコツだとお思いなのでしょう」

大きな瞳《ひとみ》に涙をいっぱいに溜めて、伊武は抗議する。

「そんなことはないわ」

「私だって……」

目元を手首で擦《こす》りながら伊武が言う。

「ナオミさんを助け出す手伝いがしたいのです。あんなことは許し難い……」

伊武のその呟《つぶや》きで、途端に場の空気は重くなった。

大友が持参してきたフィルムの内容のことである。

どこかに送るための資料映像なのだろうか、簡素な作りをした部屋の中央には台が置かれており、一糸纏《まと》わぬ姿のナオミが拘束されている。ナオミは猿轡《さるぐつわ》を嚙《か》まされ、台の周囲には白衣を着た男たちが数名、立っていた。さらにその外側には軍服姿の男たちが、ある者は椅子に座り、またある者は立ったまま、その光景を眺めている。

それは機巧人形《オートマタ》の痛覚を調べる試験か何かなのであろうか。白衣の男の一人が、太くて長い針の如《ご と》きものを、ナオミの両手両脚、胸部や腹部などに突き刺している映像だった。ナオミは目から涙を流して首を左右に振り、針が深く体に刺し込まれる度に嫌がって暴れようとするが、拘束されているので動けない。白黒で撮影された画面に音はなく、そんな短いシーンが淡々といくつも繋《つな》げられている。他には、動かなくなったナオミの肢体を執拗《しつよう》に細かく撮影しているものもあった。

一方の林田が映っているカットは少なかった。椅子に座らされて縛られており、あれこれと質問を受けているようにも見えるが、受け答えが反抗的なのか、時々、鉄拳制裁などの拷問《ごうもん》を受けているシーンが挟まれていた。

そういえば、林田が殺害されたという事件の際、遊佐の証言を元に憲兵司令部庁舎内の井戸から出てきた死体は破損がひどく、本当に林田なのかを疑う声もあった。バラバラになって発見された腕の一部が、収監中に採取されていた林田の指紋と一致したという資料もあるが、大震災の直後だったので、被災した他の死体などと一緒に早々に荼毘《だび》に付されてしまった。証拠は写真しか残っておらず、裁判ではろくな検死資料も提出されなかった。それでも遊佐は、それが林田であることを認め、不服を申し立てなかったので、有罪となったのだ。

「新天放送局が、今、歌い手を募集しているわ」

頭の中に浮かんできた、フィルムの中のナオミの姿を振り払い、フェルは言う。

「フェル電器が広告放送を流しているから、まずそちらに出て様子を見てから如洲電影に売り込んだ方が確実なんじゃないかしら」

半分は伊武を諦《あきら》めさせるつもりで言ったのだが、もしそれが上手く行くようなら、実際に伊武を遊佐に近づけるのも可能かもしれないとフェルは少し考え直した。

「……伊武は如洲電影の社宅に入ったんだっけ？」

そんなことを思い出していたフェルは、ふと、そう口にした。

「うむ。例の腰掛けを持参しましてね」

伊武が聞いていたら怒り出すようなことを、わざと八十吉は口にする。

「隣に住んでいる家族の娘が編集室勤めだったようで、上手く快人に会いに行く口実も作れたようだ」

「思っていたよりも順調なようね」

「今のところは。要領よく遊佐のやつにも気に入られたらしい」

八十吉は、むしろそのことが気に食わないようだった。

6

「鈴子《すずこ》さん、こんにちは」

編集室のドアを開け、その隙間から桜香《おうか》がひょっこりと顔を出した。

フィルムを巻き取るリールがカタカタと音を鳴らす中、ムヴィオラを覗《のぞ》いて編集した映像を確認していた川越《かわごえ》鈴子は顔を上げた。

スイッチを押して機械を止め、鈴子は眼鏡の位置を直して桜香の方を見る。

「撮影を抜け出してきたんですか？」

桜香は明らかに衣装だと思われる、銀色をした魚の鱗《うろこ》のような装飾が施されたワンピースに全身を包み、頭には巨大な蓮《はす》の花を載せていた。

いったい何の役を演じているのだろう。

「貧しい農村の娘、実は池に咲く蓮の花の精なのです」

余程、鈴子は訝《いぶか》しげな表情を浮かべていたのか、桜香の方で勝手にそう説明してくれた。

「今はお午《ひる》の休憩中です」

そういえば、先ほど正午を知らせる鐘の音が聞こえたような気もした。

撮影所の片隅には防災用を兼ねた高さ十間ほどの櫓《やぐら》が建っており、正午と終業時間には職員がそれに登って半鐘を鳴らす。

「ちゃんと編集室に行くって言ってきましたか」

以前にも、桜香がいなくなったと撮影所中で大騒ぎになったことがある。

その時は、知らずに鈴子も快人《かいと》と二人、編集室で桜香と談笑していたのだが、後から桜香を引き留めていたと誤解され、偉い人から大目玉を食らったものだ。

「大丈夫ですよ」

桜香はそう答え、きょろきょろと編集室の中を見回す。

「快人さんは？」

やはり快人が目当てか。

そう思いながら、鈴子は答える。

「理事長室に呼ばれています。すぐ戻るんじゃないですか」

今朝、出勤してきたばかりの快人に、理事長である遊佐泰三《やすみ》から、正午までに理事長室に来るようにとの言伝《ことづて》があった。

これは珍しいことだった。

監督や俳優が理事長室に呼ばれることはあっても、編集室の、それも管理職でもない一技師が名指しで呼ばれることは、まずない。少なくとも鈴子が知っている限りでは、今まで快人が遊佐から呼び出されたことはなかった。

そのため、朝から快人はどこか憂鬱《ゆううつ》そうで、顔色が悪かった。そういえば、快人を如洲電影に誘ったという、脚本部に勤めていた伯父の大友磐夫《おおともいわお》氏も、最近、辞令で記者として、ニュース映像の撮影隊と一緒に、華丹《カタイ》軍との争いの前線に送られたと聞いた。きっと快人も、そんな辞令が下りるのではないかと懸念していたのだろう。

「そうですか……。じゃあ、待たせてもらいますね」

桜香も、少しだけ眉間《みけん》に皺《しわ》を寄せて顔色を変えたが、すぐに元の明るい表情を取り戻して声を出す。

編集室に残っていたのは鈴子だけだった。そもそも如洲電影の編集室は、室長を含め、主任である快人と助手の鈴子の三人で殆《ほとん》どを回している。他には如洲電影が求人を出した華丹人の研修生が数名いるだけだ。

室長は、鈴子と同じく撮影所近くに借り上げられた社宅に住んでおり、お午はたいてい、家族と一緒に昼食を摂《と》るために家に戻っている。華丹人の従業員たちは、仲間同士どこか広いところで昼食を摂っている事が多く、午時に編集室にいるのは、弁当持ちの鈴子と快人の二人だけのことが多かった。

「今は何をしていたのですか」

鈴子が操作していたムヴィオラを見て、桜香が興味津々《しんしん》といった様子で言う。

「繋げたフィルムを確認していたんです。下から電燈を当てて、ここから覗き込むんですよ」

鈴子がそう言い、気を利《き》かせて場所を譲ると、桜香が中を覗き込んだ。

「ああ、なるほど。キネトスコープみたいなものですね」

「キネトスコープ?」

「映画ができたばかりの頃は、こうやって覗き込んで鑑賞したのです」

ムヴィオラの覗き窓から顔を上げ、得意げに胸を反らせて桜香が言った。

「へえ……。物知りですね、桜香さんは」

「そちらの機械は何ですか?」

桜香は、今度は足踏み式フィルム接合機《スプライサー》を指し示した。

いつもなら編集室に来ると、すぐに快人と話し込んでいるところだが、待っている間に、子供のような好奇心が湧《わ》いたのだろう。

「ああ、それはスプライサーです。フィルムを繋ぐ機械で……」

鈴子は、机の上の箱の中に大量に入っている、現像済みのポジフィルムを指し示した。カットして編集する箇所に目印のクリップが挟まれている。

鈴子はまだ編集助手なので、監督や編集主任の指示通りにポジを接《つ》ぐだけだが、一人前になると、監督からの大まかな指示だけで、編集者が自分の責任でフィルムを編集することもある。編集によって映画の出来が大きく変化することを、鈴子はよく知っていた。

「どうやるんですか?」

「ええと……」

まだ快人は戻ってきそうになかったので、鈴子はスプライサーの傍らに置いてある箱から、カットして廃棄する予定のポジフィルムを拾い出し、それをスプライサーにセットした。

フィルムを固定したまま足踏み式のスイッチでカットすると、続けて接合面を研磨し、刷毛《はけ》で綺麗《きれい》に塵《ちり》を払った。接着剤《セメント》を塗布し、再び足下の別のスイッチを踏んでフィルム同士を押さえ付け、繋ぎ合わせる。

この間、ほんの三分足らずだ。端で見ていると簡単に見えるかも知れないが、この足踏み式スプライサーに慣れるまでは、その三倍は時間がかかっていた。主任や快人なら、もっと手際よく短い時間で、綺麗にフィルムを繋げる。

だが、桜香は鈴子が手渡した数十センチの短い廃棄フィルムを天井の電燈に翳《かざ》して眺めながら、感嘆の声を上げた。

「すごいですね。継ぎ目がどこか、全然わかりません」

「日下國《くさかのくに》の映画会社にいた時は、こんな立派な接合機はなくて、全部、手作業でやっていたんですよ」

にっこりと笑って鈴子は答える。誉められて悪い気はしない。

舶来製の、こんな高価な編集機は日下國ではお目に掛かったことがない。それがここには、鈴子の分も含め、編集作業に従事する三人に、それぞれ一台ずつある。

編集機だけではない。撮影用のカメラを始めとした映画に関わる最新式の機材が、この如洲電影には揃《そろ》っており、こんな大規模な撮影用スタジオをいくつも持っている映画会社は、本国にもなかった。

「鈴子さんは若いのに、立派な職業婦人なのですね」

「そんな……桜香さんだって……」

面映《おもは》ゆい気持ちで鈴子は言う。

「私には何もできません。鈴子さんのこと、本当に尊敬します」

桜香がそう言った時、ふと編集室のドアが開いた。

見ると、そこには快人が立っていた。

「どうしたんですか。顔が真っ青ですよ」

慌《あわ》てて鈴子はスプライサーから立ち上がると、手近な椅子を引き寄せ、快人に座るように促した。

すっかり憔悴《しょうすい》した様子の快人が、それに座り込み、頭を抱えるようにして、少し癖のある頭髪を掻《か》き毟《むし》る。

「あの、私、現像部に行ってきます。仕上がったポジを取りに行かないと……」

作業中にいつも着ている割烹着《かっぽうぎ》を脱ぎ、自分が座っていた椅子の背に掛けると、鈴子は気を利かせたつもりで編集室から出て行こうとした。

何となく、快人と桜香が、自分のいないところで話をしたがっているような気がしたからだ。

編集室を出て、一度はドアを閉めた鈴子だったが、どうしても気になってしまい、いけないとは思いながらも、ドアに耳を押し当てて中での二人の会話を盗み聞きする。

「磐夫さんが前線で重傷を……？」

「ああ。一命は取り留めたが、弾を受けた足が脱疽《だっそ》を起こし、両脚を切断することになるらしい」

苦しげな快人の声に、聞き耳を立てている鈴子の体も震えた。

快人の伯父である大友磐夫は、脚本部の主任だった。劇映画の台本を何本も手掛けており、気さくで偉ぶったところのない好人物だ。甥である快人のことを心配してか、時折編集室にも顔を出していたので、鈴子も顔見知りだった。

「伊武さん、すまない……。僕はこの件から手を引きたい。遊佐のやつ、絶対に僕が林《はやし》田馨《だかおる》の息子だということも摑《つか》んでいる」

「遊佐本人がそう言ったのですか？」

快人と桜香が理事長である遊佐を呼び捨てにしていることに、鈴子は少し違和感を覚えた。

林田馨って、誰だっけ。

どこかで聞いたことのあるような名前だと鈴子は思った。

「そんなこと、絶対に遊佐が言うわけがない。だが、あの冷たい目差《まなざ》しが僕に忠告していた。お前も深入りすると同じ目に遭うぞと……」

「考え過ぎではないですか」

「意気地なしと笑うなら笑ってくれ。僕は父さんや磐夫伯父さんのような主義者ではない。ただの映画の編集者なんだ」

「でも、お父さんはまだ生きているかも……」

「馬鹿《ばか》な！」

快人が強い口調で答える。聞き耳を立てていた鈴子も、思わず身を竦ませた。

「もう十年も前の出来事だ。憲兵司令部庁舎の井戸から出てきた死体が仮に偽物《にせもの》だったのだとしても、軍が父を拘束した後に生かしておく理由がないんだ。僕が見つけたフィルムは、きっと古いものか、他人の空似だったに違いない」

「快人さん……」

「磐夫伯父さんに相談したのが間違いだった。こんな大事になるなんて……」

二人の会話を聞いているうちに、徐々に鈴子も思い出してきた。林田馨とは、確か遊佐理事長が憲兵時代に日下國で殺した男の名前だ。

でも、快人がその林田某の息子とは、いったいどういうことなのだろう。

鈴子はだんだん話を聞くのが怖くなってきたが、かといってその場を離れることもできなくなっていた。

「でも、快人さんがフィルムを発見して、磐夫さんが知らせてくれたお陰で、私は友だちを助けることができるかもしれないんです」

「ナオミさんでしたっけ？　フェル女史のご息女ですよね。生きていれば、もうすぐ三十に手が届こうという年齢だ。前から妙に思っていたんです。あなたは友だちだというが、だとすると、ずいぶん年の離れた友だちじゃないですか。今のあなたの年齢を考えれば、事件があった時、あなたはまだほんの子供だった筈《はず》だ」

「それは……」

桜香が困ったような声を出す。

「とにかく僕は、怖い思いをするのはもう真っ平です。きちんと決まった日に給料が出て、毎日をつつがなく過ごすことができれば僕は満足なんだ。父さんや磐夫伯父さん……それに話にしか聞いたことがないけれど、祖父のような後ろめたい人生を送るのは嫌なんです」

「ごめんなさい」

申し訳なさそうではあるが、桜香がはっきりとした口調で快人に言う。

「後は私が一人で頑張ります。もう編集室にも来ないようにしますね。快人さんが感じた通りなら、私がここに出入りしているのは、あまり良くないでしょうから……」

「そうしてくれたまえ。君も気を付けるんだな。磐夫伯父さんが言っていたように、遊佐が部下を連れて亡命を企てているというのが本当なら、あれこれ嗅《か》ぎ回るのは危険だ」

快人が椅子《いす》から立ち上がる気配があったので、鈴子は足音を立てないようにそっとドアから離れ、現像部がある方向へと廊下を歩き出した。

角を曲がり、編集室のドアの死角に入ると、鈴子は壁を背にして、ほっと胸を撫《な》で下ろした。

あの二人は、何か共通の秘密を持っているらしい。鈴子が想像していたような、恋仲といった甘い関係ではないようだ。そのことが、鈴子を複雑な気持ちにさせた。快人は、桜香から何か無理なお願い事でもされているのだろうか。

その時、編集室とは反対方向の廊下の先から、靴を鳴らして歩いてくる音が聞こえた。

そちらを見て、思わず鈴子は声を上げそうになる。

今、快人と桜香の話題に出てきたばかりの遊佐理事長が、咥《くわ》え煙草《たばこ》で廊下をこちらに向かって歩いてくるところだった。

今日は協和服ではなく、ワイシャツの上に三つ揃いのベストだけを着てネクタイを締めている。

編集室にずっと籠《こ》もりきりで働いている鈴子は、出勤の時や朝礼の際に遠くから遊佐を眺めることはあっても、廊下で行き合うのは稀《まれ》だった。ましてや声を掛けられたのは初めてだ。

「は、はいっ、何でございましょう、理事長殿！」

思わず背筋を伸ばし、敬礼せんばかりの勢いで鈴子は答える。そんな過剰な態度を取ってしまったのは、つい今さっき、快人と桜香の会話を聞いていたせいだろうか。

「桜香がどこかに行ってしまってね。撮影ができないと、みんな探し回っている。どこにいるか知らないか」

鈴子のかしこまった態度に笑いも浮かべず、遊佐はそう言った。

「桜香さんなら編集室に……」

反射的にそう答えてから、鈴子は、しまったと思った。

「編集室？」

口に咥えていた煙草を指で挟み、廊下に灰を落としながら遊佐が言う。

「ふうん……君は編集室の子？」

「はい……」

遊佐に睨《にら》みつけられ、思わず鈴子は顔を伏せる。

「桜香はよく編集室に来るのか？」

ただの廊下での立ち話だが、まるで尋問を受けているような威圧感があった。

はい、と口に出して返事するのは快人や桜香への裏切りのような気がしたが、かといって遊佐相手に嘘《うそ》をつくことも怖くてできなかった。答えるかわりに、鈴子はほんの少しだけ首を縦に動かした。

「だったら、桜香にみんなが探していたと伝えておいてくれ」

遊佐は何事でもないかのようにそう言うと、再び煙草を咥え、細い紫煙を棚引かせながら、もう鈴子には興味もないという様子で、さっさと歩いて行ってしまった。

その後ろ姿を見ながら、自分は何かとんでもないヘマをしたのではないかと、鈴子は恐ろしい気持ちに駆られた。

7

その昔、こんな説話を林田は何かで読んだことがある。

古代のことだ。日下國から華丹へ向かった使節団の一員が行方不明になる。

何年か経《た》ち、今度はその息子が父の消息を探すために華丹に渡る。そしてとうとう父の姿を見つけ出すが、父は拷問を受け「燈台鬼」にされていた。

それは文字通りの、生きた燭台《しょくだい》だった。

刺青《いれずみ》を全身に入れられ、喉も潰《つぶ》されて声が出せないようにされている。

そしてつるつるに剃《そ》られた頭の天辺《てっぺん》には大きな蠟燭《ろうそく》が立てられ、調度品として、毎日、じっと動かずに過ごすことを強いられる。

今の林田は、ちょうどその「燈台鬼」になったような気分だった。

手脚を外されると、林田は自分の意志では何もできなくなる。言葉を発する器官は、ずいぶんと前に失ってしまった。

部屋の中は薄暗く、狭かった。

憲兵司令部庁舎で両手両脚を根元から切り落とされ、如洲に運ばれた林田は、それからずっとこの建物の中で暮らしている。林田の手脚は庁舎内の井戸に放り込まれ、後に死体の一部として扱われたと、遊佐からは聞いていた。

遊佐がこの施設に現れ、林田と再会したのは、数か月前のことだった。

「これが……林田なのか？」

変わり果てた林田の姿を見て、遊佐はそう研究員に問うた。

昔なら悪態の一つも吐いていたところだろうが、林田は言葉を発することもできなかった。それどころか、己をこのような境遇に落とした張本人の姿を見ても、何の感情も湧いてこなかった。もう自分はどうにもならない。望むものがあるとするなら、一日も早い死だった。

最初の頃、この施設にはたくさんの人の出入りがあった。

毎日のように林田は手術台に乗せられ、言語を絶する苦痛を見舞われた。体のあらゆる部分が、おかしな部品と入れ替えられ、接合され、子供の玩具《おもちゃ》のように無慈悲な扱いを受けた。今の自分がどんな姿をしているのか、何度か鏡を見せられたことがあるが、あまりに現実離れしており、そこに映ったものが、自分と同じ動きをしても、何か騙《だま》されているような気分だった。そんな目に遭ったのは林田だけではなかったようだが、多くは心や体が堪えられずに死んでいったと聞いていた。林田が今も生きているのは奇跡か、そうでなければ何かの呪《のろ》いだ。それとも、まだ何かしらの宿命が待っているのか。

だが、遊佐と再会してからは、誰にも会わずに終わる日が増えた。遊佐によって、何らかの指示が出されたのは間違いない。

ふと、部屋の鉄扉《てっぴ》の把手《とって》を乱暴に動かす音がした。

またか、と林田はうんざりした気分になる。

「やあ、我が友よ！　寂しかったんじゃないか」

鉄扉を開いた途端、覚束《おぼつか》ない足取りでそう叫びながら、遊佐泰三が部屋の中に入ってきた。手にはウォトカの酒瓶が握られており、あからさまに泥酔《でいすい》していた。

「理事長、できるだけお静かに」

遊佐と一緒に入ってきた男が、窘《たしな》めるように言う。

この男には林田も覚えがあった。林田とナオミが捕まった際、憲兵司令部庁舎にいた遊佐の部下だ。名前は知らないが、この男も遊佐と一緒に赴任してきた。

「うるさい！　私はこの如洲電影の理事長だ。誰の指図も受けんぞ」

静かにしろと言われて逆上したのか、必要以上に遊佐は喚《わめ》き散らす。

ひどい醜態だった。素面《しらふ》の時は能面のような顔をしているというのに、この豹変《ひょうへん》振りは何だというのだろう。以前からこうだったのか、それとも何かがこの男を、こんな風に変えてしまったのか。

鉄扉を閉めて部下が出ていくと、部屋の中には林田と遊佐の二人だけになった。

遊佐は林田の傍らの床の上に、どっかと胡座《あぐら》をかいて座ると、手にしていた厚手のグラスにウォトカをなみなみと注ぎ、それを呷《あお》る。

「どうだ、林田。今の俺の姿は惨《みじ》めだろう」

そして絡《から》むような口調で林田に向かって言う。

林田と二人の時は、遊佐は自分のことを「俺」と称した。気の置けない学生時代からの友人を相手に語らっているような口調だった。

こうなると、林田は何時間でも一方的に遊佐の話を聞かされるはめになる。

素面の時の遊佐は冷静沈着で、林田の前では必要なこと以外は何も口にしない。だが、このように泥酔している時は話す内容に取り留めがなく、支離滅裂で、どこまでが本当の話で、遊佐の本音なのかは判然としなかった。

ナオミは機械仕掛けの人形だったと、ずいぶんと馬鹿げた話を聞かされたこともある。

おそらく、からかわれているのだろう。

天府《てんぷ》で拘束され、憲兵司令部庁舎に連行されて以来、林田はナオミとは一度も会っていない。或《ある》いは、もうすでにナオミはこの世にいないのかもしれないと思っていた。自分と同じような過酷な人体実験に晒《さら》されたなら、華奢《きゃしゃ》だったナオミにはとても堪えられないだろう。そんな光景は想像したくもなかった。

あのように豊かな表情を見せる娘が、バネや撥条《ぜんまい》や歯車で動く人形なわけがない。

心や魂というものが、どのようなものなのか林田にはわからないが、ナオミにそれがないというのなら、最初からこの世にそんなものは存在しないということだろう。

今となっては、天府で過ごした日々は幻のように林田には思えた。

カフェー・ダゴンで舐《な》めたミリオン・ダラー。その甘い果実の味と一緒に思い出されるのは、ナオミと初めて会った日のことだ。

猫地蔵坂《ねこじぞうざか》ホテルのロビーで、特高の刑事と当たり障《さわ》りのない会話をしていた時、矢絣《やがすり》柄の着物に紫色の女袴《おんなばかま》を穿《は》いて、天府高等女学校の校章入りのベルトを締め、玄関から中の様子を窺《うかが》っていたナオミに、林田の方から声を掛けたのだ。

ナオミは、はにかみ屋で、そしてよく泣く子だった。

「おいっ、林田。お前は本当に馬鹿なやつだな」

酔っ払った遊佐が、林田の体に覆《おお》い被《かぶ》さり、腕を回してくる。まるで友人の肩に手を回すような仕種《しぐさ》だった。

「無政府主義なんて本当に実現すると思っていたのか。人には欲望がある。人の上に立って、他人を見下したいという誘惑に勝てる者などおらぬ。如洲國の初代皇帝様は、追放された先の上滬《じょうこ》の日下國租界で借家暮らしをしていたそうだが、日下國政府の者が迎えに行った時、こう聞いたというぞ。その新しい国は、帝国ですか、それとも共和国ですかとな。帝国ならば協力しましょうと。傀儡《かいらい》のくせにだ。お笑いぐさじゃないか」

ここが、どうやら日下國ではないということは、林田も見当がついていた。

林田の知ることができた少ない情報を繋ぎ合わせると、どうやら華丹の一部に、日下國が主導権を握る新しい国家が誕生したらしい。それがどんな意図により、どのような手段で行われたことなのかまでは、さすがに林田も把握しきれていない。

「俺は今、日下國政府からも遠ざけられている」

ウォトカをまた一杯呷り、遊佐は続ける。

「軍の名誉のために泥を被り、世間からは殺人鬼として罵《ののし》られ、監獄にまで入ったというのに、用意されていたのは、このような傀儡国家の映画会社の理事長という小さなポストだった。手塩にかけて育て、大学まで行かせた息子が人を殺《あや》めたというので、俺のお袋も随分と世間から白い目で見られたらしくてね、俺が仮出獄しても、会ってもくれなかった」

林田は、ただ聞いているより他ない。

「その映画屋の親父というポストも隠れ蓑《みの》だ。結局はこの機巧の研究施設の監査役、それも殆ど残務整理のような仕事だ。あのナオミという娘は、今はもう動かない、文字通りの人形だ。そして成果は林田、お前の如き、できそこないだけ」

そこで不意に、遊佐は何かに気づいたように着ているスーツの内ポケットを探り始めた。

「これは気がつかなかった。俺ばかり飲んでいて済まなかったな。君も一杯やりたまえ」

遊佐の手に握られていたのは注射器だった。

林田は身構える。とはいっても、無論、心の中でのみだ。

抵抗することもできぬ林田の体の表面を撫でながら、遊佐がそれを注入するための小さな蓋《ふた》をずらして開く。そして長い注射針をそこに差し込み、林田の体の一部に深く刺すと、親指を押して中の液体を残らず送り込んできた。

一気に意識が混濁してくる。これをやられると、林田は我を失い、前後不覚となって、異常な興奮状態に陥る。戦意向上のために、この施設で作られた麻薬の一種らしいが、かつて林田が、座毛崎《ざもうさき》や旅行先の上滬などで何度か体験したことのある阿片などとは比べものにならぬ、強力な薬だった。

「予定よりも早く監獄を出た後、俺は、ほとぼりが冷めるまでの間、政府の金でルテティアに留学していた」

ぐらぐらと揺れるような感覚に襲われながらも、林田は必死になって自我を保とうと努めていた。遊佐が語る声は、まるで上空の雲の隙間《すきま》から降り注いでくる神の声のように聞こえる。

「今、ルテティアを含むメガラニカの国々では、革命の嵐《あらし》が広がり始めている。お前が望んだような、新たな国家が誕生しようとしている」

溢《あふ》れんばかりにウォトカをグラスに注ぎ、水のように呷りながら遊佐は言う。

「いずれ世界戦争が起こる。残るのは三つか四つか、そのくらいの数の国家だけかもしれない。我が日下國も、『イースタシア』という新たな国家構想を旗印に大陸に乗り出して華丹を統一し、白人列強国との対立を強くしていくだろう。だが俺は、そんなものに付き合うのはもうご免なのだ」

如洲國政府に強い影響力を持つ協和会の幹部で、国策映画会社である如洲電影の理事長。

その遊佐の口から出た言葉は、絶対に他人には聞かれてはならないものだった。

「俺は近く、ルテティアに亡命する」

どうやら留学中に、遊佐には何らかの意識の転換があったらしい。

そのきっかけを作ったのは、もしかすると自分かもしれないと林田は思った。

遊佐が抱いている自責の念が、その対象である林田の思想へと寄り添う形になったのか。いや、それとも国家へ抱いていた不信感が、極端な形で表出したか。

「林田、何ならお前も一緒にどうだ。連れて行ってやってもいいぞ」

もし林田が口を利けたとしても、答えはノーだった。

遊佐は、日下國という国家に絶望し、別の思想に、新たなる国家に居場所を探そうとしているとしか見えなかった。

「……今の話は冗談だ」

そこまで言ってから、ふと遊佐は冷静になったかのように、普段の能面のような表情に戻る。やはり、どこまでが本音なのかはわからない。

すでに口を利くことも、感情を伝えることもできなくなっている今の林田は、言うなれば木のうろのようなもので、遊佐が告解をするにはうってつけの相手なのだろう。

やがて、先ほど打たれた薬が本格的に効いてきたのか、さらに林田の意識は混濁し始めた。

遊佐はまだ林田に向かって何か喋《しゃべ》っているが、だんだんとその意味を理解することもできなくなってくる。

代わりに頭をもたげてきたのは、獣のように獰猛《どうもう》な気分だった。

ただ相手を傷付け、引き裂き、殺したい。そんな衝動。

体が動かぬもどかしさと一緒に、林田は、己が林田という一人の男だということを忘れるその一瞬手前まで、こう考えていた。

本当に壊れてしまう前に、早く自分を殺してくれと。

8

「川越鈴子……？」

名前を聞かされても、フェルにはまったく覚えがなかった。

「如洲電影協会の編集室で働いていて、大友快人の同僚だと言ってくれれば通じる筈だと申しておりますが……。如何《いかが》いたします、マダム？」

ドアの向こう側にいる部屋付きの執事《バトラー》が、困惑したような表情を浮かべて言う。

「いいわ。お通しして」

来訪者だと聞いて、てっきり待っていた人が到着したのかと思い、気持ちが上がっていたフェルは、がっかりしてそう返事をすると、ドアにある覗き窓の蓋を閉めた。

どうやらその鈴子という女は、フェルに会いたいと事前の約束もなしに、突然、訪ねてきたらしい。新天クサカホテルに相応《ふさわ》しくない出《い》で立《た》ちだったため、ベルボーイが玄関前で追い返そうとしたが、何やら緊急の用事らしく、外で待たせてフェルに確認を取りにきたという次第のようだった。

嫌な予感がした。

快人の身に何かあったのだろうか。それとも伊武に？

フェルは苛々《いらいら》した気持ちで、部屋の中をうろうろと行ったり来たりする。

「ハ、ハロー、ナイストゥーミーチュー……」

執事に連れられて現れた、その鈴子という背の小さな女は、フェルの姿を見て緊張気味にそう挨拶《あいさつ》してきた。

「日下語でオーケーよ」

胸元から眼鏡を取り出して掛けながらフェルがそう返すと、鈴子はほっとしたように胸を撫で下ろした。

ホテル内でも最も広いスイートルームの中に招じ入れると、鈴子は上気したような表情で部屋の中を眺め回した。

「座ったら？」

高い天井に吊《つ》り下げられたシャンデリアを見上げている鈴子に、フェルはソファを勧める。

洗い晒しの着物に兵児《へこ》帯を締め、お下げ髪に眼鏡を掛けている鈴子は、いかにも田舎くさい雰囲気の娘だった。態度も、どこかおどおどしている。これではクサカホテルの玄関でベルボーイに止められたというのも仕方がない。

フェルが腰掛けても、鈴子は遠慮しているのか、それとも高級な別珍張りのソファを己の服で汚してしまうかもしれないとでも考えているのか、なかなか座ろうとしなかった。

「何かを知らせに来てくれたのよね?」

そわそわしている鈴子に向かってフェルは問う。クサカホテルの建物の荘厳さや警備の厳しさ、スイートルームの調度の豪華絢爛《けんらん》ぶり、そして何よりも目の前にいるフェルに気圧《けお》されてしまったのか、すっかり萎縮《いしゅく》している。

「私、如洲電影の社宅では桜香さんの隣に住んでいます。それで仲良くさせてもらっていて……」

フェルの言葉に、もじもじと言い訳するような口調で鈴子が答える。

「そうなの」

様子を見るように、フェルは手短に答えた。

どうやら快人に関する件ではないようだ。そして悪い知らせの予感がした。何故《なぜ》なら、如洲電影で大友磐夫や快人以外に、張桜香こと伊武とフェルの関係を知る者はいない筈だからだ。

にも拘《かか》わらず、この見も知らぬ娘はフェルを訪ねて来た。編集室に勤めている快人の同僚だというが、要するに秘密が漏れているということだ。

「あ、あのっ、桜香さんが、一昨日から社宅の部屋に帰っていなくて……」

「どういうこと」

内面の動揺が表に出てしまい、思わずフェルは強い口調になった。鈴子が、あわあわと口を開いたり閉じたりする。

落ち着かせるため、フェルはテーブルの上に載っている銀盆から水差しを手にし、中身をグラスに注いで鈴子に渡した。

「こんなことは初めてで……。桜香さんは真面目だから、パトロンとのお付き合いで外に泊まったり、偉い人の接待の席に出入りしたりするような人じゃありません」

「そうね」

先を促すようにフェルは頷《うなず》く。

「でも、それだけならまだいいんです。理事長が……」

「遊佐泰三のこと？」

その名を口にするのも忌《い》みたい気分だったが、フェルはそう言った。

「……はい。姿が見えません。いつもなら朝の出勤時に本館のバルコニーに立って職員を見下ろしているのに」

グラスをテーブルに戻しながら、鈴子は言う。

「おかしいなと思って、こっそり聞いて回ったら、啓民映画のロケの下見のために、理事長が桜香さんを伴ってヤオビンに向かったって……」

フェルの胸の中に不安が広がってくる。

大友磐夫が理不尽な異動で前線に送られ、大怪我《おおけが》を負ったというのは聞いていたが、快人の方に何か害が及ぶような気配はなく、様子を見ていた。

だが、まさか伊武が連れ去られるとは。

「ロケの下見に理事長自ら、女優を連れて行くなんて変だなと思ったんですが、撮影所の技師さんたちの中には、どうせそういう名目で二人してアバンチュール旅行にでも出掛けたんだろうなんて言う人もいました。前の理事長が、よく女優さんを連れてそんなことをしている人でしたから……。でも、遊佐理事長も、桜香さんに輪を掛けたように真面目《まじめ》な人なんです。何しろ、女優さんを芸者や酌婦のように接待の場所に呼ぶのすら嫌っていましたから……」

「伊武が……いえ、桜香の姿が見えなくなったのは、一昨日からなのね？」

「はい。杞憂《きゆう》かもしれませんけど、何だか虫が知らせてしまって……」

以前から予定されていた出張なら、必ず伊武はフェルか八十吉《やそきち》に知らせてくる筈だ。

「あの、実は……」

そして鈴子は意を決したような表情を見せた。

「私……あの……快人さんや桜香さんが、理事長に関して何か探っているのは知っています。その……盗み聞きする気はなかったんですが……」

やはり伊武にスパイを任せたのは間違いだったか。

こんな鈍感そうな娘にまで気づかれているとは。

「詳しいことはわかりませんが……快人さんは、その件に関わるのを嫌がっているみたいでした」

その時の会話の様子を鈴子から聞いているうちに、フェルの中の不安は確信に近づいてきた。

「確かに、遊佐が部下を連れて亡命を企てているらしいと言っていたのね？」

「はい。でも亡命ってどういうことでしょう」

「遊佐の行き先は、ヤオビンで間違いないのね？」

ヤオビンは、如洲國の北東の外れにある町だ。新天駅から列車に乗れば、半日といった距離だ。

「いえ、ヤオビンで乗り換えのために一泊して、大陸横断鉄道で国境近くまで赴く予定だと聞きました」

　まさか、大陸横断鉄道を占拠して国境を越えるつもりか。

だが、伊武を連れて行こうとするのは何故だ。

もしや、伊武が機巧人形《オートマタ》だということに遊佐は気がついているのか。だとするなら、亡命のための手土産として、あれ以上のものはない。

　ふと気づき、フェルはもう一つだけ確認しておくことにした。

「……あなた、桜香の部屋の隣に住んでいるって言ったわね」

「は、はい」

「部屋の様子は見た？」

「あの……実は昨夜、芋の煮っ転がしを作りすぎたからって、母に桜香さんのところにお裾《すそ》分けするようにって言われて……」

「それで？」

「呼んでも返事がなかったので、寝ているのかと思って戸を開けてみたら、鍵《かぎ》も掛かっておらず、誰もいませんでした」

「長須鯨の絵が描かれた腰掛けがなかった？」

「えっ、あ、はい。あれはやっぱり腰掛けなんですか？　私、置き手紙と一緒に、その上に芋の煮っ転がしのお重を置いてきたんですけど……」

もう間違いない。

伊武があの箱を放ったらかしにして、長旅の仕事に出掛けるなどあり得ない。震災の時に気を揉《も》んでからは、伊武はあの箱から離れようとしなかった。我《わ》が儘《まま》を言って如洲電影の社宅まで箱を持って行ったのも伊武だ。

鍵が掛かっていなかったというのも気に掛かる。誰かが呼びに来て、そのまま行き先もわからず連れ去られたか。

「快人は何をやっているの？」

フェルがそう問うと、鈴子は、いかにも言いにくそうに、もごもごとした口調で答えた。

「最初は、快人さんに相談したんです。きっとアバンチュール旅行だから放っておけって言ったのも快人さんです。でも、どうしても心配だったから何度も訴えていたら、クサカホテルにフェルさんという人が泊まっているから、そこに行けと……」

それで鈴子はわざわざ足を運んだのか。おそらく快人は、大友磐夫がクサカホテルを訪ねた直後に異動になったことを恐れて、ここに近づきたくなかったのだろう。ホテル住まいは性に合わぬと、新天特別市の片隅に借家している八十吉の連絡先は知らなかったのに違いない。

「わざわざ知らせに来てくれてありがとう。お名前、もう一度、聞いてもいいかしら」

「あの……川越鈴子といいます」

背筋を伸ばし、鈴子は答える。

それをフェルに知らせに来ることが、いかに危険なことか、この娘はまるで理解していないようだった。

「本当はうちの社員の運転で、お宅の方まで送ってあげたいんだけど……」

フェル電器の社用車に乗っているところを誰かに見られては、この子にとっても良くない。

「そ、そんな！　大丈夫です。私、子供じゃありません。ちゃんと一人で帰れます」

何を勘違いしたのか、恐縮して鈴子はそう答える。

「では、鈴子さん、何か困ったことが起こったら、いつでも私に連絡して。必ず力になるわ」

この子の身に何かあったら、フェル電器産業の総力を挙げて守ってやらなければ。

「は、はい。ありがとうございます」

「それから……」

少し考え、フェルは付け加える。

「私と会ったっていうこと、如洲電影では誰にも話さない方がいいわ」

9

「停電？」

「はい。ここだけでなく、如洲一帯で今、電力の供給が止まっているらしく……」

「原因は」

「不明であります」

部下の報告を受け、遊佐は苦笑を浮かべた。

あのマルグリット・フェルという女の仕業に違いない。こちらに国境を越えさせないよう、少しでも時間を稼ごうと、如洲全域の発電所と電力供給網の稼働停止を電文で指示したか。

「待っていてもおそらく復旧はあるまい」

ランタンを手にして困惑顔を浮かべている部下に向かって遊佐は言う。

「先ほど確認を取ったところ、明朝、発車予定だった大陸横断列車は、運行が大幅に遅れるとのことで……」

電燈が点《つ》かないのでは、日が暮れてからの荷物や石炭の積み込み作業や、点検整備などができないということだろう。

「明日中に、出るには出るんだな？」

「夜のうちに終わらせる筈だった作業は、早朝から行うということです。遅くとも午後には」

「わかった。では、それ以外は予定通りに。明日はいろいろと大変だぞ。この調子では落ち着かないかもしれないが、ゆっくりと体を休めておけ」

「了解しました」

遊佐の言葉に、部下は緊張気味に答える。

今のところ、遊佐とその部下たちの企みが関知されている様子はない。

昨日、新天駅を発ち、南如洲鉄道の運営するパシナ型蒸氣機関車で如洲國北東の外れにあるヤオビンの町に着いた。ここで一泊するのは予定内の行動である。

この出張は、建前では啓民映画の撮影のための下見ということになっていた。明日は大陸横断列車に乗り、国境近くの駅まで移動して、そこで軍の関係者と落ち合う段取りだった。

遊佐が赴任する前の理事長は、このような出張に如洲電影の女優を愛人の如《ごと》く帯同させることが多かったらしく、そのお陰で怪しまれずに張桜香《ちょうおうか》こと伊武を連れ出すことができた。

「では」

敬礼し、部下がドアの前から去って行くと、遊佐はホテルの部屋を振り向いた。

そこには、窓際に出した椅子に座り、外の風景を眺めている桜香の姿があった。

電燈が消えているので、傍らのテーブルの上にはホテルの用意したランタンが置いてあった。揺らめく炎が、桜香の横顔に浮かんだ陰影を動かしている。

遊佐はそちらに向かって歩いて行く。

桜香の視線の先にある外の風景に目をやると、町は停電のせいで暗く、道沿いを照らす瓦斯燈《ガスとう》の他に明かりは見えなかった。

大陸横断鉄道の東の端であるヤオビンは、東洋のルテティアとも呼ばれ、その町並みは近代西洋建築によるものが多く、あまり華丹風ではない。電力供給も、如洲の他のどの町よりも早く、夜ともなれば白熱電球が、それらの建物を明るく浮かび上がらせるのだが、今は息を潜めるようにひっそりとしていた。

遠くに見える巨大な塔の影は、この町の中心にある大聖堂だろう。

「退屈かい、桜香」

「いえ……」

遊佐の方を見もせずに桜香は答える。

「今、部下が言っていた通り、停電だそうだ」

「……何故、私は理事長と一緒の部屋に泊まらなければならないのですか」

ふと、桜香が遊佐の方を向き、眉間に小さく皺《しわ》を寄せてそう言った。

「私がそうしろと言ったわけではない。誤解だ」

遊佐は肩を竦《すく》める。前理事長がそうだったから、誰かが妙な気を回したのだろう。

「幸い、この部屋にはベッドが二つあるから、別々に寝ればいい。それも嫌なら、私はソファで寝るか、部下の部屋で雑魚寝《ざこね》するが……」

「そこまでしろとは言いません」

小さく溜息《ためいき》をついて、桜香はそう呟《つぶや》く。

「ただ、私は馬離衝《バリツ》の黒帯です。変なことをしようとしたら、容赦しませんよ」

「怖いね」

ふふ、と笑いを浮かべて遊佐は答える。

「私には心に決めた人がいるのです」

「ほう？　初耳だな。我が如洲電影の新進女優に恋の花が咲いていたとは、みんな色めき立つぞ」

「からかうのはよしてください」

「相手はまさか、あの編集室に勤務している大友快人くんではないだろうね」

「違います」

「すると誰だ。さぞや美男なんだろうな。どんな感じの男だい」

「四角い感じです」

「顔が？」

「いえ、形が」

時々、桜香はこういうわけのわからないことを言う。

「ずっと一緒なのに、ずっと会えないでいる。そんな切ない恋なのです」

そう言うと桜香は、映画の中で演じていた「小英《しょうえい》」のように、小さな溜息をついてみせた。

この女が機巧人形《オートマタ》とは――。

今すぐ床の上に押し倒し、その体の中身を暴いてみたい衝動に駆られたが、遊佐は我慢した。

何もかもは明日、大陸横断列車に乗ってからだ。

その前に、亡命の意思を誰かに悟られてはならない。

ルテティアへの亡命を企てているのは、遊佐の他に、憲兵時代からの部下が二人。今は二人とも、如洲電影の幹部として採用しているが、お互いに、例の一件で煮え湯を飲まされ投獄された仲だ。信頼できる。

今回の出張には、それ以外に如洲國政府関係者が数名と、護衛のための如洲軍の兵士が十数名、帯同している。

勝負は、大陸横断列車が発車し、荒野を走り出してからだ。

日が暮れて夜になると、列車は荒野の真ん中で一時停止し、乗客たちは客車や貨車に蚊帳《かや》を張って朝まで就寝する。林田たちは、夜陰に乗じて先《ま》ず兵士たちから制圧し、政府関係者らを拘束するつもりだった。その後、他の一般乗客たちは置き去りにして列車を出発させる。

後は停まることなく国境を越え、その先で待っているルテティアの政府関係者に保護を求めるだけだ。綿密に連絡を取り、すでに段取りは付けてある。如洲國の協和会に赴任する以前、ルテティアへの留学時から計画していたことだ。

一番の問題は、たった三人だけで、二十名近い政府と軍の関係者を制圧し、大陸横断列車を占拠できるかだった。だが、一度、走り出した列車の中では、通常、不意の襲撃は起こりえず、兵士たちの気も緩んでいるだろう。とにかく、これ以上の機会は、そうはない。腹を括《くく》るべきところだった。

「何をぼんやりとしているんですか、理事長」

テーブルの向かい側に座った桜香の声に、昨晩のことを思い出していた遊佐は我に返る。

結局、遊佐は部屋のソファに横になって夜を明かした。

部下から聞いていた通り、大陸横断列車の出発は半日ほど遅れ、午過《ひるす》ぎの発車となった。

それからもう数時間が経っている。窓の外は、先ほどからずっと、代わり映えのしない荒野の風景が広がっていた。日下國と違い、どうにも華丹は大きすぎる。

遊佐が乗っている一等客車は、部屋の造りが鰻《うなぎ》の寝床のように細長いことを除けば、殆《ほとん》どホテルの部屋と変わらなかった。

車輌《しゃりょう》の前後を繋《つな》ぐ幅二尺ほどの細長い廊下の他は、車輌内には一室しかなく、前後の車輌も、遊佐と行動を共にする予定の部下に一輌ずつ与えていた。

車窓の傍らに、脚を床に固定された部屋のテーブルには、白いクロスが掛けられており、列車の揺れに合わせ、瓶の中の葡萄《ぶどう》酒も一緒に揺れている。

「さて、やっとゆっくりと話をする時間ができた。君の目的を聞かせてもらおうか」

自分の分のグラスに、血の色のように赤い葡萄酒を注ぐ。

「君も飲むか？」

遊佐の勧めを、伊武は頭を小さく横に振って辞し、答える。

「目的とは？」

「本当のことを言いたまえ。大友磐夫や快人と一緒に、私の身辺を探っているだろう。列車の中ではどこにも逃げ場はない。いろいろと聞かせてもらおうか」

黴臭《かび》いばかりで味わいのない、あまり質が良いとはいえない葡萄酒を喉に流し込みながら、遊佐は言う。

「ご存じだったんですか」

「もちろんだとも。私がそんな間抜けに見えるか？」

遊佐は肩を竦めてみせる。

「ええ、見えますね。では、亡命の計画を見抜かれているのはご存じですか」

桜香は挑むような口調でそう返してきた。誤魔化すつもりはないらしい。

「ほう。それは君が突き止めたのか」

「いえ、磐夫さんです」

「ふむ。やはり彼は前線に向かわせて正解だったな」

「まだ証拠は摑《つか》めていませんが、いずれ明るみに出ます。観念しておいた方がいいですよ」

「いや、今まさに、その亡命計画の真っ最中なのだが……」

「えっ！」

胸を反らして遊佐を見ていた桜香が慌《あわ》てた声を出した。

「それはどういう……」

「この大陸横断列車は止まらない。国境を越え、そのまま私はルテティアに亡命する」

ついさっきまでは落ち着き払っていた桜香が、今度はあからさまにそわそわとし始め、落ち着かない様子で客車内を見回し始める。

「もしかして気づいてなかったのか？」

「も、もちろん察しておりましたとも」

「今、ルテティアでは革命が起こりつつある。ルテティア一国ではなく、エアルランドなども含む、メガラニカ地域全体を巻き込んだ大規模なものだ。間もなく新しい統一政府が誕生し、人民は新しい段階に入るだろう」

再び葡萄酒を口に運びながら遊佐は言う。

「私はかつて、国のために己を犠牲にし、犯罪者として名誉を傷つけられ、投獄までされた。だが、国は私を使い捨てにしようとした。だから今度は、こちらから捨ててやろうというわけさ」

「ルテティアへの留学中に……転向したのですか」

「とはいっても、私の場合は林田とは一線を画している。彼が思い描いていた、絵空事のような楽園は想定していない」

「私は……友だちを探しているだけです」

「君が探しているその友だちとは、マルグリット・フェル女史のご息女であるナオミくんのことだね」

「……ええ」

「もう桜香と呼ぶのはやめようか。君の本名である『伊武』だが……珍しい名前だね」

桜香は……いや、伊武は何も答えない。

「私が震災のどさくさに林田を拘束したのは、彼の父親が関わっている、軍の恥部に関することについて林田が興味を抱いていたからだ。震災が起こる以前から計画されていたことで、裁判では私の独断ということになっていたが、もちろん上層部からの命令だ」

じっと伊武は、遊佐のことを睨み付けている。

「ナオミくんを誘拐したのは、たまたま彼女が林田と一緒にいたからだ。だが、ついでだった彼女の方が、軍にとっては林田よりもずっと重要な案件だった。意味はわかるね」

「ええ」

慎重な様子で伊武が頷く。

「あのような精巧な機巧人形を、軍が放っておくわけがない。だが、ナオミくんは建前上はフェル電器産業の御令嬢だ。だから隠す必要があった。誘拐され殺害されたのは飽くまでも無政府主義者の林田だけ。私は裁判にかけられ、投獄され、その件への追及は終了となる。ナオミくんは目立たぬように如洲に送られ、追及の手が届かないところで機巧に関する軍の研究が始まった」

「ナオミさんはどこにいるのですか？」

「軍の機巧研究所さ。もちろん、そんなあからさまな名前ではないがね」

「その場所は……」

「湖畔会館の地下だよ」

もったいぶるつもりはなかったので、あっさりと遊佐はそう答えた。

伊武が目を見開く。燈台下暗しというやつだ。

「たかが国策映画会社に、あれだけの資金が投入されていることが不思議だとは思わなかったかね？　撮影所は隠れ蓑だよ。研究機関だとは気づかれずに大規模な施設の建設をするためのね。撮影所は人の出入りが多く、機巧の研究に必要な機材も、映画の機材に紛れ込ませて持ち込めば目立たない。いずれ機巧人形の軍事利用が可能になれば、上にある巨大なスタジオは、すぐに工場に改装できるように設計され造られている。そもそも民間の映画会社に、協和会の役員だった私が理事長として赴任すること自体がおかしいだろう。機巧人形の存在を知る数少ない人材だからだよ。ちなみに……」

伊武の方に身を乗り出して遊佐は言う。

「編集室の廃棄フィルムの中に、林田やナオミくんの記録フィルムを紛れ込ませたのも私だ」

「何で、そんな……」

伊武はすっかり、遊佐に気圧されている。

「隠れんぼ遊びはしたことがあるかい？」

「いえ」

急に何を言い出すのかといった様子で、伊武は眉根《まゆね》を寄せた。

「上手《うま》く隠れすぎると、鬼はなかなか見つけてくれない。そのうち、わざと物音を立ててみたり、小声で、ここだよと囁《ささや》いてみたりしたくなる。そんな心理さ。こんなことを言っても信じてはもらえないだろうが、私は林田やナオミくんを、あんな目に遭わせたことを後悔している。だから、私以外の誰かの手で真相を暴いて欲しかったのさ。もちろん、私が亡命を成功させた後でね」

「勝手な……」

「ところが、あの大友磐夫という男は、それとは関係のない、余計なことばかり嗅《か》ぎ回っていた」

遊佐は舌打ちする。亡命を企《たくら》んでいた件だ。

「だから、身辺から追い払うために前線のニュース映画の記者に配属替えした。ちなみに事故はただの偶然だ。私の差し金ではない」

素直に林田やナオミの行方を探っているだけなら、遊佐としては放っておくつもりだったのだ。

「……話を戻そうか。軍では日下國に残されていた貴重な機巧人形に関する資料をいくつか手に入れている。天府時代に実在した、釘宮久蔵《くぎみやきゅうぞう》という機巧師の作品に、君と同じ伊武という名前の機巧人形がいるらしいんだ。一八九三年に新世界大陸《ムンドゥス・ノーヴス》で開催されたゴダム万博に出品されているが、何者かに盗み出され、そのまま行方不明になっている」

どこか遠くから、虫の羽音のようなものが近づいてきているのが気になったが、遊佐は言葉を続ける。

「以前、『踊る機巧人形《オートマタ》』という古い短編映画について話したことがあったね。一説では、当時、ゴダム万博に出資していたジェイソン・ゴーラムなる実業家が、大金を投じて日下國館から『伊武』を盗み出させたなんて噂《うわさ》があってね。その機巧人形を撮影したフィルムだとも言われている。ちょっとしたオカルトだな。もちろん、ゴダム万博に出品されていた、『伊武』の写真《しゃしん》も資料として入手している。見るかね？」

懐《ふところ》から一葉のモノクロ写真を取り出すと、遊佐はそれを伊武に向けてテーブルの上に置いた。遊郭の部屋のような場所で撮られた、花魁《おいらん》風に着飾った女の姿だ。見たところ人形のようには思えない。

「君にそっくりだ。ところで私はナオミくんのことも知っているから、例えば君が機巧人形だったとしても、ちっとも驚かない。むしろそうだと確信しているよ」

「私が機巧人形だったら、何だというのです」

「認めたね」

　遊佐がそう言ったのと殆ど同時に、先ほどから聞こえていた羽音のようなものが、一気に大きくなった。

「何だ」

　不測の出来事に、慌てて遊佐は疾走する列車の窓の外を見た。

　急降下してきた複葉機の銀色の機体が、殆ど地面すれすれに、車輛と接触せんばかりの距離で並行するように飛んでいるのが見えた。

　羽音のように感じていたのはプロペラ音だったのか。この大陸横断列車に追い付き、高度を下げてきたらしい。

　奇怪なのは、上下に並んだ二枚の主翼の間、支柱とワイヤーの張られた向こう側に見える複葉機の胴体に、男が一人、家守《ヤモリ》のようにしがみついていることだった。

　耳当て付き帽子に、風防眼鏡を付け、カイゼル髭《ひげ》を生やしている。角袖外套《かくそでがいとう》に袴姿という出で立ちで、それが風を受け、ばたばたと靡《なび》いていた。そのためか、複葉機は均衡を保つために翼を上下に揺らしている。

　上主翼の下にある操縦席には女が座っていた。後頭部で纏《まと》めた金色の髪の一部が解け、風に靡いている。こちらも風防眼鏡を付けており、真《ま》っ直《す》ぐ前を見ていたが、その赤い口紅が妙に目に入り込んでくる。

「八十吉さん！」

伊武がテーブルから立ち上がり、列車の窓を開けようとする。

まさか、追い付いてきたというのか。

「やめろ。開けるな」

内窓を押し上げようとしている伊武の腕を摑み、遊佐は自分の方へと引き寄せた。

伊武が、振り向きざまに遊佐の着ているスーツの襟首《こら》を摑み、背負い投げを仕掛けてきたが、遊佐は腰を落として重心を移動させ、それを堪えた。

スーツのボタンが二つほど弾《はじ》け、床に転がる。

不用意に背を向ける形となった伊武の首に、遊佐は後ろから腕を回して絞め上げると、ずるずると窓から引き離した。

複葉機が、こちらに胴体の腹を向け、離れながら高度を上げていく。すぐに客車の窓からはその姿が見えなくなった。

「馬離衝の使い手が、君や轟《とどろき》八十吉氏ばかりだと思わない方がいい。これでも陸士時代には素手なら敵なしと言われたんだ。憲兵時代に実戦で得た逮捕術も身に付けている」

瞼《まぶた》を強く閉じ、伊武は苦しげに呻《うめ》いている。

「黒帯を締めていると言っていたね。君の師匠は、ずいぶんと君に甘いようだ」

伊武の耳元に、遊佐はそう囁きかけた。

フェルと八十吉が、この列車を追ってきたということは、こちらの亡命の計画はすでに発覚していると考えた方がいい。

大陸横断列車の発車後に電力が復旧しているなら、すでに電文が打たれ、この先で軍が遊佐を逮捕するために待ち構えているかもしれない。

遊佐は歯軋《はぎし》りする。だとすると亡命は失敗だ。気づいていないのは、この列車に乗っている者だけだ。

だが、ただでは終わらせぬ。遊佐は腹を括った。

力を失って、だらりとなった伊武を床に放り投げると、遊佐は荷物の中から細引きを取り出し、伊武を後ろ手に縛り上げた。

そして、クローゼットの中に隠しておいたダイナマイトの束を取り出すと、縛り上げた伊武が着ている旗袍《チーパオ》の胸元に突っ込み、さらに何本かを細引きの隙間などに差し込んだ。

亡命が失敗して逮捕されるくらいなら、この列車を爆破して、全員、道連れにしてやる。

遊佐は、そう考えていた。

10

おのれ、伊武を背後から抱きすくめるとは、あの破廉恥漢《はれんちかん》め、許さぬ。

フェルの操縦する複葉機が、疾走する大陸横断列車から離れる一瞬、車窓の向こう側に見えた光景に、八十吉は逆上していた。

複葉機の操縦桿《そうじゅうかん》を握っているフェルが、八十吉に向かって何か声を張り上げているが、轟々《ごうごう》と吹き抜けていく風の音で、殆ど耳に入ってこない。

だが、地面すれすれを飛んでいた複葉機が高度を上げ、見渡す限りの荒野を走る大陸横断列車の真上に、ぴったりと速度を合わせ始めたのを見て、その意は汲《く》み取った。

列車の屋根に飛び移れということだ。

もちろん、そうするつもりで八十吉は複葉機の同乗席から主翼の方へと這《は》い出してきたのだ。

こんな軽業まがいのことをするのは、人生で何度目だろうか。

若き日には、伊武を抱えたまま数十メートルもの高さのある観覧車から飛び降りたこともある八十吉だ。それに比べれば、複葉機から、疾走する列車の屋根に飛び移ることなど、訳もない……いや、そんなこともないか。

白いものが混ざり始めたカイゼル髭の下で、八十吉はふっと口元を緩める。

己の人生で、命懸けで守るべき相手に出会えたことを神に感謝した。

声が通じないと理解したのか、操縦席にいるフェルが、手で飛び降りろとサインを出してきた。

タイミングを見計らい、翼間の支柱を掴んでいた手を八十吉は離す。

一瞬だけ、ふわりと体が浮いたような感覚があり、すぐに足が屋根の上に着いた。

同時に時速百キロを越えるスピードで走る列車の勢いと風に煽《あお》られ、八十吉は足を滑らせて仰向けに倒れる。線路沿いに放り出されたら、全身を強く打って一巻の終わりだ。

だが、八十吉は冷静にそのまま後方に一回転して、列車の屋根を覆《おお》う鋼板の僅《わず》かな段差に爪《つめ》を立てた。体が激しく揺れ、爪が剝《は》がれそうになったが、何とか振り落とされずに堪える。

八十吉が降りたのは、どうやら貨車のようだった。客車は前方に連結されている。

這うような姿勢で、八十吉は少しずつ前へと進んで行く。

列車は大平原をずっと直進しているので、揺れは安定しており、体勢さえ整えてしまえば振り落とされる心配は少なかった。

何度か車輌の連結部を跳び越え、ようやく八十吉は客車の最後尾に辿《たど》り着く。

ふと顔を上げると、フェルが操縦する複葉機は、遥《はる》か先を飛んでいた。列車を停車させるため、先回りしてどこかに着陸するのだろう。

屋根から、デッキ状になっている車輛の後尾に、八十吉は慎重に降り立つ。

車内へのドアは内側から鍵が掛かっているのか、開かなかった。八十吉が苛ついた気分で把手《とって》を握り、前後にがたがたと動かしていると、やがて内側から鍵の開く気配があった。

どうやらそこは乗務員用の車輛のようだった。中央にダルマ型の石炭ストーブが置いてある。

制服を着た、車掌らしき白人の乗務員が、現れる筈《はず》のない来訪者に、ドアを開けたまま、呆気《あっけ》にとられた表情を浮かべている。

「突然の空からの乗車で申し訳ない。緊急の用件につき、ご容赦いただきたい。運賃は後で支払う」

頭に被《かぶ》っている耳当て付き帽子と風防眼鏡を外し、流暢《りゅうちょう》なMN語で紳士的にそう言うと、八十吉は乗務員を無視して歩き出す。足下は裸足《はだし》だった。フェルが操縦する複葉機の同乗席に、履いてきた下駄は脱ぎ捨ててきた。列車の屋根に付着していた煤《すす》と埃《ほこり》のせいで、手も足も、八十吉が着ている袴《はかま》の膝《ひざ》や裾の辺りも真っ黒だった。

客車の方へ行こうとする八十吉を、我に返ったように乗務員が慌てて止めようとする。やむを得ず、八十吉は乗務員の頸動脈《けいどうみゃく》の辺りを振り向きざまに軽く撫《な》でて失神させた。

馬離衢には、一元、太極、三才、四神、五行の五つの「相気《あいき》」の呼吸法が存在する。

八十吉も未《いま》だ一元の相気には達していないが、そもそも馬離衢は天帝の馬寮司《めりょうのつかさ》が、素手で暴れ馬を鎮《しず》めるための技を始まりとしている。力でねじ伏せるのではなく、調和によって封じるのが極意だ。

八十吉はドアを開いて前方車輌への連結部に出ると、さらに隣の車輌に移った。

そちらには、何人かの乗客がいた。白人が多く、日下人か華丹人かはわからないが、東洋人も何人か混ざっている。左右に向かい合わせの席がいくつか並んでおり、見たところ軍の関係者はいないようだった。

「失敬、失敬」

汚れた衣服に裸足のまま、八十吉はそう言いながら通路を進んだ。

列車内では、まだ何事も起こっていないようだった。

遊佐らの一行には、如洲軍の兵士が何人か護衛についている筈だが、遊佐が亡命を企てていると訴えても、これでは聞き入れてもらう前に八十吉の方が不審者として取り押さえられてしまいそうだ。

乗客たちの訝《いぶか》しげな視線を受けながら車輌を進んで行くと、前方から小銃を手にした如洲軍の兵士と思《おぼ》しき者たちが数名、現れた。

「や、何者だ、貴様。貨車の中にでも隠れていたか」

そのうちの一人が八十吉に向かって銃を構え、声を張り上げた。

居合わせた乗客たちが、この様子に恐慌《きょうこう》を来《きた》し、悲鳴を上げながら我先にと後部車輛へ逃げて行く。

「誰に向かって銃を向けておるか！」

機先を制するべく、八十吉は丹田に力を溜め、兵士たちを一喝した。

「如洲電影理事長の遊佐泰三に用があって来た！　やつは亡命を企てている疑いがある。それに我が養女である伊武……いや、張桜香と言った方がお主らにはわかりやすいか。桜香を誘拐した」

兵士たちの間に戸惑いの空気が流れる。

「私の名は轟八十吉だ。君たちと争う理由はない。遊佐のところに案内してもらおう」

八十吉はそう言ったが、案の定、通路を塞《ふさ》がれた。

「ここから先の車輛には、政府と如洲軍の関係者しかいない。通すわけにはいかない」

「遊佐に不審者を止めてこいとでも言われたか」

説得しても無駄なようだった。

できればこの連中は、怪我をさせたり殺したりしたくはなかったが、小銃を相手に、どこまでそうできるか。

正面に一人、後の二人は座席の背凭《せもた》れの陰に隠れ、銃口をこちらに向けている。いつ発砲されてもおかしくない状況だったが、八十吉は堂々と通路を真っ直ぐに歩いて行った。

相手三人分の呼吸の隙間《すきま》に相気し、摺《す》り足のように音を立てず、滑るように前に出る。おそらく相手にとっては、気がついたら目の前にいたというような按配《あんばい》であろう。

八十吉は通路にいる兵士が向けている銃身を摑み、銃口を横に逸《そ》らせた。

一瞬遅れて火傷《やけど》するような熱さが八十吉の手に伝わり、弾丸が車窓に当たってガラスが砕け散る。

そのまま八十吉は、すっと銃身を引いて相手の手から小銃を奪い、気合いとともに短くそれを前に突き出して、銃把の角で相手の人中を強《したた》かに打った。まるで糸の切れた操り人形のように、その兵士が倒れる。

右側の座席の裏に隠れていた兵士が、泡を食って八十吉に銃口を向ける。

少々、可哀そうだったが、八十吉は逆さまに握っている小銃を片手で振り回し、同じく銃把でこめかみを強く打って、そちらの兵士も失神させた。

もう一人が発砲してくる。

だが八十吉は、目の端で銃口がそれているのを確認していたから、避けもしなかった。

慌てて遊底を引き、薬莢《やっきょう》を排出して次の弾を装塡《そうてん》しようとしているそちらの兵士の顔を上下から摑み、八十吉は首を捻《ひね》る。加減を間違えると殺してしまうが、兵士は上手い具合に失神して床に倒れた。

三人とも、数時間は起き上がって来られまい。

万が一、蘇生《そせい》された場合のことを考え、八十吉は三挺《ちょう》の小銃を拾い上げると、疾走する列車の割れた窓から外へ放り捨てた。

他にもまだ兵士は何人か乗っているだろうし、銃を持っている政府関係者もいるだろうが、八十吉は銃など使ったことがないし、手の中にあっても邪魔なだけだ。

銃声を聞きつけたのか、俄に前方の車輌が騒がしくなってくる。

待っていろよ、伊武。それに遊佐も。

八十吉は口元に笑みを浮かべる。こうやって大っぴらに遊佐を追い詰めることができる日を、今日か明日かと待っていたのだ。

両手の指を八十吉は順番に鳴らし始めた。

体中の骨を粉々にしてやる。


「遊佐はこちらの警告を聞かず、停車せずに強行的に駅を突破するかもしれないわ。本線から操車場へ分岐を切り替えて、逃げられないようにするのよ」

「だが、大陸横断列車は日下國や如洲國の所有物ではありません。勝手に止めたら国際問題になるのでは？」

「乗客の命が懸かっているのよ。緊急事態だから何とでもなる」

「遊佐に亡命の企てがあるというのが、思い違いだとしたら？」

「その時は私が全《すべ》ての責任を取るわ。そうだったとしても、遊佐とその部下を列車から降ろしたらおしまいよ。本来は彼、国境付近に啓民映画のロケの下見に来る筈だったんでしょう？　安全確認のために運行予定が少し遅れるだけよ」

先に新天から電文を打ち、来訪とその理由を知らせていたからか、フェルの操縦する複葉機が着陸した軍需工場の飛行場には、近隣に駐屯する如洲軍の関係者が集まっていた。

用意されていた車に乗り込み、遊佐が下車する予定だった国境付近の駅に向から。大陸横断列車が大人しく停車し、遊佐とその部下が素直に降りてきたならば、フェルの行動はまったくの杞憂で勇み足だったということになるが、車窓から見えた伊武と遊佐の様子から、それはないだろうと確信していた。

クサカホテルに鈴子が訪ねて来た後、フェルはすぐに常駐しているフェル電器の社員に八十吉を迎えに行かせ、続けて新天特別市のみならず、如洲一帯に張り巡らされた配電網を朝まで全て停止させるよう指示を出した。後で大変な問題になるだろうが、知ったことではない。それで少しでも遊佐を足止めできるかどうかはわからなかったが、どんなに無茶な真似《まね》でも、できることは全てやるつもりだった。

八十吉と落ち合うと、フェルはすぐに新天郊外にある民間企業が所有する試験飛行場に赴き、その場で複葉機を一台、即金で購入した。

二人乗りだったのと、操縦桿を握った経験があるのが身内ではフェルだけだったため、八十吉ともども乗り込んだ。

新世界大陸に住んでいる時は、フェル電器の本社があったアグローと、万博会場になっていたゴダムの他、遠距離の移動は自らが操縦する社の飛行機を使っていた。日下國に移住してからは、まったく乗る機会がなかったが、他に列車に追い付く手段は思い浮かばなかった。

ナオミに続いて、伊武までも失うわけにはいかない。

その一念が、フェルを動かしていた。


「まさか空から降ってくるとはね。観念しましたよ」

鍵の掛かった一等客室のドアを体当たりで破り、八十吉が部屋に乱入すると、そこには遊佐泰三がいた。

先ほど、複葉機で外から覗《のぞ》いた、窓のすぐ傍にあるテーブルに着き、ゆっくりと紙巻き煙草を吸っている。

その背後には、猿轡《さるぐつわ》を嚙《か》まされ、細引きでぐるぐる巻きに縛られた伊武がいた。遊佐の部下らしき男に、こめかみに拳銃の銃口を当てられている。

「貴様ら……」

真っ二つに割れた木製の分厚いドアを蹴《け》って脇《わき》に除《よ》け、八十吉は歯軋りしながら言う。

「残りはお前たち二人だけか」

「もう一人は運転室ですよ。よくここまで辿り着きましたね。護衛の兵士たちと、拳銃を所持した政府関係者……合わせて二十人はいた筈だが」

「全員、寝かせてきた」

「殺さずに？」

「無論だ」

「それはすごい」

鼻から紫煙を吐きながら、遊佐は伊武に銃口を向けている部下に向かって言う。

「おい、聞いたか。我々が三人だけでどうやって遂行しようかと悩んでいたものを、この人は、たった一人で小半刻《こはんとき》もかけず、素手で片付けてきたらしいぞ」

そして、遊佐は我慢できなくなったという様子で笑い出した。

「これで亡命の企てが列車の外でまったく知られていなければ、轟八十吉殿、あなたは我々のたいへんな協力者ということになるが」

「残念だったな。今頃、フェル女史が先回りして軍の関係者と連絡を取り、国境近くの駅で待ち伏せている。速度を出して強行突破しようとしても無駄だぞ。引き込み線に分岐を切り替えている筈だ」

「やれやれ……。そうだろうと思いましたよ。これで最後の望みも絶たれたな」

遊佐は思いのほか焦った色合いも見せず、ゆっくりと煙草を吸っている。

だが、この男には隙がなかった。

先ほどから八十吉は何度も踏み込もうとしているが、その度に相気をずらされる。

「大人しく列車を停め、お縄を頂戴《ちょうだい》したらどうだ」

「そういうわけにもいきますまい。軍の機密を大量に持ち出してきてしまいましたからね。記録フィルムに、図面に、この十年で培《つちか》われた資料の束が山ほど……そこのクローゼットに入っています」

遊佐は顎《あご》を使って、それを指し示す。

「出掛けに、湖畔会館に時限発火装置を仕掛けてきました。もちろん地下の研究施設にもね。我々が国境を越えた頃に作動する予定だったから、あと一刻かそこらといったところかな」

「湖畔会館？」

「ああ、あなたは如洲電影の関係者じゃないからご存じないか。撮影所にある来賓向けの建物ですよ。映画の試写も可能な、晩餐会《ばんさんかい》を行うための大広間もある。あなたたちが探しているナオミくんや林田は、そこにいますよ」

「何だと。二人とも生きているのか」

八十吉は色めき立つ。

「ナオミくんは動きません。林田とはあれから意気投合しましてね。今では私とは無二の親友ですよ。林田には景気づけにこれと同じものを七、八本、別れの餞別《せんべつ》代わりに打ってきました」

そう言って、遊佐はスーツの内ポケットから注射器を取り出した。

「研究室にいた職員たちは、今頃、皆殺しでしょう。湖畔会館が燃え上がり、何もかも灰燼《かいじん》に帰せば、軍が何をやっていたかは隠蔽《いんぺい》され、私の名誉は守られる。軍が知り得た機巧技術のすべてを手に、私はルテティアで新しい人生を始める筈だった」

続けてアンプルのようなものを取り出して注射器の中身を満たすと、遊佐は咥《くわ》え煙草《たばこ》のまま、突き立てるように己の前腕の静脈に打った。

八十吉だけでなく、伊武に銃口を当てている遊佐の部下も、その様子に表情を変える。

「なるほど、これは……きついな」

みるみる遊佐の顔が青ざめたかと思うと、次には紅潮してくる。そして脂汗《あぶらあせ》が顔中に浮き出し始めた。

「私は、林田に復讐《ふくしゅう》の機会を与えてやったんですよ。そして彼が望んでいた死をね」

小刻みに体を痙攣《けいれん》させながら、遊佐が立ち上がる。

「桜香……いや、伊武の体に巻き付けてあるものが何かわかりますね」

「……爆薬か」

「ご名答。大人しく逮捕されても、機巧人形に関する機密を知っていて、かつそれを国外に持ち出そうとした我々は死刑になるでしょう。どうせ死ぬなら、持ち出した資料もろとも爆死してやります。できるだけ多くの如洲國関係者を巻き添えにしてね」

「伊武を返せ」

「力ずくでどうぞ。そのために注射を打ったんだ。ところで彼女は、本当にあなたの養女なのかな？」

丸眼鏡を外し、遊佐はそれをテーブルの上に置いた。

白目の部分は赤く血走っており、瞳はそれぞれ別の方向を見ていた。明らかに様子がおかしい。

遊佐はまだ、火の点いている煙草を指先に挟んでいた。

そして、それを身動きが取れなくなっている伊武に向かって放った。

「むっ」

思わず八十吉は前に出る。

火種が、伊武の着ている服の胸元や、縛るのに使われている細引きの間に挟まれたダイナマイトに引火すれば、大爆発を起こし、伊武の体が木っ端微塵《みじん》に吹っ飛んでしまう。

間合いを一気に詰め、伊武の胸元に落ちようとしていた火の点いた煙草の吸いさしを、何とか八十吉は手の平で握り込んだ。拳《こぶし》の中で、じゅっと火先《ほさき》が皮膚を焦《こ》がす。

その動きで、八十吉に大きな隙が生じた。

それを逃さず、遊佐が思い切り内腕を八十吉の喉元に叩《たた》き込んできた。

衝撃で後ろに大きく一回転し、八十吉は床に投げ出される。

さらに遊佐は、八十吉の着物の合わせを摑んで起き上がらせると、そのまま仰向けに八十吉の頭を車窓に叩き付けた。

ガラスが割れ、鋭利な破片が八十吉の顔に降り注ぐ。左眼に鋭い痛みが走り、視界の半分が赤く染まった。

さらに遊佐は、疾走する列車の外に八十吉を放《ほう》り出そうとする。遊佐の力は異常に強く、八十吉は抗《あらが》ったが、じりじりと肩から上を列車の外に出されてしまった。窓枠に残った破片が、八十吉の背中を切り裂く感触。だが、必死なので痛みは感じない。

いっそ、このまま遊佐を道連れにして列車の外に飛び出そうかとも考えたが、それでは残された伊武がどうなるかわからない。

まだ死ねぬ。

そう考えて気持ちを奮い立たせ、八十吉は胸倉を摑まれたまま、じっくりと相気を整える。

遊佐から流れてくる相気は、乱れに乱れていた。

法則がなく、それが却《かえ》って隙をなくしていたが、落ち着いて整えているうちに、針の先ほどの小さな点が見えてくる。

——これが一元の相気か。

八十吉は手を伸ばし、遊佐の首筋に触れた。興奮した暴れ馬を、一瞬で大人しくさせる、馬離衝の極意だ。

「う……」

遊佐が短く呻き声を上げ、ほんの少しではあるが力が緩む。

「私は、何を……」

一気に八十吉は、車窓とは反対側の壁まで遊佐を押し返し、叩き付ける。

その時、銃声が鳴った。

同時に、八十吉の脇腹が、焼きごてを押し付けられたように熱くなる。

伊武に銃口を当てていた遊佐の部下が、遊佐が危ないと見て銃口を八十吉に向け、引き金を引いたのだ。

だがこれは、八十吉が待っていたことだった。

伊武のこめかみに当てられた銃口から発射される弾丸は阻止できないが、銃口がこちらを向いているなら何とかなる。

八十吉は遊佐から手を離し、銃口を向けている男の方に向かって行った。

銃口が火を吹き、二発目の弾丸が八十吉の鎖骨の下に当たって、肩甲骨《けんこうこつ》を突き抜けて貫通していく。

だが八十吉は突進をやめず、伊武を摑まえている男の顎に、思い切り頭突きを食らわせた。

男の顎が割れる感触。

すぐに八十吉は振り向く。

手を離した遊佐が、背後から襲い掛かってくるところを、八十吉は今度は柳のように受け流し、腰を屈《かが》めてふわりと遊佐の体を背中に乗せ、投げ飛ばした。

狙い定めた通り、遊佐の体が、先ほどまで八十吉が落とされそうになっていた車窓から外に放り出される。

あっけない最期《さいご》だったが、余韻に浸る暇もなく、八十吉は伊武を縛っている細引きを解き、猿轡を外し、ダイナマイトを取り除いた。

「八十吉さん」

「すまないが、私を運転室まで連れて行ってくれ。遊佐の部下が、まだもう一人いる筈だ」

そいつを何とかしなければ、列車は停まらない。

「もう無理です。八十吉さん、すごい血……」

八十吉も、これはおそらく死ぬなと思っていた。

片目を失い、腹と左肩に一発ずつ銃弾を受けている。助かったとしても、もう以前のような生活は無理だろう。

八十吉に肩を貸しながら一等客車の部屋を出ると、伊武は進行方向にある筈の運転室とは逆へと八十吉を連れて行こうとした。

「伊武、そっちじゃない」

「遊佐の部下も、きっと気がついて諦《あきら》めます。なるべく後ろの車輌に移動して、手当てを……」

そうかもしれぬと八十吉は思った。この体では、何もできずに相手の銃弾を受けて死ぬのが落ちだ。伊武を危険に晒《さら》すことにもなる。伊武の言っていることが正しいのかもしれない。

「八十吉さん、死なないでください、八十吉さん」

伊武が自分のことを心配してくれるのが嬉《うれ》しかった。

助けたことは何度もあるが、こんなふうに伊武に助けられるのは初めてだ。

いや、君がずっと傍にいてくれたから、自分は生きていられた。ずっと助けられていたのは私か。

「待て」

背後から声を掛けられたのは、伊武と一緒に一等客車から次の車輛へと連結部を越えようとした時だった。

振り向くと、そこには遊佐が立っていた。

しまった。

窓枠か何かにしがみつき、完全には外に放り出されていなかったか。

伊武の拘束を解くのに夢中で、窓の外を確認していなかった。

再び車内に戻ってきた遊佐の片方の手には火のついたオイルライターが、そしてもう片方の手にはダイナマイトが握られていた。

遊佐がそれに火を点《つ》け、突進してくる。

「伊武、危ない」

体の中に残っていた全ての力を振り絞り、八十吉は伊武を連結部の先にある後部車輛に向けて突き飛ばした。

「八十吉さん！」

伊武が声を上げる。

八十吉のところに辿り着く前に、遊佐の握っているダイナマイトが爆発した。

勢いで八十吉は伊武のいる後部車輛まで吹っ飛ばされ、伊武がその体を受け止めた。爆発で連結器が壊れたのか、燃え上がる車輛が機関車に引っ張られ、先頭の数輛とともに線路の向こうへと離れて行く。

八十吉と、その体を抱えている伊武が乗った大陸横断列車の残る車輛は、動力を失って徐々に速度を落とし、やがて荒野の真ん中で停車した。

「八十吉さん……八十吉さん……」

何度も八十吉の名前を呼びながら、伊武が涙を流している。

伊武の薄い胸板に顔を埋《うず》め、強く抱き締められながら、八十吉は至福を感じていた。

気持ちは、遠い昔、己が少年だった頃に戻っていた。

ああ、こうやって胸に顔を埋めていた時、君は「縋《すが》りつくのはよしてください」という言葉とともに目覚めたのだったね。

おいら、伊武に出会えて良かったよ。

伊武の胸の奥からは、歯車が刻む規則正しい音や、天輪《てんわ》が回転し振り石にぶつかる金属音が聞こえてくる。それは子守唄のように心地良かった。

「伊武、本当はね……」

今なら言えると思った。いや、もう今しか時間は残されていない。

「君のことがずっと好きだった。お嫁さんに欲しいと思っていた」

口元に手を当て、目を見開いて伊武が声を漏らす。

「そうだったんですか？」

やはり気づいていなかったか。

「もっと早く言ってくだされぱよかったのに……」

「もう三十年以上も経《た》ってしまっているよ。でも、君にとっては、私と過ごしたこんな年月など、あっという間の出来事なんだろうな」

「八十吉さん、私、どうしたら……。私には、その……」

知っているとも。君には思い人がいる。あの憎っくき腰掛け野郎だ。

あの箱の中にいる鯨《げい》さんとやらよりも先に生まれてきていたなら、君はあんなふうに、おいらのことを好きになってくれただろうか。

「お願いが一つあるんだ」

「何でも」

「接吻《せっぷん》をしてくれないか」

何度も何度も思い描いた伊武の唇。

「おでこでも……よろしければ」

暫《しばら》く迷ってから、伊武はそう答えた。

「え……」

「いいとも」

八十吉は右目を閉じる。

柔らかい伊武の唇の感触が、八十吉の額の真ん中に当たる。

「私……男の方に接吻するのは、これが初めてです」

「そうなのか……」

だんだんと八十吉は微睡《まどろ》んでくる。そして八十吉は、最期にこう呟《つぶや》いた。

「ありがとう」

11

「まだ残っていたのか！　早く建物の外に避難して」

そう声を上げながら、撮影所のカメラマン助手が編集室に飛び込んできたのは、鈴子がスプライサーを使い、夢中でフィルムを接《つ》いでいる時だった。

「えっ？」

小さな刷毛《はけ》でフィルムの裏面に接着剤を塗っていた鈴子は、驚いて顔を上げ、ずれた眼鏡の位置を直す。

「半鐘の音が聞こえなかったのか。ずっと鳴っていただろう」

男はそう言うと、作業用の割烹着《かっぽうぎ》姿の鈴子の腕を摑《つか》んで立たせようとした。

確かに、撮影所内にある防災櫓《やぐら》の半鐘が鳴っていたような気もするが、スタジオの方からは、大道具を叩く金槌《かなづち》の音などが騒がしく聞こえてくることも多いので、あまり気にも掛けなかった。

「でも、まだ仕事が途中で……」

今やっているのは、原版であるネガフィルムの編集作業だった。

ポジ編集と違い、失敗したら取り返しがつかない。フィルムを放ったらかしにして部屋の外に出るのは、映画編集者たる鈴子には躊躇《ちゅうちょ》があった。

だが男は、強引に鈴子を引っ張り、編集室の外に連れ出した。

「編集室の他の人は？」

「室長は現像部にいる筈です。主任は今、湖畔会館で試写の準備を……」

「何だって」

早足で廊下を進んでいた男が足を止めて、鈴子の方を振り向いた。

「その湖畔会館で火災が起こっている」

「えっ」

思い掛けぬことに、鈴子は思わず裏返った声を上げた。

「中の様子はよくわからないが、飛び出してきた者の話によると、突然、何箇所かから火の手が上がったらしい」

「快人さんは」

「僕は見かけていないが……」

男を突き飛ばし、鈴子は建物の外に出るため、廊下を走り出した。

「もう男手で消火活動は始まっている！　危ないから、君たち婦女子はすぐに撮影所の外に避難したまえ」

背後から男の声が届いてきたが、快人の無事を確認しなければ、とても避難などする気にはなれなかった。

快人が、編集したばかりのラッシュ・フィルムを手に湖畔会館へと向かったのは、ほんの半刻ほど前だ。

編集室が入っている製作部の建物の外に出ると、鈴子は迷わず正門とは反対にある湖畔会館の方へと走り出した。

「君っ、何をやってるんだ。すぐに避難しろ！」

会館へ向かう鈴子に、何人かが声を掛けてくる。

撮影所で働いている職員は、女優を除けば九割方が男だ。美粧や衣装の担当者に、少しばかり女性職員がいる程度である。

湖畔会館は、撮影所の広い中央通路の最奥《さいおう》の突き当たりにあった。正面にあるため見通しが良く、建物から黒煙と火の粉が上がっているのが、すぐに目の中に飛び込んできた。

中央通路の両脇にはスタジオが建っていたが、類焼を恐れたのか、職員たちが高価な撮影用カメラなどの機材を運び出している。

湖畔会館に辿り着くと、また別の職員たちが消火活動を行っているのが見えた。

その名の通り、湖畔会館は翠緑色《すいりょくしょく》をした水が湛《たた》えられた湖の畔《ほとり》に建てられている。

大八車で運ばれてきた、撮影所内に備え付けの手動式の消防ポンプが荷台から下ろされ、吸い上げ用の太いホースが、ちょうど湖の中に放り込まれるところだった。

鈴子も顔見知りの監督と照明技師の二人が、シーソー運動のように前後から把手を動かし始めると、放水ホースの先端から水流が迸《ほとばし》り始めたが、勢いも量も十分とはいえず、あまり効果が上がっているようには見えなかった。

消防自動車は新天の消防団にしかなく、到着までにはおそらく半刻以上の時間が掛かる。初期消火は、撮影所の職員たちだけで何とかするしかなかった。

「鈴子ちゃんじゃないか！　こんなところに何しに来たんだ」

火事半纏《かじばんてん》を羽織り、必死になって手動ポンプの把手を上下に動かしていた監督が、鈴子に向かって声を上げた。そういえば、この監督が、撮影所内の防災係長として以前に消防訓練の音頭を取っていたのを鈴子は思い出した。あの時は、みんな朗らかに笑っていたのに。

「快人さんが……大友快人さんが、中にいるかもしれないんです！」

「何だって」

顔色を変えて監督が返事をする。

「誰か！　編集室の大友くんを見かけた人は！」

普段、撮影を仕切っているだけあって、監督の声はよく通り、大きかった。

日下語と華丹語で、ひと頻《しき》り声が飛び交ったが、誰もその安否を知る者はいなかった。

まだ中に取り残されているかもしれない。

そう思った瞬間、鈴子の体は考えるよりも先に動いていた。

「あっ、馬鹿《ばか》！」

背後から監督の声が聞こえてくる。

石造り二階建ての、三百坪ほどの広さがある湖畔会館の窓という窓が割れて黒煙が上がり、灰白色の外壁が煤で黒く汚れている。

鈴子は正面玄関への低い石段を一気に駆け上がる。装飾の施された入口の扉は開け放たれていたが、ロビーにも火が回っており、天井にあったシャンデリアが床に落ちて飾りが散らばっていた。黒煙が充満していて、奥の方がどうなっているのかはわからない。

これは飛び込んでも、どうにもならない。すぐに自分も煙を吸い込んで倒れ、焼け死ぬだけだ。

怖じ気づいて後退《あとずさ》った鈴子だったが、ふと、会館の裏手に、従業員や裏方専用の出入口があるのを思い出した。

湖畔会館では、試写を兼ねて来賓を迎えた晩餐会などもよく催される。その際に、客と映写技師などの裏方が鉢合わせしないための通路や控え室がそちらにあった。

正面玄関から離れ、鈴子は建物に沿って裏手へと走る。

快人さん、無事でいてください、快人さん。

心の中で必死に祈りながら、鈴子は従業員用の出入口に辿り着いた。

真鍮《しんちゅう》製のノブを掴んで開くと、すぐ目の前から、二階へと上がる幅の狭い階段になっている。ロビーや大広間とは隔絶しているせいか、こちらには殆ど煙が回ってきていない。

ドアを開け放したまま、鈴子は階段を駆け上がる。編集室からいきなり外に出てきたから、足下が部屋履きのスリッパのままなのに、今さらながら気がついた。

二階に上がると、さすがに煙の色と臭《にお》いが強くなった。

姿勢を低くしながら、狭い通路を鈴子は前へと進んで行く。快人がいるとするなら、おそらく映写室だと思われるが、鈴子は湖畔会館には数えるほどしか入ったことがなく、どちらが映写室なのか見当もつかなかった。もうこうなると運に任せるしかない。

やがて、ドアが見えてきた。殆ど四つん這いのような姿勢で、鈴子はそちらに近づいていく。扉に付けられているプレートには「映写室」とあった。

僥倖《ぎょうこう》だと鈴子は思ったが、まだ喜ぶのは早い。中に快人がいなければ、意味がないのだ。

「快人さん！」

ドアを開くと当時に、鈴子は声を上げる。

火事が起こってからどれくらい経つのかは知らないが、映写機はまだ動いていた。フィードリールと巻き取りリールが回転し、映写レンズから伸びた光の帯が、小窓を通して、下階の大広間にあるスクリーンに向けて、映像を投影していた。

「うーむ……」

その時、部屋の隅から男の呻き声が聞こえた。

鈴子はそちらを見る。フィルム缶などが積み上げられた棚の向こう側に、倒れている男の脚が見えた。

そちらに這っていくと、やはり快人だった。

「快人さん、快人さん！」

気を失っているらしい快人に向かって鈴子は声を掛け、目を覚まさせるために、強めに何度も顔を平手で叩いた。

後先考えずに突入してきたので、こういう場合、どうするかまったく考えていなかった。

もし快人が意識を取り戻さなかったら、自分は快人を担《かつ》いで表まで逃げることができるだろうか。

その時、不意に快人が手を伸ばし、鈴子が殆《ほとん》ど毎日着たっきりで過ごしている着物の肩口を摑んだ。

「だ、誰だ！　痛い、やめろ……」

「鈴子です。快人さん、動けますか。逃げましょう。火事です」

焦《あせ》って鈴子は畳みかけるように言う。

「鈴子ちゃん？　何で君が……」

自分でもわからなかった。快人を助けたい一心で、命懸けで飛び込んできてしまった。

「くそっ、いつの間にこんな……。鈴子ちゃん、付いて来て」

辺りの様子を見て我に返ったのか、急に快人が起き上がった。

映写室の隅に、短い下りの階段があり、その先にドアがあった。

どうやら一階の試写室を兼ねている大広間に、直接出入りできる通用口のようだった。

「駄目です、快人さん。そっちは……」

ロビーがどんな状態かを見ていた鈴子は止めようとした。大広間からロビーを経由するよりも、遠回りでも鈴子が通ってきた従業員用の通路を使って裏手から逃げた方が、まだ助かる可能性が高い。

だが、そんなことを伝える前に、快人は鈴子の手を握って階段を降りると、ドアを開いて大広間に出てしまった。

「う……」

思わず鈴子は声を上げる。煙でよくわからなかったが、降りてみるとこちらは目を背けたくなるような惨状だった。

スーツや協和服姿の男たちが点々と床に倒れている。上映前のフィルムの検閲に来た政府関係者だろうか。テーブルや椅子がそこら中でひっくり返っているのは、火災が起こった時にここにいた人たちが我先に逃げ出した跡だろう。

窓からの光を遮る暗幕が激しく燃え上がっており、その炎は天井に燃え移りつつあった。

振り向くと、映写室は中二階のようになっていて、大広間の壁の天井近いところに、先ほどの映写用の小窓があった。スクリーンはすでに燃え落ちており、映像は歪《ゆが》んだ形でステージ上の壁に投影されている。

映像の中では、頭に大きな蓮《はす》の花を載せた桜香が、睡蓮《すいれん》の葉が浮かぶ池の水面《みなも》を飛び跳ねながら踊っていた。以前、桜香がこの格好で編集室に遊びに来た時のことを、鈴子は思い出す。

「何だ、あれは？」

不意に快人が口を開いた。

その視線の先を見ると、燃え落ちたスクリーンの向こう側の壁に、大きな観音開きのドアがあり、開け放たれていた。

見たところ、そのドアのすぐ先は下へと向かう階段になっているようだった。

だが、鈴子は湖畔会館に地下や奈落のようなものがあるとは聞いたことがない。そもそも、この扉がスクリーンの裏側にあったのなら、まるで目立たぬように人から隠すような構造だ。

「快人さん、こっちからは逃げられません。ロビーも火の海です。でも、私が入ってきた従業員用の通路を使えば……」

我に返り、鈴子はそう言った。

今は逃げるのが優先だ。

だが、引っ張って行こうとしても、快人の足は釘付けされたかのように動かなかった。

快人の視線の先を追って、鈴子も振り向く。

奇妙なものが、そのスクリーン裏の扉の向こう側から大広間へと上がってくるところが見えた。

それは、まるで首のない木馬のような形をしていた。

生物とも無生物ともつかぬ、くすんだ金属の色を帯びた四つ脚の物体が、一歩一歩、慎重に確かめるような足取りで、大広間に出てくる。

その背中には、体を俯《うつぶ》せにした全裸の少女が乗っていた。

白い肌に金色の長い髪。一見して日下人でも華丹人でもないのがわかる。気を失っているのか、それとも死んでいるのか、ぐったりとしていて動かなかった。

その奇怪な四つ脚の物体と白人の少女の取り合わせに、訳もなく鈴子は恐怖を感じ、強く快人にしがみついた。

12

新天郊外の試験飛行場に複葉機を着陸させると、フェルは待たせていたフェル電器産業の社用車に乗り、如洲電影の撮影所へと向かった。

道の状態はあまり良いとはいえず、車輪が大きな石に躓《つまず》く度に、車体が大きく跳ね上がる。

フェルと一緒に後部座席に座っている伊武は、すっかり塞ぎ込んでいる。

遊佐を乗せていた大陸横断列車は、フェルが待機していた国境近くの駅に、最後尾の車輛《しゃりょう》を轟々《ごうごう》と炎で燃やしながら、姿を現した。

分岐から引き込み線に入り、操車場へ向かっても勢いは緩まず、そのまま列車は激突して大爆発を起こした。

荷下ろし場の建物の屋根を吹き飛ばし、操車場は火の海となった。

消火活動が続く中、線路上に取り残されていた大陸横断列車の後部車輛の捜索と乗客の救助に向かっていた鉄道会社の別の機関車が、伊武を乗せて戻ってきた。

伊武は座席の片隅で、爆死して皮膚が焼け爛《ただ》れ、上腕や下肢の一部を失った八十吉の亡骸《なきがら》に寄り添い、ただ泣いていた。

誰かに渡された毛布にくるまれた八十吉の死に顔は安らかだった。

「ナオミさんと林田さんは、如洲電影撮影所にある湖畔会館の地下にいます」

フェルの姿を見た伊武は、それでも気丈にそう伝えてきた。

そして湖畔会館には時限発火装置が仕掛けられていると、遊佐が死ぬ前に言っていたという。

同乗席に八十吉の遺体を抱えた伊武を乗せ、フェルは再び複葉機を操縦して戻ってきた。

飛行場につくと、フェル電器の社員に八十吉の遺体を託し、クサカホテルに人をやって、この後のことに備えた。

あらゆることが、畳みかけるように動き出している。

フェル電器の社用車が、如洲電影撮影所の車回しに入ると、やはり何事か起こったのか、本館の前には人の群れができていた。

「フェルさん、こっちです！」

車を降りると、撮影所内を良く知っている伊武が先導し、フェルの前を走って行く。

「ああ、やっぱり……」

伊武が狼狽《うろた》えた声を出す。

幅の広い通路の奥に石造りの建物があり、まだ煙が燻《くすぶ》っていた。

殆ど鎮火しているようだったが、建物の傍らには消防自動車が停まっており、ひっきりなしに放水を続けている。

「桜香さん！」

そちらに向かって走って行こうとする伊武に、声を掛けてくる者がいた。

「鈴子さん！」

撮影スタジオと思しき建物の入口に立っているその娘に、伊武が走り寄る。

「よかった、ご無事で……」

フェルは胸元から眼鏡を取り出し、その娘の顔をよく見た。

クサカホテルに会いに来てくれた女の子だ。顔は煤《すす》で真っ黒で、髪の一部も焼け、衣服のところどころが焦げている。

鈴子は、わっと涙を溢《あふ》れさせ、伊武と抱き合った。

「何で桜香さんがここに……。それにフェルさんも……」

「事情があって、急ぎ戻ってきたのです。鈴子さん、お怪我《けが》はありませんか」

「私は大丈夫です。でも、快人さんが……」

鈴子が、視線でスタジオの奥を示した。どうやら臨時の救護所になっているようだ。広いスタジオのそこかしこで、怪我や火傷を負った者たちが、医者や看護婦の手当てを受けている。

その中に、指の骨でも折ったのか、包帯で手をぐるぐる巻きにされている男がいた。直接会うのは初めてだったが、ひと目でそれが快人だとわかった。どこか林田に似た面影がある。

快人の方も、開け放たれたスタジオの大きな出入口に立っている伊武と、そしてフェルの姿に気づいたようだった。

手当てをしている看護婦に何か言い、快人は立ち上がると、急ぎ足でフェルの元に歩いてくる。

「マルグリット・フェル女史ですね」

フェルは頷《うなず》く。

「来てください」

返事を待たず、快人は歩き出した。

「何？」

「向こうのスタジオが、遺体の仮安置所になっています」

通路を挟んだ向かい側のスタジオに、快人は向かっているようだった。

快人に続き、フェルと伊武、そして鈴子がそのスタジオに入ると、中には数十人を超える遺体が並べられており、上から茣蓙《ござ》や布が掛けられていた。こんな光景を、フェルは以前にも見たことがあった。天府一円であった震災の時だ。

「湖畔会館に地下室が発見されたそうです。上にある建物の何倍も広い……」

フェルは伊武と顔を見合わせる。遊佐が言っていたという話と符合する。

「ここにある遺体の三分の二は、その地下で見つかったものだそうです。湖畔会館の他にも、本館などに通じる出入口や通路がいくつかあったらしい。何をしていた施設なのか、何が起こったのかはわからないが、殆どが火災が起こる前に何者かに手脚や頭などを引きちぎられ、惨殺された形跡が……」

そして快人は、真《ま》っ直《す》ぐにフェルの方を見て言った。

「こちらへ」

快人は、並んでいる遺体の一つの前にフェルたちを導いた。

その遺体は、上に掛ける布が足りなくなったのか、撮影に使われる厚手の暗幕らしきものが掛けられていた。

「気をしっかり持ってください」

その傍らにしゃがみ込み、快人が顔のあるところを捲《まく》る。

「ナオミさん……」

フェルよりも先に、伊武が口元に手を当てて声を上げた。

「例のフィルムに映っていた少女ですよね」

隣で鈴子が聞いているからか、快人が声を潜めて言う。

十年ほど前、旧釘宮邸に書き置きだけを残して行方不明になってしまったナオミが、その当時の姿のまま、横たわっていた。

見開かれたままのその青い瞳《ひとみ》は微動だにせず、ただ虚《むな》しく宙を見つめている。

立ち尽くすフェルに向かって、言いにくそうに快人が口を開く。

「お悔やみを申し上げます。あの……」

「伊武、ナオミをクサカホテルに連れて帰るわ。手伝って」

だが、フェルは伊武の方を向いて、毅然《きぜん》とそう言い放った。

「待っていたよ。準備はすっかり整っている」

新天クサカホテルのスイートルームに入ると、そこにはフェルがこの世で最も尊敬し、信頼している人物が待っていた。

「あなた……ナオミが……ナオミが……」

声を聞いただけで、張り詰めていたフェルの気持ちが、ふっと緩んでしまった。

縋るように、フェルは目の前の人影に抱きつく。

「あの、お客様、誠にすみません。私は……」

「マルグリット、落ち着け。そして眼鏡を掛けろ。君がいま抱きついているのは、このホテルの部屋付き執事《バトラー》だ」

慌《あわ》ててフェルは胸元から眼鏡を取り出し、それを掛けた。

目の前で困った表情を浮かべている執事を突き飛ばし、今度こそ、その傍らに立っている人物に縋りついた。

「泣き言は後だ。まず冷静になれ」

叱責《しっせき》するように、その人物……加納朔太郎《かのうさくたろう》は言った。

すぐに作業に取りかかれるように、ポケットのたくさんついた作業用のエプロンを着け、薄手の手袋を嵌《は》めている。

「大仕事になる。何時間……いや、何十時間か、何日か……とにかくどれだけ掛かるかわからない。必要な材料や機材を、追加で調達する必要が出るかもしれん」

「わかってるわ。お金には糸目をつけない」

涙を拭《ぬぐ》い、フェルも自分の両頬を張って気合いを入れ直した。

「伊武以外は、全員、外に出て行って。訪問者は取り次がなくていいわ。必要がある時は、こちらから言伝します」

フェルの指示で、ナオミを部屋の中に運び込んだフェル電器の社員たち、ホテルの従業員たちが出て行く。

部屋には、フェル電器の社員に指示して、張桜香として伊武が住んでいた社宅から回収してきた、例の長須鯨の絵が描かれた箱も持ち込まれていた。

「久しぶりだね、伊武くん」

ほっとしたように箱を撫《な》でていた伊武に、静かに朔太郎が声を掛ける。

「ええ」

返事をしながら、伊武が立ち上がる。

「君も手伝ってくれるかい？」

「もちろんです。釘宮様が生きていた時は、ずっと助手を務めていました」

「頼もしい」

そう言って朔太郎は頷いた。

「機巧人形《オートマタ》は、奇跡のようなバランスで動いている。それを調整するのも、一から造るのも、凡百な軍部の研究者や技師では叶《かな》うまい」

朔太郎に続き、リビングから寝室に入ると、そこにあった二つの大きなベッドは片付けられており、代わりに旧釘宮邸の地下にあったものと同様の作業台が設《しつら》えられていた。工具なども遜色《そんしょく》のないものが揃《そろ》っている。フェルと伊武も、作業用の白い袖《そで》付きのエプロンを着け、入念にその表面に付いた埃《ほこり》や塵《ちり》を取り去った。

日下國から、大量の機材や工具とともに朔太郎が如洲國入りしたのは、ほんの数日前だった。フェルや八十吉に大幅に遅れたのは、機巧人形の修繕に必要な、入手困難な各種の素材を、日下國のみならず新世界大陸にまで赴いて集めていたからだ。

朔太郎が新天特別市に到着するのに前後して、鈴子がクサカホテルを訪ねてきたから、すっかり行き違ってしまっていた。

だが、このタイミングで朔太郎が姿を現したことに、フェルは僥倖を感じていた。

中央の作業台には、ナオミが仰向けに横たわっている。

相変わらず、ナオミは瞼《まぶた》を見開いたまま、その青い瞳で宙を見つめていた。金色の長い髪のところどころが焦げており、それが余計に痛々しさを感じさせた。

ナオミの体に掛けられているシーツを朔太郎が取り払う。五体全部揃っているが、肌には切り刻まれた痕《あと》や、それを乱雑に縫い直した痕がいくつも残っていた。

伊武が瞼を閉じ、朔太郎がほんの少しだけ眉《まゆ》を動かす。フェルは目を逸《そ》らしたくなったが、心を鋼鉄にして、その姿を見据えた。

何もかも、元通りにしてみせる。

「時計を直しに、座毛崎にあった僕の店に来てくれた時以来だね」

ナオミの頭の近くに立っている朔太郎が、そっとナオミの頰に触れ、語りかける。

「帰り際《ぎわ》、君は僕のことをお父様と呼んでくれたね。あの時、僕は優しい言葉を返してやるべきだった。ずっと悔いていたんだ。ただ頷いてやるだけでも良かったのに、すまなかったね」

ナオミは動かない。

だが、その目元から、ひと雫《しずく》の涙が流れた。

驚いて顔を上げたフェルと、朔太郎の視線が合う。

「聞こえているんですか、ナオミさん」

ナオミの足下の方に立っている伊武が声を上げる。

「覚えていますか。伊武です。天府高等女学校の、あなたの一番の親友です」

「あなたを助け出すために、伊武はずいぶん頑張ってくれたのよ」

フェルも必死になって語り掛ける。

ナオミには聞こえている。何故だか、そう確信が持てた。

きっと、あれこれと雑にいじられすぎて機能が停止しているのだ。

かつてのスリーパーと一緒で、体が動かないだけで、意識はずっと保っているのに違いない。

「私たち、仲直りしたのよ。あなたのお陰よ、ナオミ」

「そのとおりだ」

フェルがナオミの右手を握ったのを見て、朔太郎もナオミの左手を握る。

こんなふうに、二人でナオミの体の修繕を行うのは、いつ以来のことだろう。

ナオミは紛《まが》うことなき二人の子だった。二人で作り上げた機巧人形だからだ。

「まず最初に、手脚と首を胴体から離して、中身を徹底的に総点検したい」

「わかったわ」

フェルは頷く。それは気が狂うような精密かつ膨大な作業だったが、朔太郎は、それを常人の何十倍もの正確さと速度でこなす手を持っており、フェルには機巧人形に対する尋常でない執念があった。

「ところで……」

拡大鏡を片目に装着し、目盛りを調節しながら朔太郎が言う。

「轟氏の姿が見えないようだが……」

「八十吉さんは死にました」

静かな口調で伊武は言う。

「……そうか」

朔太郎は、それ以上は何も聞こうとしなかった。

細かな作業を前にして、気持ちが乱れるのを避けたのかもしれないし、伊武の気持ちを慮《おもんぱか》ったのかもしれない。

「始めよう」

朔太郎が呟き、フェルと伊武は微《かす》かに頷いた。

13

殆ど本能のままに、林田は歩き続けていた。

大量に打たれた薬のせいで、未《いま》だに夢と現《うつつ》の狭間《はざま》から戻れずにいる。この体も、何かの悪夢でも見続けているのではないかとすら思えた。

あれから何時間が経ったのだろう。いや、何十時間か、何日か、ともすると何十日も経ったのかもしれない。

林田が目覚めた場所は、大きな建物の中だった。煤けた瓦礫《がれき》が山になっており、ひと目で大規模な火災があったのが窺《うかが》えた。

何があったのかを思い出そうとしても無駄だった。

自分自身も火災に巻き込まれたのか、それともどこからか運ばれてきてここに捨てられたのかもわからない。

だがとにかく、自分が何年もの間、閉じ込められていた、窓もない部屋でないのは確かだった。これが夢ではなく、現であった場合の話ではあるが。

瓦礫の下から這《は》い出した林田は、建物の外へと歩き出した。

体のどこかにガタが来ているのか、どうにも動きづらい。

表に出ると、辺りは暗く、夜だということがわかった。

空には無数の星が輝いていた。天の川らしき星たちの帯も見える。

建物のすぐ近くには大きな湖があり、満月がそこに映っていた。湖面は鏡のように凪《な》いでいて、静謐《せいひつ》な風景だった。

その場所を後にし、林田は覚束《おぼつか》ない足取りで歩き始める。

どこに向かっているのか、自分でもわからなかったが、迷いはなかった。何かに引き寄せられるように、林田は歩いて行く。

――この施設を残らず破壊し、君を苦しめた連中を殺し、君の幼い恋人を救い出してやりたまえ。ちゃんと銃剣も仕込んでおいてやったぞ。

ふと、林田の耳元で、遊佐の囁《ささや》き声が聞こえた気がした。

あれは暗示のようなものだったのだろうか。

それから立て続けに例の薬を注射され、何本目かで林田は完全に我を見失った。

林田自身は気絶していたような感覚だったが、時折、瞬きとともに脳裏に浮かび上がる光景が、そうでなかったことを林田に物語ってくる。

千切れた手脚、潰《つぶ》れた顔、腸《はらわた》の引き擦り出された死体。

死んでいるのは、いずれも林田のいた施設の連中だった。名前は知らないが、見知った顔だった。十年前からいたやつもいるし、ほんの数か月前から見かけるようになったやつもいた。それをやったのは自分だという覚えがあった。鍵《かぎ》の開けられた部屋から飛び出し、獣のような衝動に駆られるまま、殺戮《さつりく》を繰り広げる己の姿。胴体から前後に二門ずつ突き出している、計四門の銃口には、いつもは装塡《そうてん》されていない小銃用の実包が仕込まれ、銃剣が固定されていた。

また別の光景が林田の脳裏に閃《ひらめ》く。

炎の中に佇《たたず》む己の姿。前後に装着されていた銃剣はいずれも根元から折れており、継ぎ目に何本ものリベットが打ち込まれた、四つ脚に支えられた胴体は、返り血でぬらぬらと赤く照り返していた。

炎と煙に巻かれる中、林田は何かを探していた。その時の林田は、自分が何を探しているのかすらもわかっていなかった筈《はず》だ。

そして、とうとう林田はそれを見つけ出した。

クッションもない、簡素な作業台のようなベッドの上に横たわる、金髪碧眼《へきがん》の全裸の少女。

今の林田なら、それが誰なのかわかる。

ナオミ。

失われた自分の前半生の記憶が甦《よみがえ》る。

天府高等女学校の制服を着て、不安げに猫地蔵坂ホテルのロビーを覗《のぞ》き込んでいたナオミ。

二人して特高の尾行を撒《ま》き、路面電車に飛び乗った時のナオミ。経験したことのないスリルに頬を紅潮させ、そして笑っていた。

カフェー・ダゴンで一緒のテーブルに座った時の、居心地の悪そうな様子。

お夕《ゆう》の経営する汁粉屋で働いていた時の、輝くような生き生きとした表情。

不思議だった。ナオミは少女だったあの日から、少しも姿を変えていなかった。

それ以前に、ナオミはまるで死んでいるかのように動かない。

だが、深く考えているような余裕もなければ、それが可能な精神状態でもなかった。

その金髪碧眼の少女が、自分にとって何なのかもわからないまま、その時の林田は、何度も失敗しながら何とか己の背中にナオミを乗せると、今度は施設の出口を求めて彷徨《さまよ》い始めた。

林田さん——。

どこからか、声が聞こえてきたかのように感じたのはその時だった。

背中に乗せている少女の声だとすぐに確信した。声を発したわけではない。そう頭の中に響いてくるのだ。だが、林田さんとは誰だろう。それが自分の名前だと気づかず、林田は電燈も点いていない、煙が充満した暗い廊下を歩いて行く。そして、上へと向かう幅の広い階段を見つけた。

生きていてくれたのですね、林田さん——。

また、声が聞こえたような気がした。

君の方こそ——。

意味もわからず、林田は答えていた。

よく生きていてくれた——。

階段を上りきると、そこには扉があり、開いていた。

直感で、自分が襲った相手のうちの誰かが、林田から逃げるためにここから外に出たのだと感じた。だとするなら、この先から脱出することができる。

そう思ったが、徐々に林田の体は動きが鈍くなってきており、思い通りに動けなくなっていた。

薬の力で、己の体に極端な負担を掛けていたのが表出してきたのかもしれない。

扉の向こう側に出ると、そこは大きな広間になっていた。こちらも激しく炎が巻き上がっており、死んでいるのか、それとも気を失っているのか、人が点々と倒れ、テーブルや椅子が散乱していた。

ふとその中に、動くものを林田は見つけた。

大広間の向こうに、寄り添うようにお互いにしがみついている若い男女がいた。

男の方の姿を見て、思わず林田の体が震える。

自分はその男を知っている。いや、知っている筈なのだが、誰なのかわからなかった。名前を思い出せない。だが、どういうわけか、小さな男の子とブリキの菓子の缶の中で蟋蟀《こおろぎ》を闘わせている画が頭の中に思い浮かんだ。これは何の光景だろう。

一緒にいる女の方は、恐怖に駆られた表情を浮かべ、こちらを見ている。

林田が前に出て行くと、男が守るように女の前に立ちはだかった。

不思議と、その男のことは信頼できると林田は思った。

二人の前まで歩いて行き、二本の前脚を曲げて屈《かが》むようにすると、背中に負っているナオミの体を、床に滑り落とした。

ナオミの体が、仰向けにごろりと転がる。

もうそろそろ動きが止まりそうだと林田は感じていた。二人に警戒されないよう、じりじりと林田は後退る。

林田の意思を察してくれたのか、男がナオミの体を抱き上げて肩に担ぎ、もう一人の女の方が先導するように、何かの部屋に通じるドアを開いて、二人はその向こうに去った。

役目を果たし終えたような気になり、林田は四つ脚を折り曲げてその場に座り込んだ。熱さや息苦しさは感じなかったが、天井の軋《きし》む音が聞こえてくる。

やがて轟音とともに上階の床が落ちてきた。炎のついた太い梁《はり》が、頑丈につくられている林田の胴体の上に落ち、体を歪ませた。

そんなことを断片的に思い出し、何度も転びそうになりながら歩いているうちに、徐々に夜が明けてきた。

遠くに町が見える。そちらに向かって、霜柱の立つ荒野の土を踏みながら、壊れかけのブリキの玩具のようにふらふらと林田は歩き続けた。

14

「ねえ、ママ。この機巧人形は、いつになったら動き出すの？」

ああ、そうだ。

小さかったナオミは、フェルと朔太郎が開発している機巧人形が動き出すのを、とても楽しみにしていた。

「早く動くといいね」

濃い栗色《くりいろ》の髪の毛に鳶色《とびいろ》の瞳。見上げるようにして抱っこを求める仕種《しぐさ》。

病弱だったナオミが、悪性の風邪をこじらせてあっさりと世を去ったのは、彼女が六歳の時だった。

その日、フェルは、熱があって体がだるいと訴えるナオミを何とか寝かしつけると、旧釘宮邸の地下に籠《こ》もって、機巧人形の研究に勤《いそ》しんでいた。ナオミは、自分が眠った後も傍にいて欲しいと懇願していた。そうしてやればよかったと後悔しても、今はもう遅い。

間の悪いことに、朔太郎もその日は屋敷にいなかった。フェル電器産業日下法人の取締役として、朔太郎が慣れない仕事で忙しくしている時だった。

機巧師としての職人の仕事の他は、人付き合いも要領も悪かった朔太郎は、会社に泊まることが多くなり、その日も帰ってこなかった。

何もかも自分が悪いのはわかっていた。たとえどんな手を施そうが、ナオミがあの日、天に召される運命だったのだとしても、傍らに寄り添っていることをフェルが選んでいたなら、こんなに後悔することはなかったのかもしれない。

夜が明ける頃、徹夜明けの眠い目を擦《こす》りながら、フェルは研究室から出てきた。

ベッドに潜り込む前に、ナオミの様子を見ようと部屋に赴き、自分が部屋を離れた時と同じように行儀良くベッドに寝ているナオミの姿を見た時は、ほっと頰を緩めたものだ。

もう熱は下がったのね。

そう思った。掛け布団《ぶとん》の位置を直してやろうと手を伸ばした時、ナオミが寝息を立てていないことに気がついた。

フェルが狂気に駆られたのはそれからだった。

朔太郎を取締役から解任し、朝も昼も夜もなくフェルの作業に付き合わせることになった。

二人での作業の最中も、ずっとフェルは自分のことは棚に上げ、朔太郎があの日、会社から帰ってこなかったことを罵《のの》り続けた。ナオミの死の責任を誰かに転嫁し、ぶつけなければ、堪えられなかったのだ。朔太郎はよく我慢していたと思う。あの時の自分は何かに取り憑《つ》かれていた。悪い何かに。

「動けっ、動けっ、ナオミ！」

いつの間にか、フェルはその機巧人形に、死んだナオミを重ね合わせるようになっていた。失われた命を復活させようなどという考えは、狂気そのものだ。だが、自分はそのことに気づいていなかった。

完璧《かんぺき》な機巧人形をこの手で造れば、きっとそこに彷徨えるナオミの魂が宿るに違いない。本気でそう考えていた。

だが、ナオミと名付けた、自分の娘時代にそっくりな機巧人形は動き出さなかった。スリーパーの時と同じだということはわかっていた。内部の機巧は、伊武の体を参考にして、完璧に再現しているつもりだった。これで動かないのが不思議だった。伊武とナオミの間に何の違いがあるのか。伊武が動くなら、ナオミも動かなくてはおかしい。

「動けっ、ナオミ！」

もはやフェルにできるのは、作業台に寝そべっている少女の形をした機巧人形に、そう訴えかけることくらいだった。

そんな科學者にあるまじき姿に、とうとう朔太郎までもがフェルの元を去って行った。

ナオミが……機巧人形のナオミが動き出したのは、その暫《しばら》く後だった。

朔太郎との夫婦二人の寝室だった部屋で、己が朔太郎に取り続けた態度を後悔し、何日もただ泣き続けていた時、不意に背後から声を掛けられたのだ。「お母様？」と。

微睡《まどろ》みから、フェルは目を覚ます。

湖畔会館から持ち帰ったナオミの修繕に入ってから、もう二週間近くが経っていた。ろくに食事も摂《と》らず、風呂《ふろ》も入らず、眠ってもいなかった。

朔太郎は驚くべき集中力で作業を続けていた。伊武に至っては、おそらくこの間、一度も眠っていないのではないだろうか。だが、少しも疲れた様子を見せない。

「ねえ、ママ。機巧人形は、いつになったら動き出すの？」

仮眠のためにリビングのソファに横になっていたフェルに、誰かが声を掛けてきた。

驚いてフェルはそちらを見る。だが、眼鏡を掛けていないせいで、何か人のような形がぼんやりと見えるだけだった。

「早く動くといいね」

聞き覚えのある声だった。

慌ててフェルは眼鏡を探す。胸元からそれを取り出して掛けたが、その瞬間までそこにいた筈の何者かは、眼鏡を付けた途端に消えてしまった。

ナオミ……？

呆然《ぼうぜん》とフェルはスイートルームのリビングを見回す。

狐《きつね》につままれたような気分だった。まだ自分は微睡んだままなのだろうか。

眼鏡を外し、目を擦ろうとして、フェルは自分が涙を流していることに気づいた。

フェルはじっと自分の手を見る。

そして祈る。

――神よ、私の指先に宿りたまえ。

フェルはソファから立ち上がり、洗面所で顔を洗うと、作業の続いている寝室の方へと、とって返した。

「ごめんなさい。代わるわ」

「まだ休んでいてくれて大丈夫だぞ」

作業する指先を拡大鏡越しに見つめたまま、朔太郎が答える。

伊武はその傍らで、何やら作業内容と図面をペンで紙に書き付けている。

手脚と胴、それに首と、別々の作業台に載ったナオミの体の間に、鋼線の束や管などが無数に垂れ下がっている。隙間《すきま》から見える体内には、みっしりと詰まっている歯車や撥条《ぜんまい》。

「あなたこそ、少し寝た方がいいと思うけど」

もう一度、フェルは自分の手を見た。

見た目は何も変わっていないが、今ならどんな難作業も可能な気がした。

「そうか……」

作業用の椅子の背凭《せもた》れに体を預け、大きく深呼吸すると、朔太郎は装着している拡大鏡を目から外した。

「だったら、少しだけ休ませてもらおう。それに何か腹に入れたい」

「それがいいわ」

「ロビーに降りて、何か食ってくるよ。今は何時なんだろう。朝食になるのかな？　それとも夕食か……」

朔太郎は笑いながらそう言うと、作業のために使われている寝室の外に出た。

伊武と目が合い、フェルは頷く。

朔太郎が腰掛けていた椅子に座り、自分用の拡大鏡を瞼の上下で挟んで、目盛りを調整した。

「ねえ、伊武、私はどうしたらよかったのだと思う？」

工具を動かし、実際には米粒ほどの大きさしかない歯車の取り付け作業に入る。

「もっとナオミを自由にさせてやればよかったのかしら」

「フェルさんは、ナオミさんを自由にさせて見守っていたじゃないですか。一度、重五《しげご》郎《ろう》さんと一緒に、ナオミさんの様子を見に座毛崎の汁粉屋に行ったことがあります。とても楽しそうでした」

フェルの脳裏に、お抱え車夫だった重五郎の屈強な姿が思い出される。

彼は最期まで、ナオミやお夕さんのために体を張って闘ってくれた。

ナオミも重五郎のことを、使用人というよりは頼れる兄のように感じていた筈だ。いつもナオミの我《わ》儘《まま》に振り回されて、重五郎は困った顔をしていたっけ。

重五郎も、お夕さんも、それに八十吉も、みんな死んでしまった。

フェルは必死に泣くのを我慢する。涙で目が潤《うる》んだり、拡大鏡の内側に水滴でも落ちようものなら、精密な作業ができない。

「みんな……私より先に死んでしまったのね……」

不意に口をついて出た言葉に、伊武が静かに答えを返す。

「私はそんな別れを、ずっと繰り返してきました」

思わず、作業をしているフェルの手が止まった。

「八十吉さんも言っていましたけど、人の命は短すぎて、私には一瞬の出来事のように感じられます。別れはありふれたものなのです。でも、フェルさん」

レンズを水滴で汚してしまわないうちに、フェルは作業の手を止め、拡大鏡を目から外した。

「私は永遠に忘れません。八十吉さんのことも、重五郎さんのことも、お夕さんのことも、もちろんフェルさん、あなたのことも」

そしてもう一度、付け加えるように伊武は言った。

「永遠にです」

フェルは眼鏡を掛け、伊武の方をゆっくりと振り向いた。

伊武が微笑を浮かべる。その緑色の瞳の奥に、想像することもできないような時の彼方を感じ、フェルは愕然《がくぜん》とした。

いや、こういう感覚には、伊武と一緒にいると何度となく触れることになる。

彼女はきっと、瑪瑙《めのう》のような色をしたその瞳の奥に、たくさんの人のことを覚えている。溢れるような哀しみや怒り、後悔、そして喜びや、愛と呼ばれる感情とともに。

「マルグリット、それから伊武も、ちょっと下に来てくれないか」

そこに、食事を摂るためロビーに降りて行った朔太郎が戻ってきた。

「何？」

どちらにせよ、少し作業の手を止めて、感情を落ち着かせなければならなさそうだった。

「ロビーでちょっとした騒ぎが起きている」

てっきり一緒に食事を摂ろうと呼びに来たのかと思ったが、違うようだ。

「騒ぎって？」

「口では説明しづらい。とにかく一緒に来てくれ」

伊武と顔を見合わせ、フェルは朔太郎に促されるままにスイートルームの外に出た。

このホテルのエレベーターは、じれったいほど遅いので階段を選び、三人して降りて行く。

ロビーに出ると、朔太郎が言っていたように騒然としていた。

ホテルの入口に従業員たちが集まり、何かがホテルに入ってくるのを阻止しようとしている。

近づこうとして、思わずフェルは足を止めた。

そこには、首のない木馬のような、四つ脚の奇妙な物体があった。

何かの金属で造られた外殻の一部は凹んでおり、リベットの打たれた継ぎ目の隙間からは、オイルなのか、それとも血なのか、どす黒い液体が流れ出していた。

四つ脚の関節を動かし、立ち上がろうとしては転んでいる。その動きは、まるで死にかけた虫のように見えた。

従業員たちは、乱入してきたこの奇怪な物体にどう対処するべきか、迷っているようだった。

玄関ロビーの外に押し返そうとすると、物体はそちらを向き、威嚇《いかく》するような動きを見せる。よく見ると、胴体からは角のように生えた銃口らしきものが前後に二門ずつあり、根元から折れた銃剣の柄《つか》と思われるものが、それに固定されていた。

物体を取り巻く人たちの輪を通り抜け、伊武が前に出る。

伊武に向かっても威嚇するような動きを見せたが、伊武は構わずその物体に寄り添い、背を撫でた。

伊武の手の中で、その物体は暫く暴れていたが、やがて大人しくなった。

八十吉が、馬の首をひと撫でしただけで大人しくさせた時のことをフェルは思い出す。

ロビーの絨毯《じゅうたん》の上にしゃがみ込み、伊武はずっと物体に何か囁きかけている。こんな光景を、フェルはこれまでに何度も見たことがあった。

伊武が、あの長須鯨が描かれた箱に語り掛ける時と同じだ。

そこでフェルは初めて、この物体は、あの箱と同様のものなのではないかと考えた。違うのは、箱が自ら動くための脚を持っているという点だった。

だとすると、この物体がクサカホテルにやってきた目的は……。

脳裡《のうり》に浮かんだ想像を振り払うように、フェルは頭を左右に振る。それは受け入れがたいほどに残酷なものだった。

「連れて行きましょう」

顔を上げ、フェルの方を見て伊武が言う。

フェルは頷く。ここは伊武の言うことを聞くのが正解だと思った。

「いいのか？」

「ええ」

不安げな声を出す朔太郎に、再びフェルは返事をした。

伊武とその物体を囲むようにしているホテルの従業員たちに、離れるようにとフェルは指示する。

「こっちです」

伊武の言葉は、その物体に向かって発せられていた。

物体は立ち上がると、拙《つたな》い足取りでエレベーターに向かって歩き出した。伊武は手を貸すことなく、物体が己の意志で歩く速度に合わせ、エレベーターに乗り込む。

フェルと朔太郎も一緒に乗り込んだ。エレベーター係の従業員は、この異常な状況に怖《お》じ気《け》づいて、乗ってこようともしない。

仕方なく、フェルが自分の手で外側と内側にある蛇腹状の扉を閉め、エレベーターの操作盤を動かした。何度も乗っているから、このくらいの操作は目で見て覚えている。

やがてエレベーターが、例のじれったいほどの速度で上階へと動き始めた。

「フェルさん、この人は……」

「わかってるわ」

フェルも、すでに察していた。

朔太郎は無言のまま、口を挟んでこない。

あの湖畔会館の地下で、どのような実験が行われていたのかは知らないが、おそらくは思い浮かぶ限り最悪の、人の体を弄《もてあそ》ぶような行為が繰り返されていたのだろう。

「林田くん」

階数を示す針を見上げながら、呟《つぶや》くようにフェルは物体に話し掛ける。

「娘が……ナオミが、あなたに会いたがっているわ」

物体が、フェルのその言葉を理解しているのかどうかはわからない。林田馨としての自我が残っているのかどうかもわからなかった。

「あと少しなの。お願い。力を貸して」

客室のあるフロアに辿《たど》り着いたが、そこには誰もいなかった。

どうしてわかるのか、物体は迷わずナオミのいる方へと歩いて行く。

このフロアは貸し切っているから、他の宿泊客と鉢合わせすることはない。

ナオミが目覚めたとして、自分はどのような言葉を掛けてやるべきだろうか。

詩や文学を愛し、いつか巡ってくる初恋を夢見ていたナオミの心は、まだあの機巧人形の中に宿っているのだろうか。

できれば穏やかに暮らし、彼女の夢を一つ一つ実現させてやりたかった。

自分の身に訪れることのなかった、そんな光景をフェルは思い浮かべる。

朔太郎と二人で幸せに暮らしているフェル。そして二人の娘。

金髪碧眼のナオミが、自室で原稿用紙に向かい、万年筆の先を宙で動かしたり、腕組みをして物思いに耽《ふけ》るような仕種をしながら詩作をしている。濃い栗色の髪をした小さいナオミが、姉のような金髪碧眼のナオミに構ってもらいたいのか、うろうろとその周りを行ったり来たりしている。

二人？　ああ、そうだ。天に召されたナオミがいなければ、機巧人形のナオミも生まれなかった。だからそんな光景はあり得ないのだ。

だが、フェルの想像の中の金髪のナオミは、原稿を書く手を止めて、小さいナオミを構ってやる。二人は手を繫《つな》ぎ、旧釘宮邸の庭に出て鬼ごっこを始めた。屋敷の車回しでは、その光景を笑顔で眺めながら、重五郎が人力車の修理点検に余念がない……。

それは失った光景であり、やってくる筈のなかった光景だった。

そんなナオミが誰かに恋をしたなら、自分は許しただろうか。

たとえそれが林田のような、妻子持ちの破落戸《ごろつき》だったとしても？

きっと大反対し、猛烈に説教するだろう。だが、ナオミがそうしたいのなら、母親である自分は見守るしかないのだ。

何故ならナオミは一個の独立した人格だからだ。それを人は、「人」という。

四つ脚で歩く物体に先回りし、フェルはスイートルームへのドアを開いた。

これがナオミの元に辿り着いても目覚めなければ、もうナオミは終わりだという気がした。

そんなフェルの不安を察したか、朔太郎がそっと肩を抱いてきた。

何度も倒れそうになり、体勢を立て直しながら、じれったいほどの遅さで、四つ脚の物体はナオミが作業台に横たわっている部屋へと向かって行く。

部屋の中を覗くと、そこには先ほどと変わらず、手脚と胴、それに頭を分離したナオミの姿があった。

その横顔が、虚《うつ》ろな目で中空を見つめている。

部屋の入口で、そこにいるナオミの姿をじっと見つめるように、四つ脚の物体が、一度、動きを止める。

そして、ナオミのいる作業台に向かって、絨毯の上を数歩、前に進んだところで均衡を崩し、横倒しになった。

すぐにまた立ち上がってくるかと思ったが、いつまで経っても物体はそのまま動かない。

高価な絨毯の上に、胴体の裂け目から流れ出した黒い液体が、染《し》みになって広がっていく。

伊武が前に出て、横倒しになった四つ脚の物体の傍らにしゃがみ込む。その体を撫で、そしてフェルの方を見て首を横に振った。

「林田さん……？」

その時、部屋の中から、微かにそんな声が聞こえた。

先ほどまで微動だにしなかった、作業台に載ったナオミの首が、ゆっくりと何度か瞬きをし、口を動かす。

「どこ？　林田さん……」

フェルは慌てて、朔太郎と一緒に作業台の傍らに近づく。

瞬きをしていたナオミが、ぎゅっと瞼を閉じ、目尻から涙がひと粒、伝い落ちた。

「そう……遠くへ行ってしまわれたのね」

そして、ナオミは呟くように唇を動かした。

エピローグ

方宜《ほうぎ》九（一九二九）年、日下國・天府市

大川の土手沿いに並ぶ桜の木は満開だった。

遠くには、十間橋と呼ばれる太鼓橋も見える。

中洲《なかす》観音《かんのん》に渡るための橋だが、震災の時に損壊し、今は鉄橋に架け替えられていた。

花見の季節だから、河川敷にはたくさんの人たちがいた。流れ行く川面《かわも》を見つめているフェルのすぐ傍らで、兄妹と思《おぼ》しき子供たちが石を投げ、水切りをして遊んでいる。

フェルが笑い掛けると、びっくりしたような表情を浮かべ、走り去って行った。子供から見ると、フェルのような白人女性は少し怖いのだろう。

ナオミから聞いた話だと、震災の時は、大火災になった下町方面から、炎に追われて逃げてきた人々が殺到し、川は溺死体《できしたい》でいっぱいだったという。今はそんな光景など思い浮かべようがないほど、大川の水は清涼で、風景は長閑《のどか》だった。青鷺《あおさぎ》が二羽、競争するように川面すれすれを飛んで行くのが見えた。

振り向くと、河川敷の一角に、フェル電器産業のロゴが入った紅白の幔幕《まんまく》が張られて

いるのが見えた。恒例となっている花見会だ。

　フェルが如洲國に渡っている間、ずっと中断していたが、日下國での花見は、フェルにとっても、おそらくこれが最後になるだろう。

　近く、フェルは朔太郎やナオミを連れて、新世界大陸《ムンドゥス・ノーヴス》に帰るつもりだった。ナオミにとっては、日下國は思い出が多すぎて過ごすには辛《つら》い場所だろう。

　フェル電器産業日下法人は売却し、如洲國および日下國の電力事業は、本社とは切り離して独立させるつもりだった。礎《いしずえ》は作ったから、後は日下國の優秀で勤勉な部下たちが発展させてくれるだろう。

　新世界大陸には、身寄りのなくなった伊武も連れて行く予定だ。

　八十吉の残した資産を、伊武は養女として相続したが、伊武に轟工務店の経営などできよう筈がないし、その意志もないようだった。

　そちらの会社の整理も、フェルが手伝ってやらなければならない。そして八十吉が裸一貫から一代で手に入れた、猫地蔵坂の近くにある豪邸も、伊武がフェルたちと一緒に新世界大陸に移住するに当たって、処分することになった。

　もちろん、フェルも旧釘宮邸を手放すことになる。そのことに未練はなかった。自分はもう思う存分、日下國で機巧人形に関する研究を極めることができた。

　後は朔太郎やナオミ、伊武たちと一緒に、悠々自適の余生を送ろうと考えている。

かつてゴダム万博で賑《にぎ》わったクリスタル湖の畔《ほとり》か、それとも大都会アグローの一等地か、どこでもいい、とにかく気に入った家を買って、若かった頃のように、発明にでも明け暮れて過ごすのがいい。

それとは別に、スリーパーの行方も気に掛かっていた。本社の方で、継続的にニュータイド探偵社を雇って調べているが、未だにその行方はわかっていない。

この世界に、ただ一人の機巧師であるとの自負がフェルにはあった。やらなければならないことが、まだたくさんある。後継者を育てること、伊武やナオミの詳しい仕様書を書き、後世に残すこと。自分の年齢を考えると、残されている時間は十分だとは思えなかった。

「駄目です！　それには座らないでくださいまし！」

幔幕《まく》を捲って中に入ると、ナオミの声がした。

見ると、花見会の準備に駆り出されたフェル電器の若い社員が、ひと休みするために、額に浮き出た汗を拭いながら伊武の大事にしている長須鯨の絵が描かれた箱に腰掛けようとしているところだった。

そうだ。この件もあった。自分や朔太郎が生きているうちに、あの箱に閉じ込められている伊武の思い人を何とかしなければならない。

「あっ、お母様！」

ナオミが、戻ってきたフェルの姿を見て声を上げる。

「座布団を配るのを手伝ってください。今日は無礼講ですから、社主であっても働いてもらいますわよ」

「あまり年寄りをこき使わないで」

口元に笑みを浮かべ、フェルは答える。

ナオミは、桜と同じ色をしたワンピースに、白いタイツを穿《は》いていた。火事で焦《こ》げてしまった金色の髪は短く切り揃えており、女学生だった頃の伊武に似た、前髪を切りすぎたお河童《かっぱ》のような髪型になっていた。

はりきった様子でナオミは座布団を抱え、配っている。周りにいる社員たちの方が、手伝っているナオミに気を遣っているのが微笑《ほほえ》ましかった。

だが、明るく振る舞ってはいるが、ナオミの様子にはどこか危うさが漂っている。

クサカホテルの部屋で覚醒したナオミは、震災後にお夕さんを捜しに座毛崎に向かってから後の十年ほどの間に起こったことを、殆《ほとん》ど覚えていなかった。あまりにつらい体験だったから、記憶がそれを封印しているのだろう。

だが、湖畔会館の地下に監禁されていた時の記憶が、時折、閃光《せんこう》のように脳裡に甦るらしく、真夜中に突然、悲鳴を上げて飛び起きたりすることがある。

体の構造に関することなら、何としてでも直すが、ナオミに宿っている魂に関しては、フェルにはどうすることもできなかった。

そう。魂とは何なのか、このところフェルはよく考える。

機巧人形に宿っている魂は、どこからか発生したものではなく、宿るべくしてその形の中に宿ったものなのではないだろうか。機巧人形であるナオミが、知るはずもない幼い頃のことを、『居眠り病』の深い昏睡《こんすい》状態の中で見ていたのは何故だろう。

座布団配りはしんどいので、フェルは長須鯨の絵の描かれた箱の傍らに座り、布巾《ふきん》でそれを綺麗《きれい》に拭き始めた。

伊武は今、轟邸まで自分の自転車を取りに戻っていた。かつて八十吉に買ってもらったものだが、ずっと乗っておらず錆《さ》び付いていたものを自転車屋に整備に出し、戻ってきたばかりなのだという。

本当のことを言えば、フェルは、この長須鯨の箱の中には何もないのではないかと考えている。釘宮久蔵や田坂甚内《たさかじんない》が、どんなに伊武に懇願されても箱を開かなかったのは、そのためなのではないか。

だがフェルは、一度も会ったことのない天徳鯨右衛門《てんとくげいえもん》の魂が、その箱に宿ることは十分に考えられると思っていた。機巧人形同士には、何か引き寄せられるものがあるらしいが、そうでなければ、伊武がいつまでもこの箱にこだわる理由がないような気がするのだ。

そういえば、同じような箱構造でも、林田の状態は惨憺《さんたん》たるものだった。あの状態で生きていたのは、奇跡か呪《のろ》いのいずれかだったとしか言いようがない。

あの物体の本体内には、林田の頭と胴の一部が内蔵されており、それによって精巧な義手と義足を動かしているというような按配《あんばい》だった。それもナオミの体の構造から得た機巧人形の知識がなければ実現しえなかった高度な技術ではあるが、その蓄積された研究の成果と資料は、遊佐の仕掛けた時限発火装置と、爆発した大陸横断列車とともに灰《かい》燼《じん》に帰した。

結局のところ、軍部ではナオミのような機巧人形を造ることは叶わず、林田のような人間とも機巧ともつかない、中途半端な融合体を量産するのにも失敗したようだった。無理もない。伊武にせよナオミにせよ、感情を持たぬただの人形ではない。人から人であることを求められることで、彼女たちは人たりえる。奇跡は心の中にある。

「マルグリット」

歩いてきた朔太郎が、フェルの傍らに腰を下ろす。

「準備を手伝わないと、ナオミに怒られますよ」

箱を拭きながら、フェルは口元に笑みを浮かべて答えた。

ふと、桜の花びらが舞い降りてきて、箱の表面に描かれている長須鯨の絵に、ぴたりと貼《は》り付いた。

フェルは顔を上げる。強い風が一陣吹き、土手沿いの桜が、一斉に花びらを飛ばした。

「桜の花って、すぐに散ってしまうのよね」

ふと、フェルはそう口にした。

「伊武やナオミから見る私たちの人生って、こんな感じなのかしら」

伊武や、そしておそらくナオミが人間になりたいと考えているように、フェルは自分が機巧人形になりたいと思う。

やりたいこと、成し遂げたいこと、知りたいことが、フェルにはまだまだ、たくさんあった。人の命とは、何と短いのだろうか。

「二人とも年を取ったね」

「ええ」

でも、フェルは日下國に来て、朔太郎に出会えたことを、ナオミを産んだことを、そしてまた同じナオミという名の機巧人形を開発したことを、己の人生に起こった奇跡だと思った。

「お母様、あれ」

座布団を配り終えて戻ってきたナオミが、朔太郎と寄り添っているフェルに声を掛けてきた。

自転車に乗った伊武が、よろよろとした運転で土手沿いの道をこちらへと走ってくるのが見えた。

「何だか危なっかしい運転ね」

「伊武さん、あれでちゃんと私に教えられるのかしら」

ナオミがくすりと笑ってそう口にした。

震災前にしていたという、ナオミに自転車を貸して運転の仕方を教えるという約束が果たされていなかったことを、伊武はずっと気にしていた。

今日こそは、それを果たそうと伊武はナオミと約束していたらしい。

だが、このところの伊武は少し様子がおかしかった。

轟邸に帰るのは用事がある時だけで、今は殆ど伊武はフェルたちと一緒に旧釘宮邸で暮らしているが、一度眠ると、二日も三日も起きてこなかったり、あからさまに動きも鈍くなっていた。虚ろな目で瞬きもせず、何時間も座りっ放しということもあった。

口に出して言うことはなかったが、それは八十吉が死んだ影響なのではないかとフェルは思っている。

伊武はゴダム万博の時、八十吉が思いを寄せることによって目覚めたからだ。

「ナオミさん、お待たせしました！」

伊武がそう言って、運転しながら片方の手を挙げる。

「あっ、危ない」

ナオミが声を上げる。

片手運転になった途端、大きく均衡を崩し、伊武の運転する自転車は土手沿いの道から外れ、河原への傾斜を勢いよく滑り落ち始めた。

そのまま勢い余って、派手に自転車ごと前方に一回転し、伊武は草の生える土手をごろごろと転がり落ちてきた。

慌ててナオミがそちらに向かって走り始める。

フェルと朔太郎も顔を見合わせて立ち上がり、草むらに投げ出された伊武の傍らへと駆け寄った。

「伊武……？」

倒れている伊武にフェルが声を掛けても返事はなかった。

はっきりと、何かが変わっているのをフェルは感じた。

草の切れ端と泥にまみれて俯せに倒れている伊武の体を、朔太郎が抱え起こし、上を向かせる。

そこには、緑色の瞳で虚空《こくう》を見上げている、一体の魂のない人形がいた。その顔に貼り付いていた一匹の蟋蟀《こおろぎ》が、ぴょんと土手の草むらに向かって跳ねるのが見えた。


（了）

○主な参考文献

『女學生手帖　大正・昭和　乙女らいふ』弥生美術館・内田静枝編（河出書房新社）
『大正ロマン手帖』石川桂子編（河出書房新社）
『女学校と女学生』稲垣恭子（中公新書）
『本郷菊富士ホテル』近藤富枝（中公文庫）
『菊坂ホテル』上村一夫（朝日新聞出版）
『銀座細見』安藤更生（中公文庫）
『特高警察』荻野富士夫（岩波新書）
『関東大震災』吉村昭（文春文庫）
『九月、東京の路上で』加藤直樹（ころから）
『大杉栄』竹中労（現代書館）
『大杉栄伝　永遠のアナキズム』栗原康（夜光社）
『幻のキネマ満映』山口猛（平凡社）
『図説　写真で見る満州全史』太平洋戦争研究会編・平塚柾緒著（河出書房新社）
『満映とわたし』岸富美子・石井妙子著（文藝春秋）

解説

大森望

本書の最後の一行を読み終えて、ほうっと長い息を吐き出した。美しく静かな幕切れの余韻をゆったり味わいながら、ここに至るまでの長い道のりを思い返すうち、このシリーズのさまざまな名場面が脳裏に甦《よみがえ》ってくる……。

と、妙に感傷的になってしまったが、本書『機巧のイヴ　帝都浪漫篇』は、『機巧のイヴ』『機巧のイヴ　新世界覚醒篇』に続くシリーズ第三弾。日本を代表するロボットSF／スチームパンク三部作の、これが完結篇——と言っていいのかどうかよくわからないが、機巧人形・伊武《イヴ》をめぐる物語は本書でとりあえず一段落した格好になる。

第一弾の『機巧のイヴ』は連作短篇集のかたちをとっていて、その第一話が発表されたのは、いまから七年以上も前。〈小説新潮〉二〇一二年一一月号の「SFルネッサンス」と題する新作短篇競作特集に掲載された短篇だった。他の寄稿者の作品とネタがかぶらないように、現代や未来の話ではなく、あえて時代小説で行こうと考えたのが始まりだったという。時代設定は江戸時代後期、一八世紀の終わりぐらいか。幕府精煉《せいれん》方という役職に就く天才的な機巧師（ロボット工学者）・釘宮久蔵《くぎみやきゅうぞう》と、その屋敷に住む色白の美女（の姿をした精巧なアンドロイド）、伊武《いぶ》が物語の軸になる。もっとも、厳密に言うとこれは江戸時代の話ではない。作中の江戸は、江戸ではなく天府と呼ばれ、幕藩体制を敷いて政治権力を握る将軍家が、女系によって継承される天帝家と対立する〝もうひとつの日本〟が背景なのである（日本ではなく日下國《くさかのくに》と呼ばれることは、次の巻で明らかになる）。ＳＦ流に言えばパラレルワールド（並行世界）もの、もしくは改変歴史ものだが、作中世界に読者を引き込む導入がめっぽううまく、ＳＦが苦手な人でもハマってしまう。

第一話「機巧のイヴ」の主人公は、牛山藩の藩士、江川仁左衛門《えがわにざえもん》。藩代表として、闘《とう》蟋《しっ》（蟋蟀《コオロギ》同士を戦わせる競技）の大会に出場した仁左衛門は、試合に負けたあと、対戦相手の蟋蟀が異常に強いことに不審を抱き、その場で暴挙とも言うべき振る舞いにおよぶ……。

この第一話は、コオロギ対決とロボット工学技術を組み合わせる趣向の妙だけでなく、本格ミステリ的な仕掛けも用意され、独立した短篇としても、文句のつけようがない傑作だ。その証拠に、ミステリとＳＦ、合わせて三種類の年間ベスト・アンソロジーに再録されたばかりか、中国語に翻訳されて、中国の老舗《しにせ》ＳＦ専門誌〈科幻世界〉（劉慈欣《りゅうじきん》の世界的ベストセラー『三体』が連載された媒体としても知られる）の「訳文版」（翻訳特集号）二〇一九年一〇月号に掲載されている。

同じ二〇一九年の八月には、同作に始まる単行本『機巧のイヴ』が Automatic Eve のタイトルで英訳され、サンフランシスコの日本SF英訳専門レーベル Haikasoru から出版（マット・トライヴァー訳）。作家でアンソロジストのシルヴィア・モレーノ＝ガルシアが〝「ブレードランナー」ファンのためのジャパニーズ・スチームパンク・ノベル〟と評するなど、英語圏でも好評を得ている。世界的に注目されている日本SFのひとつといってもいいだろう。

この『機巧のイヴ』の第二話にあたる「箱の中のヘラクレス」では、本書でも伊武が大切にしている（だれかが椅子《いす》とまちがえて座るたびに伊武が怒るというのがくりかえしのギャグになっている）、長須鯨《ながすくじら》の絵が描かれた箱の来歴が語られる。主人公は、湯屋で下働きをしている若者、天徳鯨右衛門《てんとくげいえもん》。生まれもった体格を生かして相撲で身を立てようとした彼に、とんでもない災厄がふりかかり、それがもとで釘宮久蔵と（それに伊武と）関わることになる。天徳と伊武の関係はおよそロマンスとも恋愛とも言いがたいが、伊武が天徳に抱く（ロボットと人間の境界を越えた）恋心がこのシリーズ全体を貫く縦糸……と言えなくもない。

シリーズ・タイトルにもなっている〝イヴ〟の出典は、フランスのヴィリエ・ド・リラダンが一八八六年にパリで出版したロボットSFの古典『未来のイヴ』。

英語版『機巧のイヴ』の読者コメントに、〝これは「ブレードランナー」というより、押井守「GHOST IN THE SHELL/攻殻機動隊」のスチームパンク版だ〟という評があったが、押井守も乾緑郎と同じくヴィリエ・ド・リラダン『未来のイヴ』を参照しているから、両者に通じる部分があるのは必然だろう。

ヴィリエ・ド・リラダン『未来のイヴ』は、人間そっくりのアンドロイド（作中では〝アンドレイド〟andréide という造語が用いられている）が登場する先駆的なSF長篇として知られる。小説の主人公は、〝メンロパークの魔術師〟こと、発明王トーマス・エジソン。ある日、古くからの友人であるエウォルド卿《きょう》がエジソンの屋敷を訪れ、恋人のアリシア・クラリーについての悩みを打ち明ける。歌手で女優のアリシアは美しい顔と魅惑的な肉体の持ち主だが、それに反して頭の中はからっぽで、エウォルド卿は彼女の外見をこよなく愛しているにもかかわらず、どうしてもその魂を愛することができない。思いあまって自殺まで考えているという友人のために、エジソンは、アリシアそっくりの肉体と高貴な魂を持つアンドロイド（名前はハダリー）を提供しようと申し出る……。

というわけで、短篇「機巧のイヴ」の釘宮久蔵と江川仁左衛門の関係が『未来のイヴ』のエジソンとエウォルド卿の関係を下敷きにしていることは明らかだろう。一方、『GHOST IN THE SHELL 攻殻機動隊』の続編にあたる押井守の劇場アニメ『イノセンス』では、「われわれの神々もわれわれの希望も、もはやただ科学的なものでしかないとすれば、われわれの愛もまた科学的であっていけないいわれがありましょうか」という『未来のイヴ』の一節が映画冒頭で引用され、物語は、ロクス・ソルス社製の女性型アンドロイド、ハダリことType2052"HADALY"の暴走によって動きはじめる。

和製スチームパンクの文脈で言うと、伊藤計劃《いとうけいかく》＋円城塔の長篇『屍者《ししゃ》の帝国』に、アメリカの民間軍事会社ピンカートンに所属するハダリーが登場。映画版では、それがトーマス・エジソンが創《つく》り出した人造人間だと明かされている。

ちなみに『未来のイヴ』のエジソンは四十二歳なので、現実の歴史にあてはめれば、人造人間ハダリーの誕生は一八八九年。シカゴ万博の直前ということになる。そのあたりの時代を背景（というかモデル）にしたのが、『機巧のイヴ』シリーズの第二部『新世界覚醒篇』だ。

時は、前作から百年ほど経過した一八九二年。舞台は、万国博覧会開催を翌年に控えた新世界大陸の都市、ゴダム（シカゴがモデル）。この万博に日下國館として移築されたのが、前作に登場した妓楼《ぎろう》・十三層。その最上層には、機能を停止してひさしい伊武が、万博の目玉として展示される予定だった。一方、大都市アグローで私立探偵を営む日下人・日向丈一郎《ひゅうがじょういちろう》は、かつて所属していた大手の調査・警備会社ニュータイド探偵社から、極秘裏に伊武を盗み出す依頼を受ける……。

シカゴ万博はもちろんのこと、交流と直流の電流戦争、ピンカートン探偵社、フェリス観覧車など、実在の事物（ついでにホームズ要素も少々）を縦横無尽にちりばめつつ、前作よりもぐっとスチームパンク色を強めて冒険サスペンスを展開する。その分、SF味は薄れているが、すっかりボケ役が板についてきた伊武の天然っぷり（いや、人工っぷりというべきか）がかわいい。

現実のシカゴ万博では、ニコラ・テスラが開発した交流システムを擁するウェスティングハウス社が会場の電源をまかない、トーマス・エジソン率いるエジソン・ゼネラル・エレクトリック・カンパニーとの電流戦争に勝利したが、『機巧のイヴ　新世界覚醒篇』では、フェル電器産業を率いるマルグリット・フェル博士がトーマス・エジソンの役どころ。『未来のイヴ』のエジソンが、人間の美女そっくりのハダリーをつくるべく研究にいそしんだように、マルグリット・フェルは豊富な資金と技術力を注ぎ込んで、機巧人形の研究開発をめざすことになる。

日下國館の最上階で眠りつづけていた伊武にひと目惚《ぼ》れして、彼女を目覚めさせる役割を果たすのが、移築工事の現場で見習い工として働く少年、轟八十吉《とどろきやそきち》。彼が操る体術・馬離衝《バリツ》は、シャーロック・ホームズが得意とする日本の（架空の）武術バリツ（baritsu）が元ネタだ。

そして、第三部となる本書『帝都浪漫篇』では、前作から四半世紀ほど経過した一九一八年の日下國・天府と、一九二七年の如洲《によしゅう》・新天特別市が主な舞台となる。

一九一八年と言えば、現実の日本では大正七年。『はいからさんが通る』の時代ということで(?)、小説の前半はまさかの女学校もの。轟八十吉の養女として天府に戻った伊武は、『はいからさんが通る』の花村紅緒《べにお》さながら、自転車を颯爽《さっそう》と走らせて女学校に通っている。その親友が、フェル電器産業社主の令嬢、ナオミ・フェル。二十五年前に来日して現地法人を設立した母親のマルグリットや、お抱え車夫兼ボディガードの重五郎《しげごろう》をはじめとする使用人たちと、旧釘宮邸で暮らしている。対する八十吉は、万博から帰国後、工務店を立ち上げて、実業家として大成功を収め、馬離衝の師範として「国際バリツ協会」の総裁をつとめている——という設定。

ナオミが人気画家の姫野《ひめの》清児《せいじ》（モデルは東郷青児か）に会いたいと、彼が定宿にしているという近所の猫地蔵坂ホテル（モデルは菊坂の本郷菊富士ホテルか）をこっそり訪ね、林田《はやしだ》と名乗る不思議な男と知り合ったことから、今回の物語は動きはじめる。

ナオミと伊武が喧嘩《けんか》したり、姫野の絵のモデルをつとめたり、汁粉屋でバイトしたり、前半はなんとも牧歌的で楽しいムードだが、やがて戦争の暗い影が忍び寄ってくる。

前巻に引き続き、本書でも、実際に起きた歴史上の出来事が物語の下敷きになっている。いちばん比重が大きいのは、関東大震災直後の一九二三年（大正一二年）九月に起きた甘粕《あまかす》事件だろう。アナーキストの大杉栄と、内縁の妻・伊藤野枝、それに大杉の甥《おい》にある橘宗一《たちばなむねかず》（六歳）の三人が憲兵隊特高課に連行され、憲兵大尉の甘粕正彦らによって殺害された。甘粕には、軍法会議で禁錮《きんこ》十年の判決が下ったが、恩赦により減刑され、一九二六年には仮出獄。フランス留学を経て、一九三〇年、満州に渡り、謀略活動に従事。のちに満洲映画協会（満映）の理事長となっている。その満映から中国人の専属映画女優・李香蘭（リー・シャンラン）としてデビューし、満州と日本で大人気になったのが戦後の大スター、山口淑子《よしこ》。

本書では、そのあたりの史実を巧妙にとりこんで、アンドロイドをめぐる日下國と如洲の物語に融合させ、もうひとつの歴史をつくりだしている。

三部作全体を見渡すと、伊武の物語は（現実の日本で言えば）江戸、明治、大正、昭和と、いくつもの時代をまたいで描かれてきたことになる。蟋蟀ではじまった物語に蟋蟀が幕を引き、物語がきれいに閉じられたようにも見えるが、このシリーズにはまだ、解かれざる謎《なぞ》も残されている。いつの日かまた、伊武が目を覚まし、二一世紀のアンドロイドたちと共演してくれることを祈りたい。

（二〇一九年一二月　翻訳家）

この作品は『yom yom』vol.52〜58に連載された。

機《き》巧《こう》のイヴ

帝都浪漫篇

新潮文庫　い－130－3

令和二年二月一日発行

著者　乾《いぬい》緑《ろく》郎《ろう》

発行者　佐藤隆信

発行所　株式会社　新潮社

郵便番号　一六二―八七一一
東京都新宿区矢来町七一
電話　編集部(〇三)三二六六―五四四〇
読者係(〇三)三二六六―五一一一
https://www.shinchosha.co.jp

価格はカバーに表示してあります。

乱丁・落丁本は、ご面倒ですが小社読者係宛ご送付ください。送料小社負担にてお取替えいたします。

印刷・大日本印刷株式会社　製本・株式会社植木製本所

© Rokuro Inui 2020 Printed in Japan

ISBN978-4-10-120793-3 C0193